有爱的青春陪伴者

隐忍

慕吱 著

四川文艺出版社

图书在版编目（CIP）数据

瘾忍 / 慕吱著 . -- 成都：四川文艺出版社，
2023.2
ISBN 978-7-5411-6496-5

Ⅰ . ①瘾… Ⅱ . ①慕… Ⅲ . ①长篇小说 – 中国 – 当代
Ⅳ . ① I247.5

中国版本图书馆 CIP 数据核字 (2022) 第 226226 号

YINREN

瘾忍

慕吱 著

出 品 人	谭清洁
责任编辑	邓 敏
特约编辑	不 夏 年 年
装帧设计	颜小曼 孙欣瑞
责任校对	段 敏

出版发行	四川文艺出版社（成都市锦江区三色路 238 号）
网 址	www.scwys.com
电 话	0731-89743446（发行部） 028-86361781 （编辑部）

排 版	长沙大鱼文化传媒有限公司
印 刷	长沙鸿发印务实业有限公司
成品尺寸	145mm×210mm 开 本 32 开
印 张	10 字 数 370 千字
版 次	2023 年 2 月第一版 印 次 2023 年 2 月第一次印刷
书 号	ISBN 978-7-5411-6496-5
定 价	42.80 元

目 录
MULU

目 录

MULU

第一章 /
暗夜里的光

六月初，南城步入炎夏。

烈日灼热，炙烤着大地，空气里氤氲着黏腻的气息。

教室里没有空调，吊在天花板上的风扇快速运转着，送出来的风被高温侵蚀，携着滚烫气温吹向下面坐着的三十个学生。

教室热得像是个大火炉，但又异常安静，只不时响起纸张翻动的声音。

学生们都专心致志地做着面前的试卷。

陆相思提早半小时就做完卷子，她有些百无聊赖。

教学楼五楼，青翠枝叶也无法触及的高度。

不知何时，炽热干燥的太阳被铅灰色的云层遮挡，空气变得更稠闷。

陆相思皱了下眉。

她没带伞，好在她家和附中也就一条街的距离。

她暗自祈祷这雨晚点来。

老天也像是听到了她的祷告，直到考场铃响，沉沉天色垂落，雨珠依然未坠。

学生蜂拥而出，挤在教室前门外翻找自己的随身物品。

直到桌子上只剩下两只包，陆相思才走过去。

视野里多了一只手。

手指修长纤细，五根手指头戴了四枚戒指。

陆相思装作视而不见地移开眼，拿起自己的包后往走廊尽头的洗手间走去。她边走边从包里拿出手机，开机。

手机里有不少消息，都是家里人发给她的。

她一一回复，回完所有的消息，才发现不对劲——

陆斯珩没给她发消息。

陆相思给他打了个电话。

无人接听。

她收起手机，转身进了洗手间。

上完厕所出来洗手，一个抬眸，陆相思意外地和镜子里的人四目相撞。

女生的头发漂染成银灰色，耳边打了四个耳洞，整个人刻满张扬与高调。她的目光直白又大胆，火辣辣地打量着陆相思。

陆相思的头发长至腰际，发尾微卷。

她穿着衬衣，百褶裙掐着纤细窈窕的腰肢。

一双鹿眼黑白分明，明润干净，皮肤瓷白到能够看到底下的血丝，是漂亮却又没有任何攻击力的长相。

迎着旁人的目光，陆相思不为所动地收回视线。

关了水，她转身离开。

身后的人叫住她——

"原来何处安喜欢你这样的女孩儿啊，长得漂亮成绩又好。"女生的语气带了几分欣羡。

洗手间里只有她们两个人，很显然，她在和陆相思说话。

陆相思打开通讯录的手一滞，转过身，有些不解："何处安？"

女生一愣，显然没料到陆相思是这个反应："你不认识他吗？"

陆相思说："抱歉，我不认识他。"

她按下拨号键，给陆斯珩打电话。

电话响了三声。

"嘟——嘟——嘟——"

被人挂了。

陆相思垂眼看着手机。

身后的人穷追不舍："你真的不认识何处安？"

陆相思摇摇头："不认识。"

女生接着问："那就是说，如果他对你表白，你不会答应他，对吗？"

女生目光灼灼地望着陆相思。

没有任何犹豫，陆相思点了点头，怕她不信，又补充了一句："我暂时没有谈恋爱的想法。"

女生眼神里的敌意顿消："谢了。"

莫名其妙。

陆相思烦躁地走出了洗手间。

前后也不过五分钟的工夫，室外却已下起了瓢泼大雨。豆大的雨珠被风吹入教学楼的走廊里，地面印着斑驳雨水。

风很大，她被几颗饱满的雨点砸中。

她拿出手机，又给陆斯珩拨了电话过去。

手机在中控台上振动不停。

来电人是"妹妹"。

梁裕白的手机通讯录空白，没有保存任何一个人的联系方式。

这显然不是他的手机。

陆斯珩拿错手机了。

他把梁裕白的手机带走了。

梁裕白向来耐心欠佳，接起电话，语调冷漠疏离，甚至可窥几分躁意："陆斯珩拿错手机了，你找他有事？"

电话对面安静了几秒。

突如其来的雨点砸在挡风玻璃上，嘈杂的雨水声在车厢内回旋，显得十分空寂。

梁裕白的嗓音像是比冷气还凉："听到没？"

"那我哥哥人呢？"

往车外看去，不少学生因这猝不及防的暴雨而佝偻着背往校外跑，双手举着书包挡在头上，雨水却淋湿了半个身子。

徒劳的无用功。

梁裕白把视线移到校门外。

因为这场暴雨，使得校门外的交通拥堵，保安们穿着一次性雨衣艰难地维持秩序，刺耳的口哨声不断响起。

汽车喇叭声穿透雨帘。

"只许出不让进。"陆相思说。

梁裕白淡声道："考场外接你。"

陆相思："他在外面？"

梁裕白的耐心告罄："自己出来找。"

电话挂断，梁裕白看了眼时间。

陆斯珩是在十五分钟前下车的，而考试是在十分钟前结束的，然而陆相思不停地给陆斯珩打电话，显然二人并未碰面。

梁裕白给自己的手机打电话，耳边始终是"对方正忙"的冰冷女声。

重复几次，梁裕白烦躁地把手机扔在副驾驶上。

他自始至终都认为女人是世界上最麻烦的生物，没有之一，也对陆斯珩这样的妹妹至上主义者嗤之以鼻。

雨势渐大。

梁裕白的眼底渐渐阴沉。

时间点滴而过。

天色变暗，风拍打着树叶。

考试已经结束十五分钟。

梁裕白熄火下车，撑着伞，绕过人群熙攘的学校大门，走到学校后门。后门藏在窄巷里，暗沉天色下，路灯发出昏黄的光。

枝丫被风吹得张牙舞爪，他的眉眼藏在阴暗中，带着不近人情的冷削。

他握在手心里的手机再度亮起。

梁裕白往教学楼走，嗓音冷淡地接起电话："终于记得你拿了手机这回事？"

陆斯珩语含歉意："刚才太吵了，没听到。"他顿了下，"对了，你怎么不在车上？"

梁裕白走进春华楼大厅，答非所问："在学校。"

陆斯珩挑眉："你去接相思了？"

梁裕白轻嗤了声。

陆斯珩松了一口气："那就辛苦你了，小白。"

梁裕白上楼梯的脚顿住，声音冷淡成线："你再敢这么叫我试试？"

陆斯珩笑着改口："麻烦你了，梁大少爷。"

电话挂断，梁裕白收起伞。

走廊外，不少女生用余光小心翼翼地打量着他。

他视若无睹。

陆斯珩的通讯录极其简单，只十几个联系人。梁裕白轻松地找到"妹妹"这个备注，不知道想到了什么，嘴角扯起一个极为寡冷的弧度。

顿了顿，他拨了出去。

湿冷的雨斜密地落了进来。

陆相思紧贴墙站着。

在她思考是要让工作繁忙的父亲来接，还是自己淋雨出去找陆斯珩的时候，手心里的手机嗡嗡地振动了起来。

是陆斯珩的来电。

惊喜不过刹那，凉丝丝的雨水提醒着她，陆斯珩拿错了手机。

陆相思侥幸地想：但也许陆斯珩已经拿回了自己的手机。

电话接通。

"哥哥？"

女声轻轻软软，像斜密而过的雨丝安抚着他焦灼又烦躁的心绪。梁裕白握着伞把的手收紧，又逐渐松开。

"是我。"

陆相思语气失落："我哥哥呢？"

梁裕白冷冷地问："哪栋楼，几楼？"

气氛骤然凝滞下来。

梁裕白还想再重复一遍，突然，耳边响起陆相思的声音，她声音微低，缓缓说明："春华楼一楼，东侧。"

话音落下，梁裕白走向东侧。

走廊尽头，女生拿着手机在说话，声音和听筒里的如出一辙。女生的身材高挑纤细，头发绾至一侧，脖颈线条精致流畅。

离她一米距离时，他停住。

"陆相思。"

两个声音重叠着响起，质感冰冷，微微泛哑。

陆相思循声望去，落入一双漆黑的眼里。

走廊的灯时暗时亮，梁裕白的神情也随之变得忽明忽暗，眼底却是无法触碰的森冷。

风雨交加。

他似是从暗夜里来。

陆相思怔怔地望着他。

眼底却看不到任何人。

他是暗夜里的光。

梁裕白把手机收起："走了。"

陆相思回神，匆忙地跟上他的脚步。

水泥地上满是水洼，她一个不经意，踩到水洼，溅起不少水珠。她注意到，身边的人裤脚上沾染了水渍。

感受到了对方身上散发出的阴鸷气场，陆相思连忙道歉："对不起，我不是故意的。"

梁裕白垂眸，视线正好落在她的颈侧，头发被雨水打湿，粘在皮肤上，弯起漂亮的弧度，瓷白皮肤上沾染了黑发，像是瑕疵。

让人想要伸手将这瑕疵捻去。

没听到他的回答，陆相思抬头。

男人太高，她只能看到他的下颌。

即便是这个角度，男人也像是经过精心打磨过的艺术品一样，流畅瘦削的下颌线条，双唇抿成一道冷淡的线。

陆相思礼貌地问道："你是我哥哥的朋友吗？"

梁裕白"嗯"了一声。

陆相思叫他："哥哥。"

梁裕白垂眼，提醒她："你哥哥在外面。"

陆相思不明所以："我不能叫你哥哥吗？那我要怎么称呼你？"

梁裕白淡声道："不用称呼。"

见他态度冷淡，陆相思没再主动搭话。

从后门出来，沿着巷子走到底，便是大马路。

陆相思偷偷瞥了梁裕白一眼，没敢吱声，只跟着他往前走。

穿过马路，绿灯亮起的时候，面前一辆车经过，车速未减，溅起一米多高的水花。

陆相思下意识往后一转。

她脚步趔趄，跌进一个清冷的怀里。

鼻尖隐隐约约地嗅到一股浅淡烟草香，雨被风从四面八方吹了过来，他们身上都被雨水打湿。

她身上仿佛也沾染到了他的气息。

疏离的、寡冷的、轻狂又傲慢的高高在上。

而此刻，梁裕白感受到的，是她慌乱之下抓着他衣领的手。

她的手紧贴着他的胸口。

少女掌心绵软，带着雨水都拍打不去的温热。

他的皮肤微凉，触碰到了一丝温暖。

他的心脏仿佛被她的手拉着，直直地往下坠。

往下坠。

往深渊坠去。

是诱惑。

没有预谋且毫无预兆的诱惑。

雨珠撞击在伞面上，发出清脆声响。

因陆相思突如其来的举动，迫使梁裕白微弯着身体。映入他眼底的，是她抓着自己衣领的手，摇摇欲坠的，令人怜惜。

然而梁裕白的善意像是她指尖松开的分毫弧度。

不过几秒，他开口，嗓音冷淡："手能松开了？"

陆相思反应过来，对自己的冒失举动感到抱歉，目光躲闪着解释："对不起，刚刚有辆车开过来……我不是故意的。"

她讪讪地松手，拉开二人之间的距离。

梁裕白收回视线，没再说话，接着往前走。

气氛骤然凝滞住，陆相思向来会看人脸色，感受到他并不是很想和自己说话，于是也安静地闭上嘴。

雨势渐小，走到停车场时又见霞光。

梁裕白收起伞。

露天停车场里响起刺耳的喇叭声响，随即是陆相思的声音："哥哥——"声音清澈明媚，全然没有和他独处时的紧绷感。

夏日气温高，地面半干，只剩浅浅的水坑。

陆相思跑了过去。

她踩中水坑，水溅在她的小腿处，留下斑驳污渍。

陆斯珩把手里的毛巾递给她，让她擦半湿的头发，温声道歉："不好意思，哥哥拿错手机了，所以没接到你的电话，你不会怪哥哥吧？"

陆相思好脾气地摇头："不怪哥哥，而且这个哥哥不是来接我了吗？"

陆斯珩愣了下，随即笑着拍了下梁裕白的肩："谢了，兄弟。"

梁裕白躲过，打开后座车门。

衣服被雨水淋湿，黏腻地贴在身上，他不爽到了极致，只想尽快换掉这身衣服。

他扶着车门，催促道："人接到了，还不走？"

"行，上车。"陆斯珩哭笑不得，知道梁裕白有洁癖，不爱与人接触，也不爽现在这样的情况——湿漉漉的衣服粘着皮肤。

陆斯珩打开后座另一侧车门，让陆相思坐进去，随后他坐上驾驶座。副驾驶上放了一大袋吃的，座椅下则放了一盒蛋糕。

是陆相思心心念念许久的一家私房蛋糕店刚出炉的蛋糕。

果然，看到蛋糕的那一刻，陆相思笑得很开心。

"谢谢哥哥。"

她双手捧着蛋糕，身体往前倾，挤在驾驶座和副驾驶座中间。

淋湿的裙摆颜色偏深，紧贴着皮肤。

陆相思腿上还带着水，沿着弧度优美的腿部线条往下流淌。

梁裕白盯着看了很久。

他的手心一点一点地收紧。

道完谢，陆相思回到位置上，专心地吃着蛋糕。

梁裕白不急不缓地将目光收回，透过车窗看向外面。恰是红灯，车子安静地停下。边上有辆摩托车也缓缓停下了，车后的篮子里放了一大束玫瑰，娇艳欲滴的红色格外显眼。

玫瑰花束上夹了一张小卡片，有风吹过，纸片在风中摇曳。

不外乎是些恶俗至极的情话。

他不屑于看。

绿灯亮起。

车子往前驶去。

他早已收回视线。

夹着卡片的小夹子松松散散的，很快就被风吹掉。

纸片掉进篮子里。

玫瑰上的露水坠落，直直地砸在纸片上，将上面的黑色墨水洇开来，上面写着的字变得模糊又深邃。

人这一生，谁都逃不过玫瑰。

车子是梁裕白的。

把陆相思送到，陆斯珩也跟着下车，将车子归还给梁裕白。

梁裕白坐在驾驶座上。

陆斯珩和陆相思在车子里的时间短暂，高考考场离陆相思家只一个路口的距离，前后加起来不到五分钟，他们一路上都在说话。

陆相思语调轻缓，咬字轻柔，在封闭的车厢里，像羽毛般滑过耳郭。

不管她说什么，陆斯珩都温润地附和着她。

上楼前，陆相思笑起来，双眸灵闪似含光，对梁裕白说："谢谢……

您。"

没再叫他哥哥。

梁裕白对"哥哥"这个词深恶痛绝。

仿佛哥哥就是为妹妹而存在的。

从小到大，只要他的妹妹梁初见喊他"哥哥"，就是她惹了祸让他背锅，抑或是让他善后，或者是缺钱找他要零花钱。

总之，没有过好事。

他的妹妹是个麻烦精。

至于陆相思——

晚霞从天边照进车厢，逆光中，他的神情看不太真切。

红灯数十秒。

梁裕白安静地盯着它。

绿灯亮起的瞬间。

他踩下油门，脑海里响起的却是陆相思的声音——"哥哥"。

那天回去后，梁裕白做了个梦。

他很少做这种活色生香的梦。

更准确点来说，这是他第一次做这样的梦。

他醒来后一切都记不清了。

只记得他的喉咙被死死地扼住，呼吸吐纳之间，似是痛苦，又极为欢愉，犹如上瘾一般，内心想要逃脱，潜意识又拉着他的身体无法自拔。

窗帘严丝合缝拉着的卧室，没有一丝光亮，漆黑环境中根本分不出是昼还是夜，像是无止境的地狱深渊。

静了片刻，梁裕白挣扎着坐起来，感觉头痛欲裂，从烟盒里抽出根烟点燃。

"怎么？"手机铃声响起，接起电话时，他才发现自己的嗓音沙哑得可怕。不是被烟草浸过的喉咙，而是生理上的喉咙干涸。

陆斯珩愣了下："你生病了？"

梁裕白"嗯"了一声，他咳嗽的时候，烟灰随之震颤，掉落在地上。

陆斯珩问道："去医院了没？"

"感冒而已，去什么医院，"梁裕白掐灭烟头，"找我什么事？"

陆斯珩那边响起机械的按键声："我刚刚喝了点酒。"

梁裕白拉开窗帘，明亮阳光刺激着他的眼，他不自在地眯了眯眼：

"嗯。"

那边响起开门声。

接着，陆斯珩说："我答应了相思待会儿接她回家。"

猜出他接下来要说什么，梁裕白没有任何犹豫地拒绝他："你找别人。"

陆斯珩轻笑着："你不是没事干吗？"

梁裕白沉默了会儿，窝火极了："你没有朋友？"

"咔嗒"一声，大门被合上。

耳边又是开房门的声音。

陆斯珩的声音在室内和手机听筒里回荡，嗓音里含着细碎的笑意："怎么办小白，我发现我只有你这么一个朋友？"

梁裕白小腹处褪去的欲火骤然演变成怒火。

他几乎是在陆斯珩话音落下时就沉下脸来，用几乎冷酷的语气说："你再这么叫我一次试试？还有，你怎么进来的？"

陆斯珩嗓音含笑："你密码没改。"

"找别人。"梁裕白懒得看他一眼，转身进了洗手间洗漱。

隔着洗手间的玻璃门，二人对话。

陆斯珩说："麻烦别人不好。"

梁裕白提醒他："我生病了。"

"感冒而已，去什么医院？"陆斯珩原话奉还，"而且离相思考试结束还有三个多小时，我可以带你去附近的诊所看看。"

梁裕白深吸气："麻烦我你就很好意思？"

陆斯珩慢条斯理地说："你先麻烦我的，所以咱俩算是扯平。"

淅淅沥沥的水声和陆斯珩的声音混在一起，像是蚊子似的在梁裕白耳边嗡嗡地叫，格外聒噪，尤其是陆斯珩说出来的话。

梁裕白关掉水，一脸不解："我麻烦你？"

"搞清事情先后顺序，是我先带你去诊所看病，然后你开车和我一起去接我妹妹。"陆斯珩不愧是出身检察官世家，逻辑清晰合理。

梁裕白不入他的圈套："我没有看病的打算。"

陆斯珩是更胜一筹的无孔不入："我好心带你去看病。"

"不需要。"

陆斯珩充耳未闻："洗完澡就去。"

梁裕白打开洗手间的门，湿漉漉的头发往下滴水，长眼黑沉沉的，薄唇微抿，面无表情地盯着陆斯珩。他原本想反驳推辞的，但身体的不适在此时达到顶峰，他喘着粗气往外走，一言不发地穿着衣服。

陆斯珩注意着他的脸色。

苍白、毫无血色。

"我先带你去看病。"

梁裕白轻嗤："然后让我当司机。"

陆斯珩不以为意："到时候再说。"

到了附近的诊所，医生说梁裕白没什么大毛病，就是发烧，打个点滴就行。

不到一个半小时，点滴就打完了，梁裕白和陆斯珩在外面吃了碗粥，体力恢复得差不多了。

他看了眼陆斯珩，说："最后一次。"

陆斯珩挑眉："谢谢……您。"

他想起昨天陆相思是这么对梁裕白说的。

用"您"称呼梁裕白。

梁裕白显然也想到了这事。

他又想起了昨晚的梦，全身躁动不安。

梁裕白不耐烦了："闭嘴。"

高考最后一天。

学校外面都是人。

梁裕白在马路对面找到车位。

车子停着的位置正对花店。

陆斯珩临时起意："我下去买束花。"

梁裕白提醒他："我花粉过敏。"

陆斯珩皱了下眉，把开了的车门又合上，眼神充满无奈："你以后要是有女朋友了怎么办，也不送花？"

梁裕白转过头，面无表情道："不会。"

"女孩子都喜欢浪漫的。"陆斯珩显然误解了梁裕白的意思，苦口婆心地教导他。

梁裕白说话的声音极冷："我什么时候说过我会找女朋友？"

陆斯珩愣了下："万一呢？"

"没有万一。"

在梁裕白的眼里，女人和爱情都是深渊地狱，一旦遇到，便是万劫不复。

他生性凉薄，七情六欲早已被理智分割、切碎、捻灭，情感匮乏到连亲近之人都无法窥探他的内心，向来将儿女情长视为人性的弱点。

"女人是世界上最麻烦的生物，"梁裕白嘴角泛起一抹漠然的笑意，带着肯定的语调，"我不可能自找麻烦。"

陆斯珩似是想到了什么，饶有兴致道："你越是这样，我反倒越想看你恋爱的样子。"

梁裕白头靠在椅背上，双眼紧闭，一副不想再聊的冷淡架势。

陆斯珩摸摸下巴，自言自语般地说："为什么我总觉得你会谈恋爱，而且还会为她做些特别疯狂的事？"

他话音未落，余光察觉到梁裕白伸手。

有个不明物体砸了过来。

陆斯珩躲得及时。

还剩三分之二水的矿泉水瓶砸在车窗上。

"咚"的一声。

水瓶自由落体在他的膝盖骨上。

陆斯珩疼得咧嘴，哭笑不得："你敢打赌吗？"

"赌什么？"

"恋爱，你要是谈恋爱，"陆斯珩慢条斯理地说，"我也不提什么过分的要求，你叫我一声哥哥就行。"

二人的年纪一样大，陆斯珩甚至比梁裕白大一个月，但从小到大，梁裕白从未叫过陆斯珩一句"哥"，都是直呼其名。

梁裕白眉头轻抬，没说话。

"加个时间，你大学毕业之前，"陆斯珩说，"输的叫赢的一声哥哥。"

梁裕白戴上墨镜，语气笃定："我等着你两年后叫我哥。"

空气燥热，蝉鸣声此消彼长。

清脆绵长的铃声响起，宣告着考试结束。

交通管制已经结束，校外车水马龙，人行道上站了许多家长。

喧嚣的交谈声让梁裕白不禁皱眉："还要等多久？"

陆斯珩看着手机里的消息，说："相思出来了，我过去接她。"

车门关上。

梁裕白不自觉地往校门看去。

穿着校服的学生蜂拥而出，面孔青涩又稚嫩，无一例外地带着笑。

他的目光平淡如水地划过，直到一个人出现——

视线定格。

陆相思的目光四处巡睃着，警惕又拘谨。很快，她停下目光，对着某处毫不设防地笑了起来。

距离很远，但梁裕白仍能感到她眼底的光。

落在他的眼底，分外刺眼。

很快，车门打开。

后视镜里，陆相思的一举一动全部映入他的眼底。

自然也没错过她脸上变幻的情绪。

她的双眼干净澄澈，笑起来时眼里很亮，双眸如月光皎洁，视线随意一转，注意到驾驶座上坐着的人是梁裕白后，也不过刹那，笑意敛住。

后视镜将梁裕白眼里的阴鸷淡化，但褪不去他眉目间的冰冷与疏离。

从第一次见面，陆相思就能感受到他的冷淡，身上的气场压迫感十足，单单一个对视就让她招架不住。

他的眼神很病态，像是深不见底的黑洞，吸纳人世间所有的好情绪。

剩下的是不安、绝望、无措、胆怯。

陆相思像是喘不过气来，狼狈地挪开视线。

梁裕白戴上墨镜，镜面下的脸，满是阴霾。

没有光。

她不舍得分给他一丝光。

他发动车子。

陆斯珩突然说："相思，怎么不叫人？"

陆相思几乎是脱口而出："哥哥——"

喊出口后，她冷不丁地想起昨天她也这样叫过梁裕白，可他的回应却极为冷淡，甚至可以说是排斥。

果不其然。

"不用叫我。"

还是一样的答案。

以为自己被讨厌了，陆相思有些难堪。

陆斯珩失笑："还是不喜欢别人叫你哥哥？"

梁裕白透过后视镜看到陆相思局促不安的神情，心里的躁意似野火燎原般，眼神却变得沉冷："我说过了，烦。"

"我妹妹也不行？"

"烦。"

"我妹妹可比初见乖，"陆斯珩转回头看了陆相思一眼，嗓音里含着温柔的笑，"她从小到大都没让我操过心。"

梁裕白神情未改："与我无关。"

陆斯珩无声地和陆相思说："和你无关。"

原来不是她的问题。

陆相思松了一口气。

车子原本应该在前面的路口右转，却沿着直道驶去，陆相思以为是梁裕白开错路，提醒道："不是应该往右转吗？"

陆斯珩刚好在接电话，没听到她的声音。

陆相思的身体往前倾，欲言又止。

红灯亮起。

车子缓缓停下。

注意到身后的那道视线，梁裕白摘下墨镜，侧眸往后瞥。

光透过树叶的间隙落在她的脸上，她仰着头，一双眼睛明亮，直勾勾地盯着他，斑驳光影摇曳，她的眼里似有流星般。

带着蛊惑、勾人的意味。

但又似乎并没有那种意思，她就这样看着他。

"开错路了。"

刚刚上车时她还有所防备，现在却这样坦然地对着他笑。

梁裕白的喉结缓慢地滑动了下，"嗯"了一声。

陆相思不解，又说："这不是我回家的方向。"

梁裕白却说："没开错。"

"啊？"

"去吃饭。"

信号灯由红转绿。

梁裕白轻踩下油门，声音清清冷冷的："吃完饭再送你回家。"

陆相思慢吞吞地回到座位。

梁裕白又说："安全带扣上。"

她乖巧地扣上安全带。

梁裕白看到她纤细白嫩的手指滑过黑色的安全带，而后响起轻微的咔嗒声。安全带横亘在她的身前，压住她藕粉色的衬衣。

衣服上有褶皱，纽扣之间被挤出一道缝。

车子顺着车流往前行驶，速度在不知不觉间变慢。

白色的蕾丝花边。

他看到了。

他握着方向盘的手逐渐收紧，额发自然垂下，眼睛半眯着，像是什么都没变，但眼里敛着的暗流涌动。

没有人知道，他的隐忍与压抑。

不需要任何人知道。

他的理智和清醒正在逐渐撕裂，逐渐往地狱深处走去。

梁裕白把车开到附近的商圈。

市中心的商圈繁华热闹，车子在地下停车场绕了很大一圈后终于找到车位。

陆斯珩的电话仍没打完，他拍拍梁裕白的肩，说："你先带相思上去。"

梁裕白淡淡地扫了眼陆相思，便往前走去。

陆相思跟在他的身后。

虽然知道他并不是讨厌她，但她对他仍有所忌惮。

停车场安静得只能听到彼此的脚步声。

陆相思目测了下梁裕白的身高，至少比她高二十厘米，身形落拓，走路似带风，没一会儿便和她拉出很长一段距离。

她小跑着跟上。

听到身后急促的脚步声，梁裕白放慢步伐。

没一会儿，陆相思感受到自己似乎不用再跑。

莫名，却没深究。

电梯间人多。

金属电梯门清晰敞亮，映着排队等候的人。

梁裕白和陆相思并排站着，正好此时她的手机响起，陆相思拿出手机回同学的消息。

没一会儿电梯就到了。

梁裕白往里走，余光注意到陆相思仍在回消息。

手机对她的吸引力太大，或者，是手机那端的人重要到让她不舍挪眼。

他眉头皱起，原本想将她扔在这里，但旋即伸手，力气稍稍克制，把她往电梯间里拉。

陆相思没反应过来，猝不及防地被他拉进电梯间，脚步趔趄，差点跌倒。

不断有人往里挤，她被推搡着，站不太稳。

拽着她胳膊的手更用力，像是要把她的手从她的身体撕扯、抽离。

陆相思轻呦，整个人往后倒去。

意料之外的，她的脊背并没有和冰冷的墙面相贴。

有东西挡在了她的身后。

眼前有阴影覆盖上来。

她眨了眨眼，和她视线相隔二十厘米的地方，是男人凸出的锁骨，他的喉结随着说话的动作上下滑动，带着极强的荷尔蒙视觉冲击。

"不看路？"

语气却是不耐烦的。

陆相思有些尴尬："我没有注意到，对不起。"

梁裕白注视着她的发旋，视线往下，落在她莹白的耳郭上。自己手心贴着的是她凸出的蝴蝶骨，少女纤细的脊骨仿若琴弦，轻轻触摸便会微微震颤。

他的眼里淬了不为人知的、独属于男人的禁忌色泽。

"疼，"她挣扎着，胳膊快要被他掐断了，"我疼。"

梁裕白的脑海里紧绷着的弦因这一声"疼"而停止震颤。

梁裕白收手，连带着她身后的手也一并收回。

他的双手垂在身侧，又收紧，指甲陷入肉里。

他面无表情，不带任何情绪地站在她的面前，像只是单纯地为她隔绝熙攘的人群。

手机还在振动。

陆相思拿出手机回消息。

梁裕白没看她在和谁聊天，只觉得手机屏幕折射出的光碍眼，无波无澜地问："和男朋友聊天？"

陆相思愣了下，回道："不是，我没有男朋友。"

安静两秒，她又补充："我回班级群里的消息。"

像是为了证明自己说的是事实，陆相思举起手机给他看。

梁裕白向来不屑窥探他人隐私，哪怕陆相思大方坦然地把聊天界面给他看，他也是匆匆看一眼便挪开视线。

他冷淡道："知道了。"

陆相思没再看手机，而是问道："我们去几楼？"

"六楼。"

"吃什么？"

他言简意赅："日料。"

陆相思轻轻地"嗯"了声，便没再说话。

好在很快就到六楼。

陆斯珩订的是包厢，服务员把他们带到包厢里，递了两份菜单上来。

恰在此时，梁裕白的手机响了起来。

是陆斯珩的电话。

梁裕白心里有个预感，他拿起手机往外走。

陆相思张了张嘴，最后把那句"哥哥"给咽了回去，问道："你不点单吗？"

"我接个电话，"梁裕白说，"点你想吃的。"

他从包厢出来，接起电话。

陆斯珩充满歉意的声音传来："我临时有事要先走，你带相思吃饭行吗？吃完饭顺便送她回家。"

梁裕白冷笑："你知道我带我妹妹出去吃过几次饭吗？"

陆斯珩故意说道："无数次。"

梁裕白语气冰冷："零次。"

"我是真的有急事，得去我爸那儿一趟。"陆斯珩实在无奈，"要不你让相思自己回去也行，但是吃完饭是高峰点，她打车有点难。"

梁裕白轻嗤："她可以走回去。"

陆斯珩不气反笑："小白。"

"滚。"

"相思就交给你了。"陆斯珩语气温润，仿佛笃定梁裕白会送陆相思回家，"对了，我给她买的毕业礼物在后备厢，你别忘了给她。"

梁裕白冷着脸："我答应你了？"

"就这么说定了。"

电话戛然而止。

梁裕白靠在墙边，从口袋里掏出一包烟，点燃一根，猩红的火苗在他面前明暗起伏。

走廊尽头光线暗淡，他的脸浸在深不可测的暗夜里。

他的眼睛狭长，双眼皮很浅，眼尾微往上扬，即便笑着，都显得薄情寡冷。

他也已经记不清上次笑是什么时候了。

烟雾缭绕，将他眼里浮现出的笑意模糊了几分。

我拒绝了。

但你仍旧把她推到我身边来。

陆斯珩。

这怪不得我。

梁裕白拉开包厢的门。

陆相思跪坐在榻榻米上，两侧碎发挡住视线。

她像是在发呆。

直到听到门合上时轻微的"咔嗒"声，她才仰头看了过来。

包厢里的灯光典雅柔和，梁裕白的眉眼天生自带冷感，饱和度再高的光都无法敛去神情里的薄凉冷漠。他身材高瘦挺拔，轻而易举地就将包厢里的日式灯笼遮住。

从第一次见到梁裕白开始，陆相思就能感觉到他不是个很好相处的人。

或者说，他并不喜欢与人相处。

他不喜欢被人叫"哥哥"。

哪怕是自己的亲生妹妹也一样。

陆相思无意识想起昨天下车后的情景。

她像是逃离似的从梁裕白的车上下来，从雨后初霁的室外钻入楼道里，潮气见缝插针般地钻进裸露在外的皮肤。

有股凉意。

让她忍不住想起梁裕白。

是比感知到的空气中的潮气更泛冷的存在。

当时，陆相思犹豫几秒，问道："那个哥哥看上去好像脾气不太好？"

陆斯珩说："什么叫看上去？"

陆相思不解。

"他脾气确实很不好，"陆斯珩揉揉她的头发，伸手把楼道里的窗推开，"他就比你大一岁，你也可以叫他的名字。"

窗外的阳光洒了进来，陆相思往外看。

单元楼排列紧密，将天边的昏蒙霞光遮蔽大半，沿路两侧树叶浓密，树叶随风摇曳，发出簌簌声响。

黑色越野车停在窄巷口。

驾驶座那侧车窗降下。

明暗交织的光线下，男人的肤色近乎病态的白，侧脸轮廓清晰，单手抵着车窗。他低头点烟，猩红火苗燃起，有烟雾弥散。

不是很远的距离。

陆相思看清了他此时的神情。

点漆的眼瞳像是一个化不开的深渊，被烟雾遮挡，更显幽冷。

看久了会有种窒息的压抑。

陆相思稍显狼狈地收回视线。

叫他名字吗？

她想，她是不敢的。

还是算了吧。

反正只是哥哥的朋友。

反正以后应该也不会见面。

可没想到今天又和他见面了。

而且他们还一起吃饭，甚至陆斯珩都不在。

只有他们两个人。

陆相思宽慰自己，不过是吃一顿饭而已，吃完这顿饭就随便找个借口自行离开，不用他送自己回家。

他应该也不愿意送她回家。

"菜点好了？"

梁裕白声音低哑地开口，唤回神游的陆相思。

"点好了，"陆相思拿起筷子，"都上齐了。"

隔着一张宽长的桌子，两个人面对面坐着。谁也没有说话，安静得只能听到筷子与瓷盘不经意交碰的清脆声响。

吃完饭，陆相思跟在梁裕白的身后出去。

商场里熙攘喧嚣，正是饭点，排队等餐的人排成长龙。

陆相思和梁裕白这里的氛围却安静得诡异，和喧嚣的外界有道泾渭分明的线似的。

谁都无法打破，就连陆相思都束手无措。

拐角处就是电梯。

陆相思犹豫再三，小跑到梁裕白身边，很突兀地说："我已经十八岁了。"

梁裕白微垂着眼，似是听到什么可笑的事儿似的，低嗤了声，却也还是开了口："你想说什么直接说。"

轻而易举地识破了她的拐弯抹角。

"就是如果你觉得麻烦的话，我也可以自己回家的，"陆相思说，"而且这里离我家也近，地铁不到半小时。"

打了许久的腹稿终于说了出来，陆相思如释重负般地看向梁裕白。

却看到男人的额发自然下垂，半遮住他的眼睫。

他面无表情地看着她。

方才的嗤笑也消失得一干二净。

陆相思的心陡然间提到了嗓子眼。

他似乎并不期望听到她说这些话。

还没等她再问，梁裕白的手机响了起来。

"我先接个电话，你在这里别动，"梁裕白极为平静地看着她，"在这里等我，我很快就回来，知道没？"

"好。"

梁裕白到消防通道里接电话。

几乎是他的身影消失的下一秒，陆相思的肩上陡然一重。

"相思，你怎么也在这儿？"

声音熟悉。

是她同桌施婉琴。

陆相思解释："我来这里吃饭。"

顿了顿，她又礼尚往来地问道："你呢？你也是来这里吃饭的吗？"

施婉琴说："没，我和我同学约好到这里的电玩城玩。"

陆相思笑道："那你们玩得愉快。"

电玩城就在前面。

五光十色的光柱折射着，音乐声躁动激愤，吸引行人进去。

施婉琴问："你待会儿有事吗，没事的话就和我们一起玩？"

　　陆相思下意识就要拒绝，但随即又想到，或许可以用这个当借口，让梁裕白不送她回家。

　　"就我们班的几个人，还有隔壁班的。隔壁班的你应该都认识，"施婉琴拉着她往那边走，刚进电玩城，语气惊讶，"何处安也在？"

　　"何处安是谁？"

　　施婉琴有些无语："年级第一，你不认识吗？"

　　附中是重点中学，陆相思的成绩只能排在中上游，她理所当然地摇头："不认识。"

　　"不认识也没事，反正还有咱们班的同学在，"施婉琴拉着她，"你一个人也没事干，就和我们一起玩儿吧。"

　　这话提醒了陆相思。

　　她站在这里是等梁裕白回来的。

　　陆相思扭头往消防通道看。

　　施婉琴却拉着她往前走："走啦。"

　　"可是……"

　　"可是什么？"

　　"你能等我几分钟吗？"陆相思说，"我等个人，他打完电话回来我和他说一声，再来找你们玩儿，可以吗？"

　　"这么点儿距离，他回来就能看到我们的。"

　　施婉琴并不在意，又有同学和她们打招呼，她热情地挥手示意，另一只手拉着陆相思往电玩城走去。

　　陆相思莫名觉得施婉琴说得也对。

　　于是，半推半就地，陆相思跟着施婉琴走了。

　　电玩城入口便是几台娃娃机。

　　同学们都围在那里。

　　走得近了，陆相思也看到挤在同学间的生疏面孔。

　　少年眉清目秀，挺拔瘦削。

　　施婉琴附耳说："他就是何处安。"

　　陆相思和何处安的视线正好对上，她礼貌性地朝他点点头，随即收回视线，回应着施婉琴："这样。"

　　娃娃机前接连不断地响起欢呼声，而后是嘘声。

　　没人抓到一个。

人群中响起一个声音："你都抓了几次了还没抓到？下一个，下一个。"

陆相思被推到了娃娃机前，手心里不知被谁塞了几枚游戏币，她有些慌乱："我不会玩这个，这个怎么玩？"

有人教她："你先移动这个摇柄，爪夹就会动，等看到合适的时机，再按一下按钮，把爪夹移到出口就行。"

"好，我试试。"

陆相思感激地看向那人。

二十厘米左右的距离。

清晰到她看见他的桃花眼笑得温柔又缱绻。

何处安说："加油。"

陆相思收回视线："谢谢。"

她投入游戏币，按照他教的那样按下按钮，爪夹降了下来夹住一只兔子玩偶，爪夹晃晃悠悠地摆动着，移动了几厘米，掉下。

众人叹气。

接连试了几次，直到手心的游戏币都用光，陆相思都没抓到。

她恋恋不舍地望着那个玩偶。

"想要那个？"

"啊？"

她看向何处安。

何处安的眉头微扬："我试试。"

于是二人的位置互换。

何处安投下游戏币，游戏音乐响起，众人的视线都聚在一处，看着爪夹把娃娃抓起，然后升回原位。

而后——

人群里爆发欢呼声。

何处安蹲下身子去拿娃娃，说："给你。"

陆相思指尖微动："你不要吗？"

"我看你挺喜欢的所以才夹这个，"何处安把手里的娃娃往她手里推了推，又说，"我夹了挺多的，你看他们拿着的都是我夹上来的。"

不少同学手里都拿着娃娃，听到这话，他们都点头附和。

陆相思没再忸怩，接过娃娃，说："这样吧，我请你喝奶茶。"

少年笑得恣肆又明朗："好啊。"

她接过娃娃，抬眸的时候，就看到了站在商场过道上的梁裕白。

陆相思的心里咯噔一声。

他不知道是什么时候就站在那里的。

他直直地站着，一只手紧握着手机，另一只手自然垂下，脸上没有任何情绪，周身却有一股戾气，眼里的寒意越来越重。

他的眼神像是万年难消融的雪山。

被他直勾勾地盯着，宛若脚踩冰刃。

好半晌，梁裕白开口，嗓音极冷："陆相思。"

陆相思轻轻地应了声。

他几乎是命令的口吻："过来。"

像是有条无形的线系在她的身上，线的另一端，是梁裕白。她每个举动都由他牵动，毫无反抗能力。

她向他走去。

何处安的视线在二人身上盘旋，察觉到男人的口吻高高在上，看到陆相思低眉顺眼地应和，以为她是被迫，于是拦住她，说："你不想过去就别过去。"

他看向梁裕白，目光警惕："你是谁？"

梁裕白对闲杂人等一概都是漠视。

只不过，这人挡着陆相思。

是要做护花使者？

还是宣示主权？

如果她是一件物品，那么世上不会有人比他出价还高。

梁裕白大阔步走到陆相思面前，轻而易举地推开拦在她面前无关紧要的路人甲。

他眼神清冽又安静地看着陆相思，问道："你认识我吗？"

"啊？"陆相思愣愣地抬起下巴。

"不知道叫人？"

陆相思不解。

梁裕白的声音低了几分："忘了？"

陆相思随即反应过来，又怕不是那个称呼，于是试探性地叫着："哥哥？"

这一次，梁裕白没有反驳。

"走了。"

他伸手，拽着她的手腕往外走。

少女腕骨纤细，细腻的软肉被包裹在掌心。

找她的烦躁与她突然消失的不安在此时瞬间消散。

这一天，梁裕白终于明白，人是在清醒中沉沦的。

第二章 /
玫瑰梦境

　　地下停车场。

　　陆相思坐在副驾驶座上。

　　她解释："你去接电话的时候，我遇到我同学了，她们叫我过去一起玩儿，我想着你回来应该也能找到我，所以就过去了。"

　　梁裕白开着车，没说话。

　　陆相思定了几秒，问："你找我很久吗？"

　　他偏过头来，说："我是不是说过，让你在那里等我？"

　　"你说过，可是我遇到我同学了。"陆相思转头，和他对视上，没过几秒，就泄气地垂下眼帘，低声道歉，"对不起。"

　　梁裕白神情未改："对不起什么？"

　　"我不该离开那个位置的。"

　　"嗯。"

　　"让你找我，对不起。"

　　他紧绷的唇线松开："陆相思。"

　　陆相思睁大眼睛，唇齿翕动着，含糊地应了一声。她捉摸不透他的想法，但潜意识里，她是怕他生气的。

　　他说："陆斯珩让我送你回家。"

　　陆相思小声道："我可以自己回去的。"

　　听出她语气里的陌生疏离，梁裕白嘴角轻扯："自己回去？"

　　陆相思点头："嗯。"

　　"毕业礼物不要了？"

　　陆斯珩送她的毕业礼物还在梁裕白的车上。

　　陆相思猛地反应过来，忙说："要的，那是哥哥给我买的毕业礼物。"

"我以为你连这个也忘了。"

也忘了？

她还忘了什么？

忘了他说的话吗？

还是说，遇到同学，就彻头彻尾地忘了他的存在？

气氛瞬间凝滞下来。

没多久就到家了。

陆相思解开安全带，礼貌地道谢："哥哥，谢谢你送我回家。"

梁裕白叫住她："等会儿。"

她回头。

梁裕白说："东西在后备厢。"

他也下车，打开后备厢。

里面放了两个购物袋和一个小纸箱。

下午的时候，陆斯珩去商场里买的，一个包、一条连衣裙，还有一部手机和饰品之类的小东西。

果然，陆相思笑了。

她一手提一个购物袋，而后，两只手捧着那个纸箱。

"哥哥，我回家了，"她笑了起来，"你回去的路上小心。"

因为想拆开看看里面到底有什么礼物，她匆匆地跑回家。

客厅里，只陆宴迟一人坐着，见到陆相思回来，桃花眼笑得温柔："手里拿着什么东西？"

"哥哥给我的毕业礼物。"陆相思边换鞋边说，"妈妈呢？"

"在洗澡。"

"那我先回房了，爸爸早点睡。"

陆宴迟在她身后说："爸爸送你的毕业礼物在桌子上，记得看。"

陆相思从房间里探出头来，毫不吝啬她的笑容，嗓音清脆悦耳："谢谢爸爸，爸爸你最好了。"

陆宴迟淡声道："你今天为了和你哥哥吃饭，拒绝了和你最好的爸爸吃饭。"

记仇的老男人。

她默默地关上房门。

拆完大家送给她的毕业礼物，陆相思突然站起来，在房间里找了一圈，都没有找到那只兔子玩偶。

纠结了好一会儿，她给陆斯珩打电话，问他要梁裕白的联系方式。

接到陆相思的电话时，梁裕白正在停车。

是一个陌生号码，但梁裕白却已将这串数字牢记于心。昨天他上车后，并没有在第一时间把手机还给陆斯珩。

趁他们兄妹二人交谈时，他轻车熟路地解锁陆斯珩的手机。

然后记住了这串数字。

过目难忘。

梁裕白接起电话。

意料之中的，电话那边是陆相思的声音。

"哥哥，你在开车吗？"

她叫他哥哥叫得越发熟练，而他也听得越发顺耳。

"我刚停好车。"

"那……"

"怎么？"

"你有看到一只小兔子的玩偶娃娃吗？"陆相思尽可能详细地描绘着那只玩偶的形状，她也不知道到底丢在哪儿了，怀揣最后一丝希望问他，"车子里有吗？也可能在后备厢，哥哥，你帮我找找。"

梁裕白坐在位置上没动："没看到。"

陆相思快快的："好吧，那哥哥，我就不打扰你了。"

电话挂断。

梁裕白拿起副驾驶座上放着的兔子玩偶，脑海里浮现出刚才在商场里的情景——穿着同样款式校服衬衣的少男少女并排站着，看上去异常般配。

他的眸色沉了下来，如坠夜色。

手心攥紧。

真般配。

好半晌，他从车上下来。

单元楼楼下就有几只垃圾桶，路过的时候，他顺手就把那只兔子玩偶扔进垃圾桶，像是在扔什么污秽物似的，头也没回。

高考结束，陆相思开始了漫长的暑假假期。

半个月的时间转瞬即逝，毕业典礼那天晚上，高考成绩就出来了。

陆相思发挥超常，她迫不及待地想要把这个好消息分享给陆斯珩。

电话一接通，她便说："哥哥，我高考考得特别好。"

陆斯珩嗓音含着笑："有多好？"

陆相思激动地说："特别特别好，爸爸说我这个分数应该能上南大。"

"能上南大了，确实考得很好，"陆斯珩由衷地为她开心，调侃道，"你这是要成为我的小学妹了？"

"没有，我不想去南大。"

"为什么？"

"我这个成绩去南大也没法读我喜欢的专业，我还不如去别的学校选我自己想学的专业。"

陆相思的自我认知水平足够。

"那我们相思想读什么专业？"

她翻了翻从学校拿回来的《择校指南》，说："我想学广告，但我不知道去哪所学校。"她收起本子，"哥哥，我明天去找你行吗？"

陆斯珩问："让我帮你挑学校？"

"你有时间吗？"

"没时间也得有时间。"陆斯珩对她向来是有求必应。

得到他的肯定回复，陆相思把《择校指南》放在床头，旋即关灯睡觉。

第二天吃过午饭，陆相思便打车到了陆斯珩住的地方。

只是陆斯珩不在，今天是他期末考试的最后一天，回家会晚一些。今天早上他也和陆相思说过。

因此虽然家里空荡荡的，但陆相思也没觉得奇怪。

她把带来的绿豆糕放在冰箱里显眼的位置，以便陆斯珩发现。

左等右等，等到下午两点多，她终于撑不住，眼皮沉沉地睡在了沙发上。

她做了个梦。

梦里，午后阳光微醺。

教室里空荡安静，她趴在桌子上睡觉。

上帝视角的她，看到有人走了进来。

光氤氲了他的脸庞，他整个人像是杂糅在光圈里，看不真切，但她嗅到了男生身上有股浅淡的烟草香，并不难闻。

他在她身边坐下。

而后，他伸手，动作极缓慢地抚摸着她滑落至脸侧的碎发，指尖微凉。她在睡梦里感到舒适，往他的手上凑了凑。

他手一顿。

梦境霎时变得诡谲——

他弯腰，吻过她的耳垂和右半边脸，像是对待世界上最珍贵的宝物一般，吻得温柔，目光缱绻。

他抬起头，与她极近的距离。

陆相思听到他说："你这么好，我怎么舍得掐死你？"

语气温和，一字一句说得分外缓慢，像是与爱人告白时的深情口吻，但说出来的内容却视她为仇人般。

顿时，陆相思感觉到自己的喉咙被人死死地掐住。一瞬间，窒息感铺天盖地袭来，痛苦要把她湮没，她在绝望和无助中猛地惊醒。

一个噩梦。

一个死而复生的噩梦。

她在沙发上坐了起来，视线无意识往外一扫，看到她的《择校指南》边上有一包烟。

她盯着那盒烟发了会儿呆，在想这包烟是一直都有的，还是她睡觉的时候有人放在这儿的。

安静的空间里，有脚步声响起，越来越近。

眼前的光亮被人影挡住。

陆相思仰头。

对面站着的竟然是梁裕白。

她有些呆愣。

梁裕白似乎并没有和她说话的意思，默不作声地拿过茶几上的那盒烟，而后转身离开，走到阳台处抽烟。

隔着阳台的玻璃拉门，梁裕白抵着栏杆，正午炽烈的阳光直射，他的脸色是病态的苍白。

烟雾缭绕，将他的神情刻画得尤为不近人情。

梁裕白抽了半根烟后，陆相思终于回神："哥哥？"

梁裕白掀了掀眼皮："嗯。"

陆相思问："外面不热吗？"

他含着烟说话，有些含混不清，嗓音微凉："你觉得呢？"

"我觉得挺热的，"陆相思说，"你进来抽吧。"

他没再说话。

等到一根烟抽完，他走了进来。

却也没在陆相思身边停留，连眼神都没分给她一个，绕过她，径直走到边上的书房去。

再回来，他手上多了只兔子玩偶。

陆相思觉得眼熟，却又想不起在哪里见过。

梁裕白说："你的。"

陆相思蒙了下："给我的？"

"嗯。"

梁裕白经过的时候，陆相思闻到了一股浅淡的烟草味，和梦境里闻到的竟然莫名重合。

她眨了眨眼，又问："这是你给我的，还是我哥哥给我的？"

"不是找不到了？"梁裕白在单人沙发上坐下，头靠着椅背，闭着眼，一副并不想和她交谈的模样，补充道，"兔子。"

"那天何处安给我抓的兔子玩偶。"陆相思想起来了，但眼前的兔子玩偶比何处安给她抓的那只更精致。

梁裕白睁开眼，极为平静地看着她。

她爱不释手地玩弄着他精心挑选的兔子玩偶，说话时嗓音里带着刚睡醒的鼻音，双唇翕动之间，露出粉嫩的舌尖。

他却还是烦躁。

她嘴里冒出其他男人的名字。

陆相思揪了揪兔子耳朵，说："哥哥，谢谢你送我的玩偶，我很……喜欢。"她的声音戛然而止。

她说话时看向他，视线跌入深不见底的瞳仁里。

他似乎在看着她的脖子。

梦里那句话就这样再次席卷她的脑海——

"你这么好，我怎么舍得掐死你？"

他现在的样子，像是要把她掐死。

没有人说话。

房门被推开的声音，在尘埃中滑出嘎吱声。

玄关处多了陆斯珩的身影。

陆相思如梦初醒般地回过神来，眼前，梁裕白正低头玩弄着白色的烟盒，骨节分明的手指修长，有一下没一下地敲着烟盒。

他并没在看她。

一切都像是她的幻觉。

也或许是噩梦的后遗症。

她觉得羞耻，竟然这样想梁裕白。

陆相思眼角微动，视线挪到不远处的陆斯珩身上。

"哥哥。"

"这么早到？"陆斯珩这话是对梁裕白说的，接下去的才是对陆相思说的，"是不是等很久了？我给你买了蛋挞。"

陆相思摇头："也没等很久。"

在她吃蛋挞的时候，梁裕白和陆斯珩说着话。

陆斯珩问道："考试结束了？"

梁裕白说："明天上午最后一门。"

陆斯珩又问："暑假怎么安排？"

梁裕白躁郁地揉了下头发，额发遮掩，回道："去公司。"

陆斯珩给他倒了杯水："哪个公司？"

梁裕白拧眉："总部。"

陆斯珩放下水壶的动作顿住，手停在半空。

意料之外却又是情理之中的回答，梁裕白作为梁家独子，迟早要接管整个梁氏。只是没想到，大一刚结束，他就要去总部。

或许在更早，早在梁裕白一出生，他身上就烙上了"梁氏未来继承人"这个标签。

怎么逃也逃不过。

陆家的情况并不比梁家好多少，但至少陆斯珩有选择的权利，也有退路。但梁裕白没有退路，他背负了整个家族的期望。

气氛陡然变得沉闷，谁都没再说话。

陆相思不知内情，但从二人的表情里看出来，此时她不应该开口，应该装作隐形人。

陆斯珩把水壶放在茶几上，视线瞥到一侧放着的《择校指南》。

他挑眉，问道："怎么想学广告了？"

冷不丁地和她对话，陆相思愣了下。

"也不是想学广告，只是觉得广告比起语言、新闻会简单点，"她双眼中有着涉世未深的澄澈，"而且爸爸也是这么觉得的。"

她什么都不知道，只是觉得父母说的都是对的。

她拥有的原生家庭幸福美满，对她的唯一期盼，就是热烈又灿烂地活着。

不像他。

梁裕白想。

他从来都对热烈的太阳无感。

他喜欢连绵阴雨天、闪电划破苍穹的瞬间、烟花结束之后的夜幕、狂风卷席万物之后的残喘……所有的腐朽、衰败、糜烂。

所有的阴暗面。

而她是阴暗面背后的太阳。

是他偶尔也会渴望触摸到的，热烈的光。

陆相思和陆斯珩讨论了很久。

考虑到她并不想离家太远，只想在本地念大学，陆斯珩给她圈了几所大学出来。

拿不定主意的时候，他问梁裕白："你觉得哪所大学好？"

梁裕白的视线定在手机上，都没抬眼，吐字冷淡："宜宁大学。"

陆斯珩自己也偏向这所大学，转头问陆相思："相思，你觉得宜宁大学怎么样？"

陆相思没什么意见，也因此才来找陆斯珩。

在她的眼里，她什么都不懂也没关系，反正有陆斯珩在她身边，给她做一切决定。而他所做的每个决定，都是从"为她好"的角度出发。

她说："就这个吧。"

就这样轻而易举地做出了决定。

另一边，梁裕白把手机里的浏览器关上。

浏览器里最后显示的界面是——宜宁大学广告学专业所在校区位于滨阳大学城，滨阳大学城里有不少高校。

南城大学金融学专业也在这里。

决定好后，陆相思打算明天去宜宁大学走一走。

陆斯珩不赞同："等到开学了再去也不迟。"

"我每天在家没事做，太无聊了。"陆相思微微偏头，"我看了天气预报，明天不热，只有二十多度，你就让我出去走走吧。"

陆斯珩拿她没辙，还是同意了。

之后，陆斯珩把陆相思支到书房去玩电脑，他和梁裕白在客厅聊事情。

等到事情聊完，陆斯珩去书房找陆相思。

书房里没开灯，只电脑屏幕发出幽蓝色的光。

陆斯珩蹙眉："说了多少次，玩电脑的时候要开灯。"

陆相思往室外看："天这么快就黑了啊。"

"都六点了，能不黑吗？"陆斯珩觉得好笑，"肚子不饿？"

"我吃了很多零食，所以不是很饿。"陆相思指指垃圾桶，里面都是她吃的零食包装，"要吃晚饭了吗？"

"你还吃得下吗？"

陆相思用大拇指和食指在空中比画了下："一点点。"

陆斯珩揉了下她的头发，问道："你想吃什么？"

"烧烤。"

"行，那就去吃烧烤。"

出了书房，陆相思发现家里没有梁裕白的身影，她边换鞋边问："那个哥哥呢，他不和我们一起吃晚饭吗？"

陆斯珩说："他要去公司，没时间和我们一起吃晚饭。"

陆相思不解："他不是学生吗？"

"是学生，但他除了学习以外还有很多要做的事，"陆斯珩习以为常，"即便他没事做，也不会和我们一起吃饭。"

"为什么？"

"他不太喜欢太吵闹的环境。"

脾气不太好，不喜欢与人相处，不喜欢太吵闹的环境。

陆相思的脑海里突然蹦出一个词来，一个似乎与梁裕白的气场格外相符的词——天才。

孤僻又桀骜的天才。

而陆斯珩接下去的话，也证明了她的猜想是正确的："梁裕白以前去过少年班，你知道他为什么从少年班离开吗？因为他嫌那些人讨论题目到底有几种解法时太吵。"

隔天下午三点多，陆相思坐地铁到了宜宁大学。

她拿着手机导航。

校园马路两边的行道树青葱茂盛，长势喜人的爬山虎蔓延在学校教学楼墙上，阳光穿过树叶之间的间隙，光影婆娑。

学校太大，手机一直开着导航和蓝牙，非常费电，加上陆相思出门前忘记充电，没一会儿手机就没电自动关机了。

陆相思欲哭无泪，试图原路返回，但道路弯弯绕绕，她第一次来，像只无头苍蝇到处乱撞。

天逐渐暗了下来。

她有些心慌。

眼前突然捕捉到一个熟悉的身影。

她旁若无人地大喊道："哥哥——"

惹得无数疑惑目光投来。

但她叫的那人却没看过来，自顾自地往前走。

陆相思往梁裕白那里跑去："裕白哥——"

她的声音被晚风送到梁裕白的耳边，他停下脚步。

在无人知晓的地方，他嘴角扬起愉悦的弧度。

终于发现了。

他从早上十点等到下午三点，终于等到了她。

而后，一直保持着不远不近的距离跟在她身后。

直到现在，她终于发现他了。

树叶遮盖住的坡路是暗的，他所处的位置是亮的。

她从暗处跑来。

他眼里看到的光，是她带来的。

陆相思跑到他面前，喘着气："裕白哥。"

他最擅长掩饰，一副毫不知情的模样，问道："你怎么在这里？"

"我来宜大玩。"

"这么晚了你还不回去？"他蹙眉，又问，"什么时候来的？"

"三点多。"

"逛完了？"

"逛得差不多了。"

"不回家？"

"其实我很早就逛完学校了，只是……"她颇觉尴尬，"学校有点儿大，小路又多，我绕得有点儿晕。"

"手机可以导航。"

陆相思低下头，嗫嚅着："手机没电了。"

梁裕白眉眼微抬。

上天眷顾他。

这次也不例外。

"走吧。"

陆相思觉得奇怪："裕白哥，你怎么会在宜大？"刚一问出口，她就想到昨天在陆斯珩家听到的他和陆斯珩说话的内容，"你早上不是要期末考试吗？"

梁裕白回道："我学校就在宜大隔壁。"

宜大隔壁还有两所学校。

一所是普通的本科，排除掉，只剩下南大。

"裕白哥，你是南大的啊。"

"嗯。"

南城大学有六个校区，分布于南城各个片区，陆斯珩所在的法学院在临湾校区，梁裕白所在的商学院则在滨阳校区。

"那你怎么会在宜大？"

他目光定在她的脸上，说："有事。"

等你。

陆相思没起疑："那你事情办完了吗？"

"嗯。"

等到你了。

陆相思眨了几下眼，小声问："哥哥，你能送我回家吗？不是，送我到地铁站就行。"

梁裕白看着她，她的表情出卖了她的情绪。

她在害怕。

怕他拒绝。

这是个好事。

虽然，只是怕他拒绝送她回家。

至少在现在，她是需要他的。

她面容单纯，眼里泛着涉世未深的光，对他不再设防。

晚霞在夜晚沦陷，梁裕白的神情难辨。

沉默了片刻，他说："走吧。"

比起毁灭她，他更想占有她，想将她身上的气息都占据，想占据她的全部，包括她的心甘情愿。

陆相思随即跟上他的步伐。

蜿蜒着的坡路围着校内的小山坡而建，路边路灯昏黄，山坡里却是一片黑暗，激发人的好奇心和窥探欲。

她按捺不住，说道："哥哥，我想去那里面走走。"

梁裕白怔了下。

陆相思迟疑地看向他："不行就算了。"

梁裕白目光微沉，凝视了她半晌："我没说不行。"

前面就是入口。

梁裕白在前面走，陆相思跟在他的身后，保持着一米左右的距离。

亮光随着距离逐渐变暗，到最后，只剩下皎洁的月色映照着枝丫。

藏在山坡深处的，是一对又一对情侣。

这里是宜宁大学最出名的情人坡。

陆相思之所以发现，是因为耳边传来的暧昧的喘息声。

她顺着声音望去。

离她并不远的地方，男人和女人吻得激烈。

她顿时怔在原地。

下一秒，眼前一黑。

有只手盖住她的眼睛，将那些暧昧旖旎的画面都挡住。

但她的脑海里还停留着男人的手伸进女人的衣服里的画面。

梁裕白的声音清冷："恋爱过？"

陆相思有些蒙："啊？"

顿了顿，她反应过来："没。"

"看别人接吻很开心？还是说，你也想接吻？"他的眼睛里有隐忍，仿佛下一秒就要沉沦，他覆盖着她眼的手会忍不住往下，捧着她的脸吻她。

欲望在黑夜里漫无边际地滋生。

"哥哥。"

她对他的称呼犹如一盆冷水兜头而下，令他将摇摇欲坠的理智拾起。

"陆相思，"梁裕白把自己的阴暗面藏得很好，以一副高高在上的桀骜姿态斥责她，"你来宜大就是为了谈恋爱？"

"不是，"她抓了下他的手，抬头和他对视，"我不知道他们会在这里……这样。"

吞吞吐吐好半晌，仍旧难以启齿，她只得重复了遍："我真的不知道。"

梁裕白依旧没说话。

陆相思无力反驳，不敢看他，泄气地低下头，绕过他往回走。

皎月被乌云遮蔽的夜晚，视线不明朗。

路上有石子，她还沉浸在被误解的难过中，一个没注意，踩到石头，崴了脚。

她尝试活动了一下脚，疼得要命。

于是就不敢动了。

见她一动不动，梁裕白走到她身边，说："走了。"

"我脚崴了。"她不敢看他，在他面前，自己似乎总是出糗，"走不了。"

梁裕白的脚步停住。

他瞬间皱起眉："脚崴了？"

陆相思闷闷地"嗯"了一声。

"走不了？"

"疼。"

对如何让他心软这事，她无师自通。

于是陆相思就看到梁裕白不发一言地走到她面前，面色沉冷，像是下一秒宇宙就要爆炸。但是比起宇宙爆炸更令她惊讶的，是他接下来的举动——

他转过身，笔挺的脊梁弯了下来。

"上来。"他的声音似浸泡过万年冰川的冰凉。

陆相思愣住。

他的语气有些不耐烦："三个数。"

"三，二……"他最后一个"一"还没说出口，就被陆相思打断："你离我近一点，我上不去。"

梁裕白有些想笑。

他往后退了半步，方便她上来。

但随之，他发现被折磨的那个人是他自己。

人在视力不好的时候，其他的感官会变得敏锐。

比如说听觉。

耳边是她温热的呼吸声，剐蹭着他的耳郭。

抓心挠肝地痒。

比如说触觉。

背上感知到的是她柔软的身体，还有搁在他肩颈位置的下巴，被他扶着的大腿。

他抿唇，呼吸加重。

陆相思会错意，说："我才八十斤。"

梁裕白调好呼吸，回道："不重。"

"哦。"

他微微抿唇，掩饰道："我只是……想抽烟。"

想找个东西转移注意力，想让烟过肺，最起码能够转移注意力，而不是在呼吸里，都能感受到他灼热的渴望。

夜风寂寂，梁裕白背着陆相思穿过宜大，来到附近的医院。

陆相思只是脚崴了，并没有伤到骨头，脚踝进行简单地包扎后，梁裕白就带她离开医院。

她拄着拐杖走入自家的院子，又转身对站在距她几米之外的梁裕白说："哥哥，今天谢谢你送我回家。"

梁裕白没回答，低头点烟。

陆相思习惯了他的冷淡态度，又说："还有，谢谢你送我去医院。"

他指尖亮起一抹猩红的光，烟雾笼罩着他的轮廓，分辨不出情绪。

她抿了抿唇："我请你吃饭。"

他的目光终于落在她身上："什么时候？"

陆相思有些蒙："啊？"

"吃饭。"

她明白过来，回道："等我脚好了。"

"嗯。"

说完这话，梁裕白就转身离开。天际是化不开的墨黑，他的身影逐渐和夜色混为一体，消失不见。

态度算不上好，但也不差。

他似乎就是这样一个人，漠视众生的睥睨姿态，永远高高在上，却又让人觉得他天生就该如此，天生就该被人仰望。

在神坛的人，连一个眼神都吝啬。

"梁裕白。"

陆相思反复地念着他的名字。

连欲望都消失得一干二净的人，又何必痴望他会笑。

回到家。

还好家里没人。

陆相思的妈妈岑岁在外地有个工作，陆宴迟陪她过去。

为期一周。

要是他们在家，一定会小题大做，把陆相思视为重点保护对象。

即便如此，打电话时，陆宴迟和岑岁也急得不行，甚至要为了她推掉工作提早回家。

陆相思好说歹说，终于成功劝阻了他们。

劝说成功的条件是，陆斯珩每天过来照顾她。

果不其然，电话挂断不到五分钟，陆相思接到了陆斯珩的电话。

"我应该陪你过去的，"他话语里满是愧疚和自责，"你现在怎么样了？脚还疼吗？不行，我不放心，我马上开车过来。"

陆相思躺在床上，说："哥哥，你明天还要实习，今晚别过来了。"

和梁裕白一样，陆斯珩也去实习了。

又不一样，他是去检察院实习。

两通电话用了一个多小时，她走了一天，身上带着夏日的汗液，黏稠又闷。

她笨手笨脚地洗了澡，回到床上已经是十一点。

窗帘没拉。

星光黯淡的漆黑夜晚。

连路灯都熄灭。

她昏昏沉沉地睡去。

有人入梦。

是个男人。

玫瑰花园里。

男人逆光站着，五官模糊，看不清晰。

他手上捧着一大束玫瑰，对着她笑。

玫瑰红得滴血。

他伸出手，抚摸她的脸。

她忍不住想逃。

他却抓住她，问道："你不喜欢玫瑰吗？"

玫瑰香味充斥着她的鼻息。

他又说："这玫瑰不是我的。"

她疑惑："那是谁的？"

他语调阴冷："不管是谁的，只要我想要，它就只能是我的。"

陆相思一动不动。

他低头靠近，在她的耳边，一字一句说得缓慢。

"这玫瑰和你多像，都这么美好，都这么……让我舍不得放弃，"他敛起笑，眸色暗沉，"哪怕得到你的代价是让我死，我都甘愿。"

他捏着她的耳垂，指尖微凉。

触感熟悉。

陆相思睁开眼。

是他。

还是他。

那个不舍得掐死她的男人。

脚背隐隐作痛，她强撑着身子从床上坐起来，拿起床头柜上的止痛药吃下。

她下意识伸手摸了摸自己的脸。

只是个梦。

她抬眼看窗外。

阳光明媚。

又是个好天气。

同一时刻。

城市的另一个角落。

窗帘严丝合缝拉起的房间里。

梁裕白靠在床头。

烟雾模糊了他的视线，仿佛将他重新拉扯回梦境中。

梦里，他伸手抚摸着她的脸。

她问他："你是谁？"

他说："这重要吗？"

"当然重要。"

"知道我是谁，然后呢？"

"然后……"

"和我在一起吗？"

"不，然后，我要离你远一点，越远越好，"她的眼神干净又澄澈，映着他此时的模样，肮脏又卑劣，"你是个变态。"

她说话时带着鼻音，声音绵软。

就连骂他都带了几分娇嗔。

梁裕白捏着她的耳垂，说："我只是想得到你。"

他双眼黑沉沉的，眼神病态："这有错吗？"

像是被人遗弃的流浪狗，而她像只受惊的小鹿。

"你逃不掉的，你是我的。"他从未这么开心过。

陆相思搓了搓脸，安慰自己那只是个梦。

梦有梦幻浪漫，也会有诡谲的部分。

她看了眼床头柜的闹钟，八点多，稍稍坐了会儿，便下了楼。

下楼的时候，陆斯珩刚到。

他提了个行李箱过来。

陆相思愣住。

陆斯珩看到她裹成馒头似的脚，也愣住了。

陆相思回过神，问道："哥哥，你怎么把行李箱也带过来了？"

陆斯珩走到她面前："你这脚……"

"没多大事，只是崴了下，"但肿成这样，似乎不像"没多大事"的样子，她又说，"我能走能跳的，真没多大事。"

说着，她从最后一级台阶上跳了下来。

她刚站稳，陆斯珩抬手，食指微屈，轻敲她的额头："不许胡闹。"

陆相思揉了揉额头，小声辩驳："真的不严重。"

陆斯珩把半路买的早点塞在她手上，回身把行李放进客房，整理衣物时和她解释："我在检察院实习，每天过来找你太麻烦。"

陆相思连忙道："所以你为了减少麻烦，决定不过来。"

他不容置喙："所以我决定搬过来。"

陆相思盯着他忙碌的背影，稍稍有些走神。

她还是忍不住想起那个梦。

客厅的窗户被一个男人打开。

隔壁房子里的女主人喜好种花，院子里花开荼蘼，花香顺着空气进入室内。

莫名地，陆相思闻到了玫瑰花香。

梦境里虚幻朦胧的部分随着这抹花香清晰了起来。

她记得。

他俯身靠近自己。

她双眸低垂，视线定在他脖颈处。

白皙的颈线，凸起的喉结，以及距离喉结两三厘米处那颗浅褐色的痣。

她在梦里以为那是玫瑰浸泡过的血渍，但现在她万分肯定，那是一颗痣。

以至于陆斯珩叫她，她都没听到。

"我问你话呢，怎么不应我？"

陆相思从恍惚中回神："什么？"

陆斯珩把她手里的冰牛奶换成热的："脚怎么崴的，你还没和我说。"

她眨眨眼："走路的时候崴的。"

"真的？"

"你是不是觉得我很蠢？"

还没等他回答，她一脸严肃地说："你如果说是，我们就断绝兄妹关系。"

陆斯珩笑说："没觉得。"

过了几秒，他想起什么来，问道："你自己去的医院，还是别人送你过去的？你有留他的联系方式吗，我到时候请那人吃顿饭谢谢他。"

不知道是出于怎样的心理。

那一刻，陆相思的回答是："我自己过去的。"

非要解释的话，大概是鬼迷心窍了吧。

陆相思趴在窗台上。

她看到陆斯珩出了院子，他的车停在院外。

没一会儿，连人带车消失不见。

她的视线一转，落在隔壁种满鲜花的院子里。

女主人正弯腰浇水，似乎察觉到什么，她仰头往陆相思这边看，语气温和："相思，我刚烤了些小饼干，要过来吃吗？"

陆相思笑着回道："江阿姨，你等我一会儿。"

她半走半跳地到了隔壁，全然将医生的叮嘱抛之脑后。

路过院子，她四处张望，红的、黄的花都有，宛若一生只有一次花期般热烈地绽放。

她停下脚步。

没有玫瑰。

她又重新扫了一圈。

确实没有玫瑰。

可她刚才分明闻到了玫瑰花香。

是错觉吗？

还是那个梦的后遗症，让她念念不忘玫瑰？

许久没见到她人，江吟从室内走出来。

女人气质温婉，目光落在她的脚上，不由得微怔，指着她的脚，问道："相思，你的脚怎么了？"

"没什么，就是崴了下。"陆相思说。

江吟扶着她进了里屋："怎么这么不小心？"

她吐了吐舌头。

桌子上放着刚烤好的饼干和一杯热气腾腾的奶茶，但最吸引她目光的，是放在桌子上的玫瑰干花花束。

脱水的玫瑰褪去原先的鲜红色调，染上吞噬夜晚的黑。

陆相思坐在桌前，不由自主地伸手摸了摸干花，问道："江阿姨，院子里种了玫瑰吗？我好像没看到。"

"没有，这是你何叔叔送我的。"

江吟的丈夫叫何蔚，他们是大家眼里的模范夫妻，但陆相思很少看到何蔚，或许是他工作太忙。

陆相思抿了口奶茶，甜而不腻。

知道陆相思高考结束，江吟问起暑假她准备去哪儿旅游以及准备去哪所大学。

陆相思和江吟分享着自己的计划。

但她总是忍不住看向那束玫瑰。

也因此发现了花束上夹了张卡片。

得到江吟的允许，陆相思打开卡片。

卡片上的字迹被水洇开，有些模糊，但也能辨别出上面到底写了些什么。

她一字一句地念了出来。

"人这一生，谁都逃不过玫瑰。"

陆相思犹豫了下，问道："这是什么意思？"

江吟转头，面朝着院子里的花花草草，说："玫瑰代表的是爱情。你何叔叔在和我说，我是他这辈子唯一的爱情。"

闻言，陆相思偏头看着玫瑰。

因此没有注意到，江吟在说话时脸上一闪而过的失意与惆怅。

"没有男孩子给你送过玫瑰吗？"江吟给陆相思的杯子里续上奶茶，如常地笑，"你长得这么漂亮，应该有很多男生给你送过花才对。"

陆相思摇头："没有。"

顿了会儿，她笑着说："以前有男孩子只是送我回家，正好被爸爸看到，然后我就看到爸爸笑得非常温柔。他说要和那个男孩子聊几句，我也不知道他们到底聊了什么。"

她很无奈，继续说："第二天去上学，那个男孩子都不敢看我一眼。"

从小到大，都没有人追她，她以为是自己差劲。

不过好在陆斯珩就大她一届，她有陆斯珩照顾着。

别人男朋友有的，陆斯珩都有。

男朋友还会分手，哥哥却会永远陪着她。

久而久之，陆相思觉得谈恋爱也没什么意思。

殊不知，在她不知晓的时候，陆斯珩利用学生会主席一职，大摇大摆地把那些觊觎她的男生从班里叫出来。他笑得温和，说出来的话却威慑力十足。

如果陆相思是一枝玫瑰，也是周身荆棘密布，铜墙铁壁围绕着的玫瑰。

想要采撷她，必须付出流血的代价。

江吟也能猜到陆宴迟作为一位父亲会说的话——"等你上了大学，就可以谈恋爱了。"

盛夏炽热的光被玻璃隔绝，室内冷气打得很足。

陆相思被这毫无热意的光照得有些昏昏欲睡，她趴在桌子上，耳语般地说："谈恋爱的感觉，是什么样的？"

她也想感受恋爱的滋味。

到底是酸是甜？

陆相思傍晚时分才回家。

出了院子，她还没站稳，手里的东西被人拿走。

她眼里闪着欣喜："哥哥，你下班啦。"

陆斯珩"嗯"了声："晚饭想吃什么？"

陆相思说："想吃面。"

屋内没有开冷气，门一打开，热气扑面而来。

陆斯珩把手里的东西放下，转身去开空调，说："我待会儿给你做。"

干花被放在玄关柜上。

陆相思找了个花瓶把它们插了进去。

陆斯珩问："江阿姨那儿还种了玫瑰？"

她撑着下巴，回道："不是，这是何叔叔送给江阿姨的花。"

他莫名想笑："然后她送给你？"

陆相思也不明白。

临走前，江吟把这束干花送给陆相思。

卡片是附赠。

在陆斯珩去厨房做晚饭的空当，陆相思回到房间，找地方放那张卡片。
她还没谈过恋爱，还不理解卡片上的这句话到底表达了什么意思。

只是觉得这句话挺有意思的。

最后，她把卡片夹在日记本里。

放好后，她转身下楼去吃饭。

床头柜上，有日记本，也有那只梁裕白送给她的兔子。

落地窗开着。

晚风挟着热意进来。

日记本被吹开，兔子摇摇晃晃。

纸张一页页掀动，里面的卡片随风飘荡，和兔子迎面撞上。

兔子倒在地上，底下压着那张卡片。

似乎在附和卡片上的那句——逃不掉。

没过几天，陆相思就行动自如了。

不远处的天边橙光浓郁地扩散，晚霞绚丽。

陆相思站在院子外，有些百无聊赖。

好在很快，她就看到了陆斯珩的车。

她坐在副驾驶座上，问道："为什么突然要出去吃饭？"视线越过他，落在后座放着的蛋糕上，微怔，"有人过生日吗？"

"有个朋友生日。"

"我认识？"

"不认识。"

"那你……"

陆斯珩转着方向盘，一副漫不经心的模样："认识下我朋友不好吗？"

陆相思挠挠头："可我一个人都不认识，会不会很尴尬？"

"我不是在吗？"

"除了你就没别人了？"

陆斯珩扬了扬眉："谁说没别人，梁裕白也在。"

陆相思不知道要接什么，最后低低地"哦"了一声。

在停车场她就看到了梁裕白。

陆斯珩喊他。

梁裕白抖了抖手里的烟，往这边走过来。

陆相思轻声叫他："裕白哥。"

他含着烟，嗓音喑哑，含混地"嗯"了声。

陆相思也分不清他是不是回应自己，因为他并没有在看她。

陆斯珩说："我还以为你不会来。"

梁裕白平静地瞥了他一眼。

陆斯珩了然："朝颜姐给你打电话了？"

梁裕白冷笑："昨天到现在，她打了六十五个电话。"

"你还记了？"

梁裕白面无表情地说："我一个都没接。"

陆斯珩问："那你怎么还来？"

梁裕白把烟扔到垃圾桶里。

陆相思落后他两三米。

不知道是不是她的错觉，在梁裕白偏头扔东西的时候，有转过来看了她一眼。

月光稀薄，他的眸色很深，融在夜色里并不真切。

她一愣。

好像他的眼神就是回答。

她再看向他，只能看到他的背。

刚才一切像是虚幻。

因为她听到梁裕白说："不过来，霍朝颜可能会跑到公司闹事。"

是她多想。

从他们的对话里，陆相思知道今晚的寿星是个叫霍朝颜的女生，她比陆斯珩大几岁，因为陆斯珩叫她朝颜姐。

梁裕白却直呼她的名字。

几个人碰了面，霍朝颜的注意力都在陆相思身上："你就是相思啊？眨眼就这么大了啊，我记得我第一次见你的时候，你还被陆叔叔抱在手里。"

边上有人打击她："你那个时候年纪有两位数吗？"

霍朝颜噎了下："能给寿星一点面子吗？"

又有人进来，她转身招呼来人。

陆相思跟着陆斯珩在位置上坐下。

她的另一侧有人。

陆斯珩起身过去同那人低语了几句，而后，那人起身离开，之后在那个位置上坐下的，是梁裕白。

一个小时后。

包厢里灯光熄灭，只有蛋糕上的蜡烛亮着。

霍朝颜闭着眼许愿，所有人一起吹蜡烛。

过了十几秒。

"怎么不开灯？"

有人弱弱地回应："好像停电了。"

餐厅处在郊区，周边只有零星几栋建筑，此时全都暗着。

侍应生打开包厢门，礼貌又充满歉意地说："抱歉，电路出了点儿问题，可能需要等十几分钟才能修好。"

"那怎么办？"

"在这里干等着啊？"

"江衍不是给霍朝颜准备了烟花吗，要不现在就出去放烟花吧？"

"也行。"

一群人走出包厢，陆相思跟在陆斯珩后面。

他把手机手电筒打开，叮嘱她："小心看路，慢点走。"

陆相思乖巧地回应。

烟花放在车子后备厢，陆斯珩的车里也有。

离开前，他对梁裕白说："你帮我照看一下相思。"

陆相思不满："我又不是小孩。"

陆斯珩揉了下她的头发："你到八十岁也是我妹妹。"

陆斯珩离开后，一个低沉冰冷的声音在陆相思耳边响起："脚好了？"

她下意识看向梁裕白："差不多了……"

"嗯。"

"对了，"陆相思在口袋里掏了掏，"裕白哥，你伸手。"

梁裕白莫名，却还是依言伸出手。

她伸手过来，一触即离。

梁裕白看到自己的手里多了一颗糖。

他皱起眉，声音略低几分："我不吃糖。"

"是吗？"

她想拿回来。

梁裕白却已经收回手，掌心包裹着那颗糖："算了。"

陆相思歪了歪头，问道："你不是不吃吗？"

他双眸低垂，鼻尖能闻到一股草莓香味，是从她的嘴里发出来的味道。

她也在吃。

因此，他没有拒绝的理由。

"给出去的东西，没有要回去的道理。"梁裕白剥开糖衣，把糖塞进嘴里。果然，腻得令他恨不得马上吐掉。

但是她给的。

如果能够换一种方式……

而就在此时，"砰"的一声响起。

五颜六色的烟花飞到空中，在某个虚空的点炸开。光芒璀璨闪耀，宛若白昼。

陆相思早已被绚烂花火吸引。

浑然未觉有人往后退了半步，在她看烟花的时候，目光死死地定在她的身上。

烟花盛开又坠落无边黑暗中。

梁裕白清晰地感觉到，黑暗正在一步一步地吞噬他的心脏。

第三章 /
得寸进尺的妄想

路灯亮起，地上躺着烟花燃放过后的碎屑。

院子里有张长桌，放着各式甜点、水果，生日派对还在继续，他们兴致勃勃地把面前的酒杯填满，准备下一环节。

陆相思凑在陆斯珩耳边小声问："哥哥，我们什么时候回去？"

陆斯珩还有工作没完成，回道："我和他们说一声就回去。"

当陆相思坐上车在系安全带的时候，右侧车窗玻璃被人敲响。她下意识抬眸，浅棕色玻璃外，是梁裕白寡冷的脸。

她降下车窗："裕白哥。"

梁裕白视线越过她，落在陆斯珩身上："后门解锁。"

"咔嗒"一声。

梁裕白打开后座车门，坐了进来。

陆斯珩探过头："有事？"

梁裕白头微仰，抵着靠椅，没什么情绪地"嗯"了声。

陆斯珩问："什么事？"

"送我回去，我喝酒了，不能开车。"

陆斯珩发动车子："你最近住哪儿？家里还是公寓。"

梁裕白轻嗤："最近？"

"嗯。"

"住公司。"他眉眼低敛着，路灯扫进昏暗的车厢，看到陆相思的脖颈白得发光，于是他的瞳孔突然变得深不见底，"去你那儿住。"

陆斯珩愣了下："最近你都住公司？"

"嗯。"

陆斯珩透过后视镜看梁裕白，他额前的头发垂在眼前，看不太清神情，他似乎清瘦了些。

陆斯珩叮嘱："你也别太拼。"

梁裕白没回应，他似乎是累了，双眼闭着。

"但我最近住在相思家，"陆斯珩问陆相思，"家里还有客房吗？"

陆相思回头看了眼梁裕白，轻声回答："有的。"

陆相思的房间隔壁就是空着的客房。

回到家，陆相思洗完澡后打算去楼下喝水。

走廊上，陆斯珩正在打电话，他手里捧着一沓衣服。

"你把衣服拿给梁裕白。"

陆相思接过衣服，敲了敲房门。

没有动静。

她趴在门板上，也没听到水声，犹豫几秒，径直推门进去。

房间里没开灯。

廊道的光昏黄柔和，给躺在沙发上的人勾勒出剪影。

梁裕白一动不动地躺在沙发上。

陆相思试探性地叫他："裕白哥。"

他也没有任何反应。

她脚步轻而缓慢，一步步地向他靠近。

一时之间也忘了把灯打开。

光逐渐稀薄，直至她的阴影盖住他的脸。

两人相距半米左右的距离。

昏暗处，他肤色冷白，不见一丝血色，下眼睑处有着淡淡的青色，双颊消瘦。静谧中，能听到他的呼吸声。

梁裕白突然开口，声音很冷，像是冰滑过嗓子："怎么了？"

吓得她往后退了两步。

他这时才睁开眼。

陆相思怔了一瞬，问道："裕白哥，你还没洗澡吗？"

"没。"

她把手里的睡衣放在床上，说："这是睡衣，你待会儿可以换上。"

"嗯。"他依然是那副冷淡模样。

陆相思放下衣服，没再看他，转身往外走。

走到门边，听到身后有声响，她拉过门，准备合上的时候，房间内灯光骤然亮起。

她下意识闭眼，再睁开。

梁裕白站在床边，视线落在睡衣上。

话应该是对她说的，毕竟这里除了她，没有其他人。

"晚上睡觉，记得锁好门。"

陆相思有些茫然，却还是乖巧地点头："哥哥，晚安。"

她把门合上。

梁裕白面无表情地盯着门板，耳边响起隔壁房间房门关上的声音。他呼吸沉沉，拿衣服的动作很大，像是在压抑着什么。

浴室里，冷水开到最大。

他闭着眼，喘气自赎。

这一晚他都没有睡着。

一想到陆相思就在隔壁，梁裕白便清醒不起来。

因此他让她锁好门。

因为他怕他会忍不住。

理智早已被沉沦吞噬，化为乌有。

他在她面前，只能堪堪维持表面的风平浪静，在不动声色的情绪下，是藏在内心深处兀自战栗的灵魂。

他和黑暗面面相觑。

寂静中，他的灵魂游离。

与黑夜对视，他恍悟。

他哪有灵魂？

他的灵魂早已给了她。

窗外下起了雨。

天气预报显示最近有台风。

陆相思躺在床上不想动。

门外有人走动。

陆斯珩问道："直接送你去公司？"

梁裕白回应："嗯。"

陆斯珩沉默了下，最后还是把那些话咽回嗓子里，说："走吧。"

梁裕白往楼上看了眼："不叫她起床？"

"叫什么，小姑娘这个年纪就爱赖床。"陆斯珩赶时间，并没在意梁裕白的异样——他什么时候关心过别人起没起床？

梁裕白抿唇，装作随口问的模样："走了。"

门关上。

陆相思又睡了过去。

一整个暑假，她有大半时间耗在了床上。

八月底，陆相思收到宜宁大学的录取通知书。

九月初，宜宁大学新生报到日。

陆宴迟顺路送陆相思去宜宁大学。

为什么用顺路这个词，是因为陆宴迟为了陆相思，申请调换了校区，由原先的临湾校区调到了滨阳校区。

到了女生宿舍楼下。

陆宴迟坐在车里，让岑岁和陆相思上楼。

因为家近，陆相思带的东西并不多，只有几件换洗衣服和洗漱用品，行李箱不大，她一个人都提得动。

岑岁给她收拾床铺。

其间她有一位室友也到了。

陆相思愣了下。

室友看到她，也愣了。

岑岁以为她们是不好意思打招呼，说："相思，怎么不说话呀？"

陆相思反应过来："你好，我叫陆相思。"

"江梦。"室友直勾勾地盯着陆相思。

陆宴迟待会儿还有课，岑岁匆忙中扔下一句"和同学相处愉快点儿，如果有事记得给爸爸打电话，妈妈先走了"便离开。

宿舍的氛围很奇怪。

江梦的目光一直落在陆相思的身上，和第一次见面时一样。

又不一样。

江梦的头发由原先的银灰色变成灰紫色。

怎么看都不像是个好惹的人。

陆相思想起高考那天，江梦在洗手间里对自己说的第一句话是——"原来何处安喜欢你这样的女孩儿啊，长得漂亮成绩又好。"

"你长得比我漂亮。"

江梦都进入战斗状态了，没想到陆相思直挺挺地来了这么一句。

她撩起头发，莫名地开始笑。

陆相思觉得莫名其妙。

陆相思也不知道要说什么，她干脆回到位置上坐着玩手机。江梦也扯着椅子坐到她边上，很自来熟地和陆相思说话。

主要是江梦说，陆相思听。

从她说的话里，陆相思了解到，这个宿舍是混合的，两个艺术系和两个广告系的，江梦是艺术系的。

宜宁大学新生报到分好几天。

另外两位室友都没来，宿舍里只有她们两个人。

陆相思觉得还是有必要解释清楚的，说："你可能误会了，我和何处安没有任何关系。"

"我知道。"

顿了顿，江梦又说："何处安也和我说了，他和你就是很普通的校友关系。"

"何处安和你说？"

"对，我和他在一起了。"

陆相思后知后觉地想何处安到底长什么样子，但也只能记得大概的轮廓。不管怎样，误会解除，她松了一口气。

手机突然亮起。

她盯着来电人，眼神里带着点不太相信。

江梦正在打游戏，听到手机铃声，碰了碰陆相思的手肘，提醒道："你电话响了。"

陆相思从椅子上站了起来。

她走到阳台，合上门。

游戏声小了许多。

她深吸一口气，接起电话："裕白哥。"

梁裕白站在女生宿舍楼下，面无表情地承受着经过的女生的目光，内心烦得要命。

直到陆相思接起电话，她的声音在耳边响起，他的忍耐度才上升了些："在哪儿？"

"我在学校。"

"我知道。"

"啊？"

"学校哪里？"

陆相思回道："宿舍，怎么了？"

有女生走到梁裕白面前，手机屏幕朝上，二维码闪着光。

梁裕白的耐心终于告罄，他没有迂回再三，直截了当地说："我在你宿舍楼下，下来。"

电话挂断。

他看向对面女生。

"我女朋友很快下来。"

女生涨红了脸，半羞愧半尴尬地离开。

没到半分钟，陆相思出现在宿舍大门。

她东张西望的。

梁裕白从阴影中走向她。

陆相思的眼睛骤然瞪大，仍旧是一副不敢置信的模样："裕白哥，你怎么会在我们学校？"

梁裕白不答反问："吃过晚饭了？"

得到的答案是否定的。

他转身："走了。"

陆相思不解，呆愣在原地。

他的声音融在燥热的空气里，是凉的："陆相思。"

她紧跟上他："哥哥，你要和我一起吃饭吗？"

梁裕白说："你还欠我一顿饭。"

她脚崴了的时候对他说的话，她都快忘了。

陆相思皱眉，小声说："可我和室友说好了一起吃晚饭的。"

梁裕白停下脚步。

在路灯下，可以清晰地看到他的眼里有寒意蔓延。

"选一个。"

陆相思略仰头，连喘息都不敢大声："什么？"

"和谁吃饭。"

她原本想说一起吃，但想到他疏淡冷漠的性格，于是摇了摇头，说："我给江梦打个电话。"

梁裕白敛着眸："江梦？"

"我室友。"等待电话接通的时间，陆相思说，"我和你吃饭。"

她背过身和室友打电话。

她身上穿着的是陆斯珩给她买的毕业礼物之一——

一条白色的裙子。

掐出纤细腰身。

梁裕白没想到，有一天他连裙子都会嫉妒。

它包裹着她的皮肤。

而他只能远远地看。

陆相思这个电话打了两分钟。

电话挂断，她收起手机。

梁裕白站在路灯下，背影清瘦，他的脸藏在阴影里，面色冷淡，指间捏着的烟闪着猩红色的光。

见陆相思回来，他把烟蒂扔进垃圾桶，问道："打完了？"

陆相思把手机放回口袋里，说："打完了，江梦说她找别人一起吃饭。"

他眉头轻抬："嗯。"

陆相思跟在他的身边："哥哥，你想吃什么？"

梁裕白对吃的并不感兴趣，或者说，在遇见陆相思之前，他的人生索然无味，犹如一潭死水。在遇到陆相思之后，他终于正眼看这世界。

他问道："你有什么想吃的？"

"学校附近有什么好吃的？"

梁裕白略一思索："有条小吃街。"

她眼里放光："我们去那边吧！"

小吃街里什么都有。

二人随便找了家店吃，吃完后，梁裕白送陆相思回来。

走到超市附近。

陆相思口渴，在自动售卖机前停下。

"裕白哥，你有什么想喝的吗？"

"水。"

她把矿泉水对应的数字输入，又输入可乐对应的数字。

售卖机里接连发出重物撞击的声响。

陆相思弯腰，往里面掏了掏。

注意到她一直保持着半蹲的动作，梁裕白上前，问道："拿不出来？"

她苦着脸："可乐好像卡住了。"

他扬了扬眉，也半蹲下来。

距离比他们站着的时候要变得近些。

他低着头。

她能看到他敛着的下颌紧绷。

感受到可乐罐动了动，她收回视线，笑着："动了动了。"

吐纳的呼吸温热，熨烫在他的下颌。

梁裕白的面色却不好，眼神隐忍。

他在忍耐。

只要他低下头，不到十厘米的距离他就能吻到她的唇。

占有掠夺她所有的气息。

他蓦地站起身。

陆相思不解地看向他："哥哥？"

又是这个称呼，像是一条警戒线，提醒他不能越雷池半步。

梁裕白深吸了口气，说："你走到一边，我来拿。"

陆相思惴惴不安地直起身。

梁裕白这才蹲下身。

可乐罐确实是卡在那里了。

他站起来，用脚踹了下。

随之，里面发出声响。

他弯腰，把可乐罐和水都拿了出来。

他一只手拿着水，另一只手单手打开易拉罐的拉环，递给陆相思。

陆相思从没见过有人单手打开易拉罐的拉环。

修长纤细的手指扣着，而后轻松地一拉，动作行云流水，配上他身上散发着的冷淡气息，有股禁欲感。

她的视线落他的手上，有片刻失神。

梁裕白问："吸管不要吗？"

她盯着眼前的可乐罐，说："我忘了买。"

她背对自动售卖机站着，梁裕白在她对面。

她转身想买。

视线里，他伸手过来。

像是电影画面般，帧数拉得极慢，以至于她连呼吸都忘记了。只看到他的手向她靠近，似乎下一秒，他就要摸上自己的脸。

然而现实是现实，电影是电影。

现实里——

梁裕白的手掠过她，按着售卖机上的九宫格。

他的手腕不经意地擦过她的耳朵。

她却像是野火燎原般，莹白的耳根泛起暧昧的红。

她低下头，感受到自己的心脏跳得似乎有些过快了。

视线里，仍旧是那只手。

他伸了过来，指尖捏着一根吸管。

"喝吧。"

声音一如既往的冷淡。

陆相思心虚地不敢抬头看他，轻轻地"嗯"了声。

梁裕白转过身。

他对着夜色，嘴角扬起愉悦的弧度。

忍耐并不是一个好的选择，所以他试探。

借着输数字的名义，触碰着她的皮肤。

比想象中还要温软。

以及他看到了——

她耳朵红了。

妄想，是得寸进尺的产物。

二人各自心怀鬼胎。

刚开学，学校里很多发传单的。

一路走来，陆相思接了许多，又有人递了一张给她。她接过，往传单上扫了眼，声音提高了些："密室逃脱？"

梁裕白瞥她："想去？"

她双唇翕动，想点头，但又怕他嫌麻烦。

他看出她的犹豫，说："想去就去。"

陆相思眨了眨眼："好像挺有意思的。等开学了，我可以和室友去。"

话音落，梁裕白眉头皱起，他从她的手里抽出那张传单，离学校并不远。他眯了眯眼，声音辨不出情绪："再问你一遍，想去吗？"

安静几秒，她诚实地点头："想去。"

"那就去。"

陆相思有些不敢相信："裕白哥，你陪我去吗？"

他语气很淡："不是想去？"

"啊。"

梁裕白说："那就去。"

他面容冷淡，但又有几分威胁的意味，让她没法拒绝。

玩密室逃脱的地方就在学校校门边上。

梁裕白轻松地找到店门，进去后，有人招呼他们。

他把决定权交给陆相思。

陆相思几番纠结，选了个难度中等的密室。

进密室前，店员给他们戴上眼罩。

店员的声音响起："把手放在前面的人肩上。"

闻言，陆相思抬起手。

店员把她的手放在梁裕白的肩上。

眼罩蒙着，他彻底看不见。

梁裕白感受到两只手。

第一次的触感。

不是她。

第二次才是。

小心翼翼地试探，而后，犹豫之下却又下定决心地放在他的肩上。

不是幻想，她主动朝他伸手。

是灵魂游移在空中，被她伸手抓住。

他的灵魂，由她掌控，连带着理智也被一并抽走。

这一刻，就算她想要他的心，他都能用刀把自己的胸膛剖开，双手奉上。

眼罩被人拿下。

视线恢复清明，他的理智回笼。

周围是个铁笼，把他们囚禁在此。

店员是局外人，在铁笼外看着他们，说："所有逃脱的线索都藏在里面，你们需要找到所有的信息，把它们归整在一起，就能找到逃脱密室的方法了。"

他说完就退场，留下梁裕白和陆相思。

陆相思进入角色很快，翻来覆去地寻找线索。

她坐在桌子前，用手电筒照着面前的本子，眉头紧蹙，懊恼又泄气地向梁裕白求助："哥哥，这个好像是高数题，我不会。"

梁裕白凑过去。

他扫了眼，拿起笔演算，解开答案。

陆相思松了口气："还好你会做这个题，我要是和我室友她们过来，估计就卡在第一步了。"

梁裕白站在她身边。

她坐着，白色的布料裹着她饱满的胸。

他垂在身侧的手收拢，用克制再三的清淡口吻，问道："你爸爸没教过你高数？"

陆相思的爸爸陆宴迟是南城大学的高数教授，并且也是梁裕白本学期的高数老师。

他看到课表后发现的。

陆相思摸了摸眼下的皮肤，话语里有几分羞赧："我数学成绩是所有科目里最糟糕的，我爸爸说了，我要是遗传了他十分之一的数学天赋，肯定就能考上南大。"

她撑着下巴，说这话时是在笑的。

没有遗憾，没有懊恼。

好像，上哪所大学对她而言并不重要。

没有像他父亲那样出色，也不重要。

梁裕白轻扯嘴角："挺好。"

陆相思还是第一次看到他笑，只是笑得落寞，她的心被揪起。

"每次考完试，我爸爸看着我的数学成绩都很头疼。哥哥，你成绩这么好，你爸爸应该很轻松吧？"

梁裕白想到自己的父亲。

他们之间很少沟通。

他天生寡言，梁亦封亦是。

二人之间聊得最多的一次，是在梁裕白去公司实习的前一天。

梁裕白在十岁那年就被接到梁家老宅，由梁老爷子亲手栽培。

他待在父母身边的时间极少，和父母之间的沟通也是少之又少。

所以那天，当父亲问他最近过得怎么样时，二人都愣了几秒。

他们之间已经生疏到连对话都要有寒暄的词汇了。梁裕白却也没多大的感触，他天生就不适合与人沟通，感情匮乏到连对父母都吝啬。

梁裕白说："您应该知道，我明天要去梁氏。"

"我知道。"

在梁裕白迟疑的空当里，梁亦封又开口："我不是来关心你的，事实上，我的关心只给你母亲。而且我认为，我的儿子不需要这种世俗肤浅的感情。"

从小到大，梁裕白不知被多少人说过和梁亦封像。

不止是模样，更多的是性格和为人处世。

他眼皮微掀，神情冷淡地望着父亲："我当然知道。"

"我来找你，只是要提醒你一句，"梁亦封说，"你是我的儿子，如果你决定接手梁氏，那么希望你能好好地管理梁氏。如果你做不到，那么麻烦你离开。我不希望我到了这个年纪，还要给你善后。"

他需要的是完美的儿子。

到目前为止，梁裕白做的完全符合他的心意。

梁裕白轻扯嘴角，眼神冷淡，仍是那句："我当然知道。"

本该最亲近的父子，对话却冷淡得如同一场交易。

而两人谁都没觉得不妥。

想起那天，梁裕白又笑了："我爸爸一直以来都很轻松。"

他有一个姐姐一个妹妹。

梁亦封谁都没管过。

他的眼里只有他的太太，钟念。

梁裕白是笑的，但他的笑并不幸福。陆相思紧张极了，忙不迭地转移着话题："哥哥，我们还是快点找线索出去吧。"

她背对着他找东西。

铁笼里只有桌子上的台灯亮着。

黑暗从四面八方涌进。

她后颈皮肤在暗处变得更白，如同望不到尽头的雪地。

而他天生就是座冰山。

他们生来就注定要在一起。

梁裕白没什么表情，目光灼灼地盯着她的背影。

突然之间很疑惑，他为什么要出去？

这里是困住她最好的地方。

狭窄空间，只有他们两人，仿佛全世界只剩下了他们。

沿墙靠着的桌子上堆积着许多杂物。

陆相思靠近，脚下踩到一个东西。

她低头。

是一个纸团。

她下意识看向梁裕白。

他走了过来，骨感修长的手拿过那个纸团，摊开。

摊开的纸张上有着明显的褶皱，并不清朗的光线照出上面画着的地图，每个线索的藏身点都被圈出。

进度条瞬间拉到百分之五十。

一切变得轻松许多。

这不是他所希望的。

可他又不得不做。

他不能悄无声息地带走她，也无法将她藏于暗夜。

她不属于黑暗。

所以他才会渴望她。

之后的进展极快，线索虽多，但是提示简单清楚，稍有难度的，梁裕白也轻松解开。

进度条到了最后的百分之九十九。

出去的数字密码已经解开，困着他们的铁笼却不是密码锁，而是感应门。

陆相思四下寻找："我们漏了什么吗？"

梁裕白摇头。

所有的提示都已解开，他们什么也没漏。

陆相思问："可这门是感应门，说明我们还要找一样东西。"

是遥控器。

梁裕白抬头："那里。"

陆相思顺着他的视线看了过去。

铁笼最上方的折角处，有个置物架，置物架里面放了个遥控器。

她目测了下距离，怔住："这也太高了吧？"

梁裕白试图拉桌子，却发现桌子是固定在地上的。不仅是桌子，这间密室里大部分的摆设都是固定了的，甚至连椅子都是。

怪不得刚才有个学生想要玩这个难度的密室被店家拒绝了。

这至少得两个人玩。

因为只有两个人才能拿到遥控器。

而拿到遥控器，需要的是一人托举着另一人。

陆相思明显也猜到了，她走到梁裕白面前，表情微妙："这个高度，好像得你抱着我，我才能拿到遥控器。"

她说完，心中惴惴不安。

她以为他会拒绝。

但她也想不到更好的办法。

可她不知道的是。

除了让他放弃她，他会百般顺从、毫无原则地答应她每一个请求。

梁裕白把手放在她的腰上，嗓音阴沉："拿到了和我说。"

话音落下，他掌心用力，把她整个人腾空抱起。

她的脸、下巴、脖颈，在他眼前一闪而过，最后出现在他眼前的，是被衣服紧勒着的胸。

他不敢再动。

他不知道自己接下来会做出什么事来。

"哥哥，"从头顶传来陆相思的声音，她的手撑在他的肩上，说话时看着他，"我拿不到，你再把我举高一点。"

仍旧是那个称呼。

仍旧是那双眼，看不出一丝杂质，澄澈、干净。

梁裕白的喉结隐忍地滑动，他依言把她往上再举了一点。

他的眼前是她的腰。

他的呼吸洒在她的腰间。

最起码，他的气息也曾有过那么一刻包裹着她。

陆相思对此一无所知。

她全部的注意力都在遥控器上，拿到后，她低下头，兴高采烈地想要和梁裕白分享，视线却不由自主地落在他的手上。

骨感修长，线条流畅的手和她的腰贴着，隔着层布料。

她突然之间很想知道，隔着那层布料下，他的掌心是温热的，还是带着冰山的冷。

"还要往上一点吗？"隐忍不住的自然是梁裕白，他深吸了口气，抬头撞进她的眼里，"陆相思。"

陆相思心不在焉地"嗯"了声，而后反应过来，回道："拿到了。"

梁裕白把她放了下来，像逃离洪水猛兽般地往后退了两步。

陆相思的情绪，随着他后退的动作沉了下去。

无法言说的难过包裹着她。

她没注意到梁裕白从她手上拿过遥控器时，手里泛着涔涔冷汗，颤抖着的手泄露出他此时的心绪难平。

感应门打开。

密室里的灯骤然亮起。

陆相思被刺得闭上眼，再睁开眼，是他清瘦冷削的背。

他偏着头，视线冷淡地看向她。

他嗓音低哑："陆相思，走了。"

陆相思像以前的每次一样跟上他。

但她知道，有什么东西变了。

比如说，在她俯视他的时候，她心里有个念头一闪而过——

如果我们永远都出不去，那么在他怀里的是不是只能是我?

她成了唯一。

永远的唯一。

但出了密室，他们各司其职。

梁裕白对她而言，是堂哥的好友。

她对梁裕白而言，是好友最疼爱的堂妹。

密室里不能带任何东西进去，二人去储存柜里取放在那里的东西。

他们的手机和钥匙之类的都放在陆相思用来装零食的购物袋里。

陆相思把购物袋递给梁裕白，说："哥哥，你自己找一下。"

梁裕白一眼就看到了他的手机，他拿起手机后，忽略了那一串银灰色的钥匙。他没把购物袋递还给陆相思，而是自己拿着，说："走了，送你回去。"

她很轻地"嗯"了声。

他将送她到宿舍楼下。

梁裕白说："上去吧。"

陆相思接过东西，欲言又止，最后仍旧还是选择和他挥手告别。

走到楼门口时，她转身回望。

宿舍楼下有许多情侣亲密地站在一起，梁裕白一个人站在那里，是格格不入的存在。

他低头抽着烟，烟雾在他面前缭绕。

似有感觉般，他朝她这里看了过来。

偷看被抓，她大大方方地和他挥手。

不知是天色太暗，还是她的心已经乱了，陆相思似乎看到了梁裕白对她笑了一下。

转瞬即逝的一个笑。

太难得的温柔像是虚幻。

那一晚，陆相思都没有睡好。

宜宁大学的新生军训时长半个月。

虽然到了九月，但是气温仍旧居高不下，直逼四十摄氏度。

陆相思站在太阳下暴晒，在她对面，江梦在树底下乘凉。

艺术系和广告系一起军训。

江梦开了个证明，逃过军训。

陆相思万分后悔，当时爸爸问她要不要开个证明不参加军训的时候，她竟然想也没想就拒绝了。

哨声响起，众人绷着的身体松懈下来，走到角落处拿水喝。

陆相思走到江梦身边，接过她递来的水。

江梦嘲笑道："你这小身子骨能站几天？"

陆相思把下巴放在矿泉水瓶上，喃喃道："不知道。"

"要不你待会儿别去了，直接和教官说你中暑。"

陆相思眼神放空，不知道盯着哪里，声音闷闷的："那也只能今天不军训，躲得过初一躲不过十五。"

"谁让你不开证明的？"

陆相思转过头："你别和我说话，我现在非常后悔。"

见她这么颓废，江梦反倒笑了。

休息时间转瞬即逝。

陆相思拖着沉重疲惫的身子重新回到太阳下。

第一天结束，陆相思回到宿舍躺在床上就不想动了。

直到手机铃声响起。

她没看来电信息，有气无力的："喂。"

"是我。"

声音冷得像冰，在她的耳边给她降温。

陆相思坐起身："裕白哥。"

"你有看到一串车钥匙吗？"

"车钥匙？"

梁裕白言简意赅地说："昨晚玩密室逃脱时，好像放在那个袋子里忘拿了。"

陆相思爬下床，翻了翻袋子。

果不其然，从里面翻出一串银灰色的车钥匙。

她说："在这里，你现在就要吗？"

"没，"梁裕白说，"过几天我来找你。"

电话挂断。

她看到镜子里的自己，嘴角往上扬。

他的无心之举，让他们又有了一次见面的机会。

江梦洗完澡，催促道："去洗澡。"

陆相思从柜子里拿出换洗衣服，进洗手间。

她洗漱好再出来，宿舍已经熄灯了，其他三人却聊得热火朝天的。

"江梦，你男朋友哪个学校的？"

"就咱们隔壁，南大的。"

"南大在这边好像都是金融和计算机专业的吧？你男朋友学的什么？"

"金融。"

陆相思恍惚地记起，梁裕白也是学的金融。

像是猜到她在想什么，下一秒，这个名字就被提及。

"南大商学院的梁裕白你们知道吗？"王思琪说，"他是我们学校出来的，去年的高考状元，成绩好家世好，最关键的是长相，要怎么形容呢……"

"长得很丑？"

"呸，"王思琪冷哼，"我没见过比他更帅的男生了。"

江梦不以为然："能有多帅？再帅能有我男朋友帅？"

陆相思想了想。

她在心里给了个肯定答案。

王思琪还想和江梦争辩。

房悦出声："熄灯了，别吵我睡觉。"

两人顿时噤声。

陆相思上床的动作都轻了许多。

隔天，陆相思是被哨声吵醒的。

她手忙脚乱地跑去集合，太阳灼热，把她晒得意识都有些不清明了。

要不然，她怎么会看到梁裕白出现在这里。

汗水沿着额角往下，在她的睫毛停留。

她用力地眨眼。

不是假的，他是真的。

梁裕白就站在操场出口。

他身边站了几个人，但她只能看到他。

他是那样的耀眼，只是静默无声地站在那里，连眼神都没分给旁人一个，便吸引了无数或直白或胆怯的目光。

陆相思想起昨晚王思琪的话。

要怎么形容呢？

她想起年少时她临摹的一首诗——

白玉谁家郎，回车渡天津。

看花东陌上，惊动洛阳人。

她也是洛阳城中的一人。

梁裕白眉眼冷淡薄情，高高在上，但那又怎样呢？

世人爱神和神爱世人，是截然相反的感情。

前者仰望，后者睥睨。

她也只是泯泯众生中的一位。

他有耀眼光芒。

而她只能仰望。

没有人比梁裕白更出众，他是高高在上的天之骄子，是神坛，令人仰望的存在。

阳光灼热，蝉鸣喧嚣。

陆相思被仰慕梁裕白的眼神湮没。

她看到他面无表情地承受着这些暧昧目光，看到他从一个又一个方阵中走过，看到他不为任何人停下。

天边有朵云飘了过来。

她被笼罩在阴影下。

他离她越来越近。

不到十米。

陆相思出声："报告。"

教官回道："说。"

她张嘴，声音微弱："我身体不舒服。"

不到五米。

她在心里默数。

一……

二……

她身形不稳，晃晃悠悠的，仿佛下一秒就要倒在地上。这时，她腰上却骤然一紧。

"陆相思，你还好吗？"

耳边感受到梁裕白的气息，近到毫厘的声音，平铺直叙，不带任何感情色彩，却在她的心上翩翩起舞。

她靠在他的胸口，鼻尖嗅到他身上的清冽气息和熟悉的烟草味。

她的声音低不可闻："哥哥。"

梁裕白面色沉了下来，双唇抿成一道冷淡的线。

教官走过来，问道："她怎么了？"

梁裕白说："她身体不舒服，校医在吗？"

边上有人说："校医刚刚回医务室了。"

梁裕白低头："我带你去医务室。"

教官叫住他，目光警惕："你是谁啊？"

他想要低头看陆相思的情况，听到这话，神情冷了下来："我是她哥哥。"

"她哥哥？"

陆相思配合着抬起头，对教官说："他是我哥哥。"

可她早就知道男女有别，和陆斯珩也不会有这样亲密的举动。

他把她当作妹妹照顾。

她也只能暂时继续维持着表面和谐的关系。

得到她的肯定回答，教官于是松口，放心地把她交到了梁裕白的手上。

梁裕白弯下腰，示意她上来。

她趴在他的背上，双手搂着他的脖子。

走出操场很长一段距离后，陆相思主动认错："哥哥，我没有身体不舒服。"

他不咸不淡地"嗯"了一声。

陆相思疑惑："你知道我是装的？"

"嗯。"

她沉默几秒，问道："那你为什么不拆穿我？"

为什么不拆穿？

因为一涉及你，我就理智全失。

她又问："你什么时候发现我是装的？"

他停下脚步，说："你和教官说话的时候。"

陆相思怔住："那你为什么……"

梁裕白说："你不是不想军训吗？既然不想，那就别军训。"

话音落下，他才知道自己对她已经无底线到了这种程度。就连他自己，天生讨厌阳光，讨厌汗液黏在身上的感觉，讨厌受人指挥和安排，这所有，军训都包括了，但他还是参加了军训。

想不想是一回事，做不做是另一回事。

他向来极有原则。

但原则在她面前，分崩离析得不着痕迹。

安静半晌，陆相思闷声道："哥哥，你放我下来吧。"

梁裕白停住脚步。

她从他的背上下来。

走了几步，她发现鞋带散了。

"裕白哥，我鞋带散了，你等我下，我系个鞋带。"

她蹲下身，低着头，头发刚好被帽子压着，露出一大片白皙的后颈皮肤，干净得不染纤尘，却有几缕碎发丛生。

他手心微动，忍不住想要把这些碎发拨开。

脖子上突然有温凉的触感，陆相思浑身一颤，惊慌失措地抬头。

梁裕白收回手，指尖记忆着那个感觉，软绵的，像是团棉花。她的头发被他拨开，却又一圈一圈地缠绕着他的心脏。

不留余地。

原来他不止将灵魂给了她，整颗心也已原原本本地交到了她的手上。

他淡声道："刚刚……有虫子。"

陆相思后怕地"啊"了声。

梁裕白马上说："被我弄走了。"

"没了就好。"她没起疑，又仰头问他，"我们待会儿去干吗？我可不想那么早回去军训，好累的，我站得脚酸死了，我现在就想找个地方躺着玩手机。"

梁裕白偏头看她："嗯。"

陆相思不解："'嗯'是什么意思？"

他说："去躺着。"

她眼睛睁大，哑然无声。

梁裕白说："我家。"

她更愣了。

梁裕白盯着她，突然问："你在怕？"

她摇头："不是。"

"你的表情，是害怕的意思。"他的脸色冷了下来，拒人千里之外的陌生语调，"如果害怕可以直接说，我可以带你去别的你想去的地方。"

察觉到他曲解了自己，陆相思忙不迭道："我只是在想，去你家的话，会不会不方便？"

"为什么会不方便？"

她眨了眨眼："你家里不会有人吗？你爸妈，还有你的姐姐和妹妹。"

他的脚步一顿，目光在她的脸上停留了一会儿才说："我不和他们一起住，所以，不会不方便。"

陆相思微愣。

意料之外的答案。

梁裕白的家离学校不远。

房子给陆相思的感觉，和梁裕白如出一辙。

冰冷得连灰尘都远离。

可她身上穿着的军训服已经一天没洗了。

军训服有外套和短袖，外套太大，她懒得洗。

梁裕白不知是注意到了，还是没注意到，但他说的话，应该是注意到了，因为他问她："要去洗个澡吗？"

她尴尬地低下头，轻轻"嗯"了一声。

他往一边指去："洗手间在那里。"

陆相思走过去，关上门。

淅淅沥沥的水声响起，冷水兜头而下，她清醒了，但又觉得还不如不清醒。

她竟然在梁裕白家。

此时此刻，还在他家洗手间洗澡。

她宁愿相信这是梦。

只有梦里才会发生的事情，竟然发生在了现实中。

还没等她多想，洗手间的门被人敲响。

梁裕白的声音没有任何起伏："衣服。"

她关水，还是听不太清："什么？"

梁裕白重复了遍："换洗衣服。"

陆相思迟疑地走到门边，小心翼翼地把门打开一道缝，接过他手里的衣服后，快速地把门合上。

水声再度响起。

梁裕白却站在那里一动未动。

他脑海里浮现刚刚那一幕——

浴室里带着雾气。

她的手腕细白如藕节，伸了出来。

像是无声的邀请。

邀请他一起。

欣赏她被水淋湿后的柔美线条，她的肢体战栗，如玻璃般易碎。

他视她如珍宝。

吻在她的唇侧，沿着她的颈线下滑。

窥见深不见底的黑夜。

他以吻与她缠绵。

无人时分，他眼里隐忍着的欲望终于窥见天光。

他抿唇，呼吸加重。

脚步不自觉地往门边靠。

一步。

两步……

到达门边。

他按着门把手。

蓦地，他大梦初醒般地收回手。

他转身逃离这里。

这里是深渊的入口。

阳台上的风带着夏日灼热，贴着梁裕白的皮肤。

他双手撑着头，深吸了几口气后，转身找烟。

拿烟的动作很大，手颤着点烟，打火机打了几下才打燃。

直到烟入肺，刺激着身体，痛却又蔓延着快乐，他感觉到自己的血液在沸腾、在叫嚣，愤怒地吼叫，抑或是不甘的嘶鸣。

不论怎样，他都得克制。

在他还没得到她的允许之前。

面对她时，他仍有一丝原则。

那就是她。

他不能违背她。

他站在阳台上。

没多久，听到里面传来动静。

隔着阳台门，他看到陆相思站在客厅里。

她四处张望，最后在阳台这里发现了他。

陆相思朝他走来，拉开门，问道："裕白哥，你怎么在外面？"

梁裕白随手把烟掐灭，说："进去。"

外面太热，他不想看到她身上有汗。

陆相思闻到烟味。

很重。

她不自觉皱眉。

梁裕白在厨房里，背对着她喝水。

陆相思盯着他的背影好一会儿，问："裕白哥，这衣服是你女朋友留在这儿的吗？"

不和父母一起住。

家里有女生的衣服。

很容易就能想到原因。

换上这套衣服后，她脑海里所有的幻想和旖旎都被打破，有关他的一切都被驱逐，她忍着逃离的冲动。

她想：我不能再喜欢你了。

我也不可以再喜欢你了。

梁裕白转过身，说："我妹妹的衣服。"他走过来，"我没有女朋友。"

他不喜欢莫须有的误解，三言两语解释清楚。

陆相思笑了："原来是你妹妹的衣服。"

喜欢是拼图，逃离时碎片七零八落地散开，靠近时，就连埋在角落里的都被挖了出来，重新拼成一幅完整的画。

梁裕白"嗯"了一声。

陆相思揉了揉眼，又问："裕白哥，我有点困了，哪个房间可以睡觉啊？"

梁裕白走到一旁，打开房门："这里。"

她径自走进去。

房间里很空荡，只有床和床头柜。

窗帘拉着，见不到一丝光。

她自然而然地把这间房间当作客房。

困意来袭，她躺在床上睡去。

陆相思是被手机铃声吵醒的。

是江梦给她打来的电话。

"我在医务室找你没找到，你去哪里了？"

陆相思靠在床头，说："啊，我在外面。"

"那你什么时候回来？不回来的话我就和教官说你身体不舒服，医生让你在医务室躺着。"

她掀开被子，下床，急急忙忙地说："我现在就回来，我去医务室找你，跟你一起回去。"

江梦应道："好。"

挂断电话，陆相思到了客厅。

客厅里没有人。

她叫梁裕白的名字，也没有回应。

最后，她给梁裕白发了条信息，便离开了他家。

她离开后没多久，梁裕白回来。

玄关里，没有她的鞋。

家里干净得仿佛她从没来过一样。

然而卧室门打开。

床上的被子凌乱不堪。

他到底还是留下了她的痕迹，也占有了她的气息。

那天晚上，他躺在自己的床上。

被套滑过他的皮肤。

他闭上眼。

宛若她的手，触摸着他。

深夜，她入梦。

和以往每一次的梦境不同。

这次，是她主动来到他的花园。

她手里拿着一朵玫瑰。

她问他："这个花园都是你的吗？"

他点头。

然后，她就凑了过来。

她的气息喷洒在他的耳边，熨烫着他的耳郭。

她问："是你的花好看，还是我手里的这朵花好看？"

梦里，他依然无原则。

"你。"

她笑了，红唇似玫瑰，妖冶明媚，声音像是钩子，钩着他身上最易动情的部位。

"那你把这些花都烧了，只剩我手里的这朵好不好？"

她连吐息都是蛊惑，却在他耳边轻喘。

这次，他没有控制住自己，把她抱在了怀里。

玫瑰花刺扎着他的胸口。

他胸口都是血。

他却笑着说："好。"

于是他毁灭了所有，只留下她。

但他又是最计较得失的人，在感情里也是。

他做出了交换，那她也必须如此。

他的条件并不多，只一个。

那就是——

我这一生只种你这一朵玫瑰，你是生是死，由我决定。

第四章/
今夜难眠

天气预报发布了高温预警。

陆相思早上起床时就觉得头晕。

教官从她身边经过，腔调板正地报着时间："二十分钟，还有十分钟，再坚持一下。"

云层压低，暗了一瞬。

教官离开，云翳浮动，是灼热的光，炙烤着她的皮肤。

她有些不能呼吸了。

当她倒下时，脑海里浮现的第一个想法是：人果然不能撒谎。

因为谎言会成真。

比如此刻。

校医检查了一遍，说："中暑了。"

室外温度太高，校医让她去医务室。

医务室离操场不到一百米距离。

江梦陪陆相思过去，她打趣道："我就说了，你这细胳膊细腿的，根本站不了几天，结果没想到你第三天就倒下了。"

陆相思脸上毫无血色，狡辩："是天太热了。"

江梦附和："是是是。"

陆相思走了几步，突然停下。

江梦疑惑："怎么突然停了？"

陆相思喉咙发干，轻声道："江梦。"

"啊？"

"我好想吐。"

江梦左右张望，都没发现垃圾桶，急着说："你等会儿，前面就是医务室，里面有洗手间的，到了那里再吐。你要是实在忍不住，我把衣服脱下来你吐我衣服里。"

陆相思笑了:"算了,我吐不出来。"

江梦松了口气。

医务室里空无一人,冷气肆虐。

陆相思进去后,率先打了个喷嚏。

江梦记得校医的嘱托,说:"我去给你买绿豆汤。"

然后她就离开了。

陆相思坐在病床上,小口地喝着淡盐水。

身体重得像是灌了铅似的,大脑昏昏沉沉的,她躺了下去,闭上眼休息。

隔了会儿,医务室门打开。

她以为是江梦回来,说:"你要不先回去?我自己待在这里就行。"

却无人回应。

她睁眼,出现在视野里的是修长的手。

她怔了怔:"哥哥?"

梁裕白收回手,拉了把椅子在床边坐下,"嗯"了一声。

陆相思坐了起来,问道:"你怎么在这里?"

他敛眸,唇线紧抿:"你怎么回事?"

陆相思声音很轻:"中暑了。"

想起昨天的事,她又连忙补充,以证清白:"真的中暑了,我没骗你。"

窗外阳光照在梁裕白身上,下颌紧绷,神情冷得像冰。

"我知道。"

他的表情却很难看。

因为她的头发粘着汗水,她的头发凌乱,皮肤毫无血色,就连嘴唇都是煞白的,干净得像张白纸。

他想在上面涂抹几笔,留下只属于他的痕迹。

陆相思低头喝水,又问:"你怎么会在这里?"

"我看你不在操场。"

她眨了眨眼:"你去操场了吗?"

他盯着她的唇,沾了水珠,他感觉自己口干舌燥,嗓音变哑。他掩饰着自己的情绪,只字作答:"嗯。"

陆相思了然:"我们班的人告诉你我在医务室,所以你过来的吗?"

"嗯。"

她想到什么,歪了下头:"哥哥,你怎么会在操场?还有昨天,我记得昨天你身边站了很多人。"

梁裕白说："学生会有事。"

他解释是宜宁大学和南城大学每年都在同一时间军训，军训时，校学生会有慰问演出，为了方便，两所学校统一出节目。

梁裕白作为南城大学新任学生会主席，来找宜宁大学的学生会主席讨论节目的事情，而宜大的学生会主席在操场。

所以他才会出现在操场。

只是巧合。

上天亲笔写下的巧合。

陆相思感叹："哥哥，你竟然是学生会主席。"

梁裕白没什么表情。

"加入学生会有什么条件吗？"

"你想进学生会？"

陆相思伸手整理头发："没有，只是好奇。"

梁裕白思索几秒，说："你如果想加入学生会，不需要条件。"

她不理解他的意思。

"我和祁妄说一声就行。"

祁妄是宜宁大学的学生会主席。

陆相思恍然："你这是走后门。"

"不过我又不想进学生会。"

梁裕白又"嗯"了一声。

没有人说话，隔了一会儿。

离开的江梦打开医务室的门，见到里面多了个人，她愣了下。

陆相思主动给他们介绍："我室友，江梦。江梦，这是我……哥哥梁裕白。"

江梦迟疑着朝梁裕白点了点头，当作问好。

梁裕白只看了她一眼，便转回身。

她把手里的绿豆汤递给陆相思，很有眼力见地说："相思，既然你哥哥在这里照顾你，那我就先回去了。"

陆相思没挽留，点头想要答应。

梁裕白却打断她："我还有事，先走了。"

她感觉嘴里的绿豆汤，一瞬间没了味道。

她扯了扯嘴角，说："那哥哥，你去忙你的事吧。"

梁裕白起身，双眸低垂着看她："晚上几点结束？"

陆相思下意识回答："八点。"

梁裕白说："八点，我在宿舍楼下等你。"

"好。"她笑了。

等他离开后，江梦说："我去上个厕所。"

陆相思低头喝着绿豆汤，闻言，点点头。

江梦出了医务室，没往洗手间的方向去，而是转身下楼。

她叫住不远处的人。

"梁裕白。"

梁裕白停下脚步，回身。

江梦走到他面前，说："我们之前见过。"

他语气疏离："有事？"

江梦深吸一口气："你应该没有忘记那天见到的事，对吧。"

不是疑问，而是肯定句。

梁裕白无波无澜地看向她。

他没说话，但给她一种无形的压迫感。

江梦很疑惑，刚刚在医务室里，他似乎并不是这样的。

但她来不及多想，直说："我希望你不要告诉陆相思，那天我们见过，以及那天你看到的一切。"

梁裕白仍然没有回应。

他转身离开。

不重要的人，在她身上多花一秒钟都是浪费。

他在她身上浪费了十几秒。

江梦忍不住，跑上前，想要拉住他，却被他一个冷眼扫射，她不受控制地抖了下。

要不是这个人送陆相思到医务室，他甚至都不会回头。

如此一想，梁裕白松口："我不会说。"

他向来不管闲事，也不喜欢谈论八卦。

江梦放下心来。

得到他的保证，她安心地回到医务室，坐在梁裕白坐过的那个位置上。

二人闲聊时，她问："梁裕白怎么是你哥哥？你不是姓陆吗？"

陆相思解释："他是我哥哥的好朋友，所以我才叫他哥哥。"

"我还以为他是你亲哥哥，"江梦迟疑着问，"你和他很熟吗？"

陆相思摇头。

江梦彻底放心。

陆相思却处于失神状态。

她和梁裕白并不熟。

他遥远得仿佛天上的月亮。

哪怕她和他有过这么多次的接触，但她仍旧觉得自己离他很遥远。

不是身体，是灵魂。

他仿佛，没有灵魂。

晚上八点的宿舍楼下。

路灯穿过悬铃木，光线昏蒙。

陆相思看到梁裕白伸手过来。

他的手里有一个东西。

她愣住："这是什么？"

"证明。"他说。

陆相思接过来，打开一看，是医院开的不用军训的证明。

她愕然："你这是从哪里来的？"

"医院。"

"医院怎么会开这个？"她仔细看，"这个病是什么病？我都不知道。"

梁裕白的声音低沉："不用管什么病，你把这个给辅导员，就可以不参加军训。"

陆相思失神："这样不好吧？"

他目光冷寂，声音亦然："你确定还要参加军训？"

挣扎了好一会儿，她泄气了："不想，可是……"

梁裕白突然朝她伸手。

陆相思抬头："干吗？"

"既然不要，那就还给我。"

她连忙收紧，把病历证明压在胸前，瞪着他："我什么时候说过不要？"

她已经洗过澡。

身上穿着简单的白 T 恤。

手压在胸前，掌心贴着的地方鼓起，手腕下方凹陷。

如山峦般起伏。

有风吹过。

光影影绰绰。

他借着转瞬的浮光掠影，看到了。

白色的蕾丝边印在衣服上。

陆相思的瞳孔里映着月亮的清辉，说："还有哥哥，你说过的。"

梁裕白微抬了下眉骨。

她说出后半句："给出去的东西，没有要回来的道理。"

他突然笑了。

陆相思不舍得眨眼。

她看见了。

他笑了。

虽然只有一瞬间，但她清楚地捕捉到了。

冰山不会融化，但会有缝隙。

她看到藏在缝隙里的他。

后面的军训，陆相思再也没参加。

她和江梦坐在树荫下乘凉。

江梦有数不清的话题，但她经常聊的，还是何处安——她的男朋友。

"何处安考上了南大金融系。"

陆相思在心里默念：

梁裕白也在南大的金融系。

"何处安的衣品很好。"

梁裕白的衣品也好，他身形清瘦，但轮廓线条流畅，天生的衣架子，哪怕穿着简单的衬衣也俊朗不凡。

更何况他褪去少年的青涩，带着成熟感。

"何处安有很多人追。"

江梦说这话时，烦得要命。

梁裕白……

不用想都知道，一定很多人追。

陆相思也很烦。

两个郁闷的人接连叹气。

教官一声哨响，众人作鸟兽散地找水喝。

王思琪到她们身边坐下，问道："你俩坐在这儿乘凉还叹气？"

江梦给了她一个眼神："你不懂。"

陆相思重复："你不懂。"

王思琪无语，接着戳了戳她们的胳膊，问道："哎，明天军训就结束了，你俩回家吗，还是待在学校？"

江梦眼前一亮："我明天要和何处安约会。"

陆相思撑着下巴，说："我回家。"

王思琪也跟着加入叹气队伍："那我也回家吧。"

第二天，军训结业典礼。

路过超市时，班长问同学们要不要带水。陆相思懒得过去，于是举手，说："我给你转钱。"

快到操场，班长拿水过来。

她接过，恍惚间，隔着班长看到了一个熟悉的冷峭身影。

江梦叫她："陆相思，快点。"

她跟上队伍，没再纠结。

结业典礼很快结束，结束后众人回宿舍。

江梦急着见男友，早早就走了。

王思琪更是懒得收拾东西，洗了个澡就走了。

等到陆相思洗完澡出来，连房悦也不见了。

半小时前还热闹非常的宿舍，陡然陷入安静，只有空调嗡嗡作响。

陆相思站在位置前，突然不知道要干什么。

她拿起手机，犹豫着要不要给梁裕白打电话。

到头来，还是放弃。

没有理由，也没有借口。

她挫败地坐在位置上，收拾着回家的东西。

突然，她看到桌子上的银灰色车钥匙。

陆相思拿起车钥匙，触感冰凉，和他很像。

她抿了抿唇。

终于，被她找到了见他的理由。

他的无心之举，成全了她的别有所图。

梁裕白的睡眠状况向来不好，加上最近事情太多，最主要的原因是，今天早上他去宜大，看到陆相思站在树荫下，和一个男生在说话。

她笑着，伸手接过男生手里的水。

他盯着看了许久。

她仍是没发现他的存在。

他转身离开，路过垃圾桶时，把手里的水扔了进去。

"咚"的一声，垃圾桶都震了几下。

回来后，他不断地抽烟，一根接着一根。

他直视着寂静黑暗，仿佛看到欲望和理智对话。

事实上，陆相思应该有自己的私人空间，也应该有属于她的朋友。

可他不能接受。

他从不否认自己的自私与卑劣。

在面对她时，他恨不得她身上的气息都是属于他的。

也因此，他无法容忍她对旁人笑。

烟燃至末梢，烫着他的指腹，欲望终于挣脱理智的枷锁。

耳边响起从地狱里传来的低语。

他终于醒悟，或许毁灭她才是得到她的唯一方法。

烟灰缸里满是烟蒂。

梁裕白终于心满意足地在如深渊般漆黑的环境里睡去。

却没想到刚躺下没多久，就听到了刺耳的门铃声。

他睁开眼，眼神狠戾，带着极强的攻击性。

打开门，看到的却是陆相思。

他眼底的寒意不加掩饰。

她却笑着。

然后，她咳了几声："好重的烟味。"

她略带鼻音的气息在他的耳边响起，唤醒他的理智与冷静，将欲望打入无尽深渊。

到头来，他还是败给了她。

感受到梁裕白落在自己身上的目光，陆相思开口："那个……我是来给你送车钥匙的。"

他目光微沉，凝视她半晌，侧身，说："进来。"

光和她一同涌入暗室。

房子里的烟味更重。

她止不住地咳。

她忍不住问："你刚才在抽烟吗？"

他嗓音沙哑："在睡觉。"

梁裕白回屋，把空气净化器打开，意识到窗帘拉着，于是又走到玄关处。

陆相思正低头换鞋，察觉到他去而复返。

她仰头。

他向她靠近。

并不明朗的环境里，她看到他下眼睑的疲惫青色，还闻到了随着他靠近的动作，萦绕在她周身的烟味。

还没等她反应过来，身后响起"嘀"的一声。

客厅处的窗帘缓缓拉开，大片的光逐渐涌了进来。

他再次转身，走到餐厅。

陆相思换好鞋，跟上他，看到他拿起桌子上的药盒，低头吃药。

吃完药，他才看向她："怎么没给我打电话？"

陆相思回道："我打了。"

他看着她。

她说："你没接。"

梁裕白语气平静："我可能没听到，抱歉。"

话语里没有一丝歉意。

陆相思连忙道："没事没事。"

她顿了下，又问："我是不是打扰你休息了？"

他蹙眉："没有。"

她声音很轻："但你看上去好像很累。"

他答道："或许吧。"

陆相思眨了眨眼，突然觉得，今天或许不适合和梁裕白见面。

毕竟他看上去真的很累。

于是她把车钥匙放在桌子上，准备离开。

"钥匙在这里，你先休息吧，我走了。"

她向玄关迈出一步。

房间里，响起他的声音："那个人……"

她茫然回头。

温暖明媚的阳光对他仿佛不起任何作用，他皮肤冷白，能看到淡青色血管。

他垂着头，察觉到她在看他，冷不丁地抬起头。

"去见那个人？"语气低到零下。

陆相思更茫然了："谁？"

"早上，你拿了他的水。"

过了好几秒，她才反应过来："你说我们班班长吗？"

他看着她，没说话。

陆相思解释："我懒得去买水，所以让班长给我带的。"

可他的心情并没有好多少。

他不能接受任何人以任何名义占有她的笑。

陆相思眨了眨眼，问道："你去我们学校了？"

"嗯。"梁裕白神情未改。

她往他这边走："你看到我了怎么没叫我？"

他扯了扯嘴角，反问："叫你，你听得到？"

对她而言，他只是一个可有可无的存在。

陆相思却说："别人的声音或许我分不出来，但你的声音，我一定听得出来。"

梁裕白骤然沉下脸。

话一出口，她有些懊恼。

她不该说这种暧昧不清的话的，于是补救道："你的声音，很有辨识度。"

没有用。

他已经听到了。

对她而言，他是不一样的。

他可以不依靠烟，苟延残喘地活一段时间了。

陆相思转过头，藏起脸上的情绪，生硬地转移话题："我爸爸快下课了，我怕他找不到我，没什么事，我就先走了。"

"我送你。"他起身。

陆相思想拒绝，但话和呼吸，随着他的靠近，都湮没了。

她在愣怔间，又听到他说："手。"

她下意识看着自己的手。

梁裕白合上门："录个指纹。"

她缓慢地眨眼，不确定地重复一遍："录……指纹？"

他的回答，是直接抓起她的手腕。

"食指。"

她伸出食指。

"按下去。"

她按了下去。

指纹锁发出提示音。

他准备松手，又舍不得松开。

连她手腕都比想象中的要绵软百倍。

他无法想象她到底有多美好。

不能再想下去。

他怕自己会忍不住把这些付诸行动。

陆相思盯着他的手，他的指尖是凉的，到了掌心才有温度，手背的三条骨节根根分明，青筋越发明显，似乎在压抑着什么。

没等她多想，他就松开了手。

她的心也像是随之抽空。

梁裕白的声音还是低哑："以后过来，自己开门。"

陆相思弯了弯唇，说："好。"

下楼后，梁裕白问："回宿舍？"

陆相思摸着自己被他抓过的手腕，那里似乎在发烫。

听到他的话，她回神，问道："不，你们学校的工科楼在哪里？"

梁裕白看向不远处的红色大楼，指了指，说："那里。"

陆相思说："我去那儿。"

梁裕白眉头轻抬。

她解释："我爸爸在那里上课，我等他一起回家。"

他明白过来。

把她送到工科楼楼下，他就走了。

她也没挽留。

但他并没有离开。

他只是找到一个无人角落，毫无顾忌地看着她。

他看到她朝陆宴迟笑。

她挽着陆宴迟的胳膊。

她坐上陆宴迟的车。

她离开他的视线。

他合上眼。

那是她的父亲。

他深吸了一口气。

再睁眼，他眼里眸色沉冷。

而他终将取代陆宴迟，取代她身边任何一个人。

站在她的身侧。

占有她的一切。

军训结束那天正好是周五。

再加上陆相思周一没有课，她一共可以休息三天。

这三天她都在家躺着。

周一那天，天阴沉沉的。

陆相思犹豫几秒，还是带上了伞。

她爬上陆宴迟的车，注意到他在打电话，于是默不作声地扣上安全带。

没过多久，他就打完了。

他的眉宇间有着歉意："相思，爸爸可能不能送你去学校了，我刚接到通知，临时有个会议要开。"

陆相思连忙解开安全带。

陆宴迟笑着问："到我学校，你自己走回去可以吗？"

她停下动作，说："可以。"

车子开出去没多久，就有雨滴砸在车窗上。

淅淅沥沥的雨水模糊视线。

到了工科楼，雨势依然没有变小。

陆宴迟皱眉："要不等爸爸开完会再送你过去？"

她拒绝："没事，爸爸，你去开会吧，我走了。"

她撑着伞，一头钻进雨中。

陆宴迟看着她的背影，无奈失笑。

他转身，看到从楼梯上下来的梁裕白。

梁裕白眼角稍垂："陆叔叔。"

陆宴迟问："下课了？"

梁裕白点头："嗯。"

"准备回去了？"

"嗯。"

"外面下雨，"余光瞥到他手里的伞，陆宴迟叮嘱道，"走慢点。"

梁裕白抿了抿唇，应道："好的。"

陆宴迟的手机响起，他没再多言，接起电话，绕过梁裕白上楼。

一个上楼。

一个下楼。

梁裕白的视线穿过朦胧的雨雾，看到了一个身影，缓缓地往这边靠近。

几乎没有犹豫，他把手里的伞扔进垃圾桶。

陆相思跑到工科楼大厅，抬头，看到梁裕白的时候愣了下。

梁裕白问："你怎么在这里？"

陆相思顿了好久才找回自己的声音："你看到我爸爸吗？"

他沉默了下："陆教授？"

她点头："嗯，我的耳机落在他车里了。"

梁裕白面不改色地说："他坐上陈教授的车走了。"

陆相思有些蒙，喃喃道："那我的耳机怎么办？算了，下次再拿吧。"

她转身离开，却被他叫住。

梁裕白走到她面前，说："我没带伞。"

她睫毛颤动。

他声音寡淡："你方便送我回去吗？"

他的头低了下来，身上的浅淡烟草味也一同占据她的嗅觉，说话间的气息扑洒在她的额间，她的额头莫名有些发烫。

"好。"

好在大雨倾盆，她颤抖的声音被雨声掩盖。

梁裕白接过伞。

雨势渐大，伞遮盖的范围有限。

即便他已经把三分之二的伞面都给了陆相思。

但她的身上还是被雨水淋湿。

衣服紧贴着皮肤。

有风吹过。

她吸了吸鼻子。

"阿嚏——"

梁裕白皱眉。

他出声："要在这里换一套衣服吗？"

陆相思不适地扯了下粘在身上的衣服，问道："你妹妹的衣服吗？"

随着她拉扯的动作，能看到白色衬衫没有盖住的部分。

"嗯。"他喉结不可遏制地滑动。

陆相思思考几秒，回道："好。"

她跟他上楼。

他指了个房间，说："衣服都在衣柜里，你随便拿。"

"好。"

房门被她合上。

梁裕白随之也进了自己的房间。

他背抵着房门。

漆黑环境里，他手背盖在眼睛上。

沉重的呼吸声响起。

差一点，他就要伸手，亲自为她脱掉那件碍眼的衣服。

就差一点。

雨不停地下。

灰蒙蒙的雨雾笼罩天际。

陆相思换好衣服从房间出来，看到厨房里，梁裕白背对着她正忙活着什么，油烟机不断作响，流水淅沥。

她走过去，问道："你在干什么？"

梁裕白回答："煮面。"

意料之外的答案。

她有些惊叹："你还会煮面，好厉害。"

他瞥她一眼："你不会？"

陆相思不太好意思地挠了挠头发，说："我不会，事实上，我不会任何生活技能，就连起床后都不会整理被子。"

她全身上下都透着被宠溺的气息。

什么都不会，如果是别人，梁裕白会蔑视，但是陆相思，他会觉得，她生来就是如此。

她本该就是这样的，什么都不会，只需要在他面前，他便会把世间一切都递给她。

梁裕白关火，盛面。

陆相思环顾四周，见房间里干净整洁，问道："家里都是你收拾的吗？"

他把面端出来，"嗯"了一声。

只有一碗面。

她当然不会自作多情地以为是给她煮的。

可他却说："你吃。"

陆相思愣了下："你呢？"

梁裕白拿起桌子上的烟，走到阳台外，低头抽烟。

她盯着他看了许久，默默收回视线，低头吃面。

时间仿佛就此停滞，如果室外没有滴答作响的雨声，那她或许会把这个时间当作天荒地老。

一碗面吃完，她放下筷子。

雨声消失在夜晚。

夜风习习，带着凉意。

回去的路上，陆相思问："你对我们学校好像很熟悉，你经常过来吗？"

梁裕白声音冷淡："偶尔有事过来。"

"学生会的事？"

梁裕白盯了她一会儿，说："差不多。"

"学生会是不是很忙？"

他思索几秒，回道："还好。"

陆相思垂下眼。

她收紧手心，深吸一口气，又问："我听说有部电影挺好看的，如果你不忙的话，周末我们一起看个电影怎么样？"

说完，她惴惴不安，甚至不敢抬头看他。

路灯将她的影子缩成很小的一个点。

他踩过她的影子。

他没说话。

沉默快要把她的心脏割成碎碴。

"周末是指周六，还是周日？"梁裕白的嗓音莫名变得暗哑，眸色比天边墨汁般的夜幕更沉，"还是说，两天都算？"

闻言，她把心脏重新拼凑，问道："周六可以吗？"

梁裕白不假思索地回："可以。"

"到时候我把具体的时间地点发给你。"

"好。"

进了宿舍大门，陆相思忍不住转身看他，明灭的光影中，他像是个虚幻的存在。

她想伸手抓住，却又知道只是水底捞月。

他是她触摸不到的虚幻。

阳光穿过云翳，光束柔和，折射在对面宿舍楼上，漾着碎光。

这是陆相思出门前看到的天空。

天气预报果然是骗人的。

她把伞放回抽屉。

电影院离学校不远，三站地铁的距离。

当她走出地铁站后，却发现室外的天色暗了下来，雨滴扑簌簌落下，滴落在地上溅出水花。

风很大。

墙上的海报都被吹起一角。

电影院就在前面一百米左右的位置。

她犹豫着要不要冒雨跑过去……

有一个声音随着雨声一起落下："陆相思。"

男生站在雨中，伞面轻抬，露出他清秀俊朗的脸。

陆相思看清他的脸，叫出他的名字："何处安。"

何处安上下打量了她一眼，得出结论："没带伞？"

她面容尴尬："嗯，出门的时候天还是晴的。"

"变天比较快，"何处安问，"要用伞吗？我的伞借给你。"

陆相思摆摆手："你把伞借给我了，自己怎么办？"

他毫不在意地笑了，说："我出了地铁直接打车就行。"

她皱眉，犹豫几秒，想了个折中的方案："如果你不赶时间的话，能把我送到对面的电影院吗？"

灰白雨雾下，藏蓝色的伞盖住两个人的身影。

何处安把陆相思送到电影院门口。

他用闲聊的口吻问道："和男朋友约会？"

陆相思说："不是。"

还不是。

她看了眼时间，距离电影开始还有十分钟。

她提早到了。

她左右张望，问道："喝奶茶吗？"

何处安低头和她对视："什么？"

陆相思还记得他给自己抓了一只娃娃，虽然那只娃娃不知道去了哪里，但她答应过他，要请他喝奶茶的。

"我还欠你一杯奶茶。"

何处安双唇翕动："现在？"

"那里就有奶茶，"她指向电影院的奶茶店，"可以吗？"

"可以。"

陆相思买了两杯奶茶。

她正准备付钱，旁边有人拿出手机付钱。

以为是何处安，她下意识想要拒绝。

声音在她右耳边响起，淡淡的烟味向她逼近。

"扫我的。"

陆相思在半走神的状态下，不知道何处安是什么时候走的，也不知道是在什么时候，梁裕白牵起她的手的。

幽暗的影厅走道里。

她仰头，他的神色深邃而暗。

电影开始。

放映厅的灯光熄灭。

空气里尘埃浮动，带着雨天的湿冷。

梁裕白的手松开。

空气里就只剩冷。

她终于回神，低头拿出吸管，插进奶茶里。

他盯着银幕，语气冷冰冰："第二次。"

陆相思咬着吸管："什么？"

梁裕白偏头。

电影放映，骤然亮起的光滑过他的轮廓，冷硬紧绷，他眼里是深不见底的暗。

她终于明白过来，解释道："我没带伞，正好在地铁口遇到何处安，所以让他把我送到这里，而且我之前欠他一杯奶茶，今天顺便还了。"

梁裕白目光清冷，收回视线。

陆相思轻轻咬着唇。

没过几秒，他说："事不过三。"

话音落下，电影开场。

她低头，摊开掌心。

被他牵过的右手，连带着右半边身子似乎都是麻的。

时间短暂得仿佛转瞬即逝。

也正因如此，令人回味上瘾。

一直到出了电影院，坐上梁裕白的车，陆相思才问出口："你刚刚……为什么牵我的手？"

他从后视镜里看了她一眼，没说话。

她盯着他腕骨处的表。

秒针每往前挪一下，她嘴里就多一个字："我只想知道理由。"

车进入隧道。

她看不清时间。

时间在此时仿佛是静止的。

光涌入车内时，她不适地闭上眼。

没有回应。

梁裕白把陆相思送到宿舍楼下。

她解开安全带，下车前说："谢谢你送我回来。"

仍旧没有回应。

车门关上。

车厢里还有她的气息。

梁裕白发动车子，引擎声响起，又停下。

他看到她小跑回来，连伞都没撑。

她走到他这边。

车厢内雾气氤氲着窗玻璃，他降下车窗，看到的是她的手。

手心朝上，食指指腹淌着血。

他眉头皱起，问道："怎么回事？"

陆相思有些委屈地说："你的伞伞骨这里有铁丝没拧好。"

她收伞时，一个没注意，手就被铁丝钩了。

疼感涌上来，她却没来由地开心。

他应该不会再拒绝和她对话。

果然，他的面色比这天气还差，沉冷阴郁地下车，帮她打开车门，而后发动引擎，驱车往最近的药房开去。

车子停在安静的巷子里。

梁裕白把从药房里买的药放在中控台上。

他拿起蘸着碘伏的棉签，说："伸手。"

陆相思伸手。

梁裕白低着头，在她受伤的地方涂抹。

疼感后知后觉地刺激着她的大脑，她几不可闻地"嗞"了声。

梁裕白立刻停止动作。

安静须臾，他低声说："如果疼，你就和我说。"

他眉眼温顺地垂着，将眼里的锋芒和锐意都遮去，从这个角度，只能看到他紧抿着的双唇，以及感受他浅淡的呼吸洒在她掌心。

是真实的。

只要她伸手，就能抓住的存在。

"好了。"梁裕白的声音打破陆相思的幻想。

他抬起头，对上她的眼。

她的眼牵动着他的欲望，轻而易举地，就剥夺他的理智。

他还抓着她的手腕。

这还不够。

远远不够。

他需要的是更直白的接触。

空气滞住的瞬间，她的胆大包天被打碎。

陆相思回过神，从他手中抽回手，低下头装模作样地打量着被他涂过的伤口："应该没事了吧？"

"没事，"他把东西都收好，"这几天尽量别碰水。"

陆相思轻轻地"嗯"了声。

"还有。"她竖起耳朵，等他下半句话，"牵手，"他面无表情，"是因为太烦。"

不知道是不是她的错觉，总觉得他这句"太烦"是在指——你身边站着男人，太烦，所以我忍不住。

宣示主权。

手机铃声响起，将他们的思维都拉回。

陆相思听到梁裕白很轻微的一声轻喷。

梁裕白接起电话，语气里带着几分不耐烦。

她分神地想，他是因为烦所以才和她牵手。

那么现在，如果她主动伸手，那他会不会和她十指紧扣？

喜欢是自欺欺人的行为。

会把他的无心之举当作暧昧靠近。

层层叠叠的感觉包裹着她，她的心被他捆住。

她一头栽了进去，无法自拔。

临近傍晚，晚霞不可思议地浮上云层。

光落在陆相思的眼睛上，耳边听到的声音，比光带给她的感知更清晰。

梁裕白说："没事的话，一起吃晚饭？"

她当然没事。

可她听到他打电话时，是有事的。

陆相思迟疑着："你好像有事要忙。"

"不急，晚点过去。"

学校被雨水冲刷了一遍，连空气都带着湿重的水汽。

经过校园超市，陆相思进去买了支冰激凌。

她撕开冰激凌的包装，舌头舔过奶油。

看到梁裕白面前站了个人，穿着简单的短袖上衣，一只手搭在梁裕白的肩上。

梁裕白视线未移，伸手把那只手拍开。

那个人是祁妄。

陆相思认得他。

宜宁大学大名鼎鼎的学生会主席。

可他此刻却像个流氓，撒泼耍赖："搭个肩都不行？"

梁裕白冷淡道："滚。"

"我听说新生军训那天你背了个女孩儿？"

梁裕白视线绕过祁妄，落在陆相思身上。

陆相思走近。

祁妄的声音一顿，表情微妙："这……就是那个女孩儿？"

他似乎也想搭她的肩。

此时，横亘出一只手，毫不留情地挥他的胳膊。取而代之的，是梁裕白的手，把她拽到身边。

梁裕白说："叫人。"

陆相思乖乖开口："学长好。"

祁妄别有深意地笑着，突然问："学妹想进学生会吗？"

没等陆相思回答，祁妄又说："想进哪个部门都行。"

梁裕白面无表情地提醒："陆相思。"

祁妄一字一句地念着她的名字："陆相思是吧？"

陆相思不知道该应哪边。

祁妄逗弄口吻明显："陆相思，你想当宜大的学生会主席也行，我把我的位置让给你。"

陆相思愣怔。

梁裕白忍无可忍："走了。"

她匆忙跟上。

祁妄在后面大喊："你跟他走干什么？他是南大的，难不成你想去南大学生会？"

等到他们的身影消失在视线里，祁妄抓了抓头发，自言自语地笑道："这么听话的小兔子，梁裕白从哪儿骗来的？"

听不到祁妄聒噪的声音后，梁裕白说："你以后离他远一点。"

陆相思不明就里："他不是你朋友吗？"

"是。"

"那……"

"远一点。"

她眨眨眼，"哦"了一声。

他不喜欢陆相思身边有别的男生，就连她的父亲，他也嫉妒。

吃完饭后，梁裕白把陆相思送回宿舍。

他站在楼下，点了根烟，烟雾缥缈，混在潮湿的空气里。

取代薄雾的是三楼阳台上，陆相思的身影。

她拿着晾衣杆收衣服，穿着浅色系的睡衣，从始至终，都没往他这里看一眼。

他不在乎。

从一开始就是他的事。

就连牵手也是。

她只要不拒绝。

就算她拒绝，他也只会欣赏她抵死反抗的模样。

他吸了一口烟。

烟入肺，上瘾般地痛感。

就连很少见面的陆斯珩，今晚见到他时也察觉到他变大的烟瘾。

陆斯珩以为他是因为公司压力太大，委婉地提了一句："你别那么着急，凡事讲究循序渐进。"

梁裕白咬着烟，笑了："我没急。"

所以你看，你的妹妹现在还安然无恙。

陆斯珩宽慰着："迟早都是你的。"

他眸光幽深，哑声道："当然。"

她迟早都是我的。

上了一周课就迎来了国庆。

陆相思提着行李回家，发现客厅里坐着陆斯珩。

她在陆斯珩边上坐下，问道："哥哥，你怎么过来了？"

"我有事来找四叔。"

陆相思左右张望："我爸呢？"

"四叔去楼上拿东西了。"

话音刚落，陆宴迟就出现在了楼梯口。

他的手里拿着一堆文件，见到她回来，笑着说："相思回来了啊。"

陆相思应了声，没再打扰他们，直接回房。

过了半个多小时，陆相思打开房门想要下楼，听到对面房间传出的声音。

门口敞开一小道缝。

陆斯珩背对门站着，耳边贴着手机。

她无心偷听，转身准备离开。

却在听到那个名字的时候，收回迈开的步子。

"梁裕白"这个名字就是个魔咒，只要听到他的名字，她连呼吸都不属于自己了。

意识到陆斯珩通话结束，陆相思装作路过，却被他叫住。

她回头："哥哥。"

陆斯珩靠在门边，问道："后天你有时间吗？"

陆相思想了想，说："有，怎么了？"

"来我家吃饭。"

她笑着应道："可以呀。"

陆斯珩又补充："不是和家里人一起，和我的朋友们，你见过的。"

陆相思有些纠结："我和他们也不是很熟。"

顿了几秒，她又说："我去，反正有你在。"

陆斯珩满意地揉了揉她的头发。

陆相思跟他一起下楼。

每踩一步，楼梯就响起沉闷的一声。

她听到了"咚"的一声。

她的心跳也快了一瞬。

梁裕白也在。

最后还有三级台阶。

她直接跳了下去。

心脏也从高处直直坠下。

落地的瞬间，支离破碎，拼凑成的是，别有用心。

陆斯珩家离陆相思家并不远。

地铁只需要坐五六站，在地铁口就能看到小区。

陆相思绕过院子，透过落地窗看到客厅里坐了几个人。

她踏上台阶，按下门铃，没过几秒，门就开了。

来人热络地说："妹妹来了啊。"

陆相思并不记得他叫什么名字，乖巧地喊道："哥哥好。"

"真乖，你哥哥在厨房呢。"

她换好鞋，左右张望着，没找到梁裕白的身影，于是走去厨房。

她站在一侧，问道："哥哥，你在做什么好吃的？"

陆斯珩把果盘递给她，说："做你爱吃的糖醋里脊。"

她稍稍提起兴致。

陆斯珩突然说："没酱油了。"

陆相思主动说道："我去买。"

雨丝伴着晚风淅淅沥沥，她拿起玄关处的伞出门。

在小区的便利店里，她结好账，准备出门。

有人推门进来，面对面遇到。

何处安眼里带着笑："陆相思？"

陆相思愣了下："好巧。"

他笑起来很纯良："你怎么会在这里？"

她解释："我堂哥家在这里。"

又有人进来，入口被他们拦了大半，陆相思对何处安点了点头，越过他往外走。

雨变大了。

便利店处于下坡。

水顺着坡度滚滚而来。

陆相思站在便利店外，犹豫的空当，有辆车开了过来。

没有任何减速，水溅起半米高。

她低头扯了扯湿透的衣服，眉头皱起。

再抬头，不远处又来了一辆车。

她后怕地退后，脊背紧贴墙壁。

车子却越来越慢，后座与她齐平。

贴着单向透视膜的车窗，陆相思看过去，是一片漆黑。

车内的人却能将她此时的窘迫看得一清二楚。

司机低声问："少爷，是陆小姐。"

梁裕白从文件上移开视线。

她的衣服都被淋湿，双手抱肩，骨节很小，像只猫。

等待他救赎。

司机问："我下去接她吗？"

梁裕白双唇翕动："不用。"

"我去接"这三个字堆积在了喉咙处，只因他看到，陆相思身后的便利店大门被人打开，那人走到她身边。

两人不知道说了些什么，陆相思和那人进了便利店。

梁裕白的眼里有暴雨，也有雷鸣，眼神冷得像是刀刃似的，眉宇间积攒着阴郁和隐忍。

隔了许久，他低眸，盯着手里的文件，声音冷得如利刃滑过皮肤："不用接她。"

事不过三。

我提醒过你了。

车子缓缓启动，驶入这薄凉雨夜里。

他面前的文件迟迟未翻动一页，捏着笔的手，青筋突出。

在司机把车停下的那一瞬，笔被他捏成两截。

司机站在外面，打开车门。

梁裕白下车，接过司机手里的伞。

他往陆斯珩家里走。

背影挺拔又凛冽，浑身上下带着生人勿近的寒意。

十几米的距离，他走得极为缓慢。

陆相思，我提醒过你的。

不止一次。

我似乎对你太宽容了。

让你不断地挑战我的底线。

我不是个好人。

梁裕白收起伞。

雨落在他的指尖。

他面无表情地低头，慢条斯理地擦着身上的雨水。

不远处，陆相思撑着伞出现在梁裕白的视线里。

他的眼神被毫不掩饰的欲望占据，冷静和理智被雨声剥夺，溅入泥里，消失不见，只剩下灼热的渴望和贪婪的占有。

他再也没有那个耐心。

这场游戏到此为止。

接下去，是他一个人的事。

不管她愿不愿意，喜不喜欢，接不接受，他都无所谓。

而梁裕白此时终于明白。

他也成了困在她囚牢里永不见天日的囚犯。

他们之间，谁都逃不掉。

雨声突然变大，哗然作响。

陆相思捏紧伞柄往家跑，伞面遮挡下的视野有限。

她离大门还有几米距离。

光将梁裕白的影子拉长。

她抬起伞，不明所以地看向影子的主人。

梁裕白站在台阶上。

他点了根烟，指腹处弥漫着烟雾。

廊灯沦陷进黑暗。

唯有他指间猩红的光闪烁。

陆相思踟蹰几秒，踩上台阶，叫他："哥哥。"

灯光骤然亮起。

梁裕白垂眸，目光肆无忌惮地落在她白皙如瓷玉的颈间，随意扎着的头发，有一缕散落在颈侧，像是一抹瑕疵。

在很早之前，他就想过把这抹瑕疵捻去。

烟草浸渍着他的大脑。

他咽下理智。

颈间传来的温凉触感令陆相思抬起头，惶惶不安地望着他。

梁裕白夹着烟的指尖擦过她的皮肤，勾着她的发丝，别到耳后，动作缓慢得让她有种被凌迟的错觉。

下一秒入地狱。

但她还完好无损。

她把这一行为解读为体贴。

于是又上天堂。

欢愉或是痛苦，都来自他。

"头发太乱，刚刚你急着跑去见谁？"

他向她靠近，她能闻到他齿间的烟味。

陆相思茫然地看着他："我没跑去见谁啊。"

他把手抽离开来，开门时，扔下一句："不重要。"

陆相思更疑惑了。

她跟在他身后进屋，忍不住抓了抓他的衣角。

"哥哥。"

他置若罔闻。

她又叫他："裕白哥。"

他转过身来，面色冷淡得仿佛在看陌生人。

陆相思的心揪起。

她没吭声，低头换鞋。

她弓着腰，领口垂下，露出里面的白皙沟壑，光到尽头是暗的。

梁裕白面无表情的脸显得更冷。

她并不擅长如何令他心软。

只是她的脸、她的眼，甚至她的呼吸，都令他无法狠下心来。

他的心脏是为她私人订制。

她换好鞋，绕过他往里走。

"你在生气。"他的声音拦住她。

陆相思没否认。

他问："为什么？"

她不解："不是你在和我生气吗？"

梁裕白的眉头微微皱起："我只是……"

她盯着他。

他的神情不好："有点烦。"

陆相思愣了下。

正在此时，听到陆斯珩在叫她，陆相思抿了抿唇，绕过梁裕白往里走，把酱油递给厨房里的陆斯珩。

陆斯珩觉得奇怪："你怎么去了这么久？"

她解释："遇到一个同学，他没带钱，我帮他付了钱。"

从厨房出来，却看不到梁裕白的身影。

陆相思抓住一个人问："梁裕白呢？"

那人指向楼上："估计去书房了。"

她礼貌道谢，而后上楼。

书房的门被人从里面锁着。

她敲了敲门。

里面传来梁裕白冷淡的声音："谁？"

陆相思小声说："是我。"

安静的那几秒里，她以为他不会开门。

可房间里传来的脚步声让她松了一口气。

门打开，梁裕白的脸在灯光下显得尤为寡冷："有事？"

她朝房里指了指，问道："能进去说吗？"

他侧过身。

房门被她关上。

亮着昏黄灯光的房间，像是不经意间营造的暧昧。

她问："要牵手吗？"

梁裕白的视线重新回到了她的身上。

她宽大的领口并不规整，露出的皮肤白皙，又只有干净的皮肤。

他抑制住在她皮肤上留下烙印的冲动，问道："什么？"

她走近一步："你不是很烦吗？"

随着她的靠近，他能够看到领口下的蕾丝边。

他的影子罩在她的身上，盖住的是欲念的源头。

她却浑然未觉。

"你上次，也说很烦。"

她在他面前站定："然后，牵了我的手。"

他艰难记起。

"所以呢。"

"要牵手吗？"

她说话时，唇齿一张一合，红色的唇翕动，嘴里是见不到尽头的暗，像是一眼望不到尽头的深渊。

他跳下去，是以死为代价。

可他甘愿死在她的手上。

他低头，牵起她的手。

隔了几秒，他改为与她十指紧扣。

他问："陆斯珩呢？"

陆相思说："在楼下厨房。"

"不怕他上来？"

她笑了："我把门锁上了。"

梁裕白的视线落在她纤细的肩上，随着她的笑，轻颤。

窗外，是黑漆漆的夜空和零星的雨声。

陆相思问："你什么时候到的？"

梁裕白想了下，答非所问："便利店。"

她睁大眼睛："溅我一身水？"

他用指腹压着她的手背，语气加重："不是。"

陆相思愣了下："那是……后面那台车？"

梁裕白说："嗯。"

"那你为什么不叫我？"

"你走了。"

她愣了下。

犹豫的空当里，陆斯珩的声音在楼下响起："你们有谁看到过我家相思？上楼去了？不用，我自己上去叫她就行。"

梁裕白没什么表情，声音没有任何起伏："那个男人。"

他松开手的同时，把门打开："你好像很喜欢他。那又怎样？"

最后一句话，语气轻蔑又狂妄。

手心陡然的空，加上他的话，令她失神。

等她回过神的时候，面前站着的是陆斯珩。

陆斯珩揉了揉她的头发，问道："怎么跑楼上来了？"

她解释："他们在打牌，我不会，所以就上来了。"

陆斯珩说："我刚刚太忙了，没注意到你。"

她毫不在意地摇头，目光在四处巡睃，也没找到梁裕白的痕迹。

直到吃饭时，梁裕白才出现。

陆相思目光毫不遮掩地注视着他。

梁裕白走了过来，在她身边坐下。

喧嚣沸腾的用餐时间，唯独他们这里是安静的，像是有无形的隔间，将他们二人隔绝在另一个世界里。

杯盏过半，突然开始玩游戏。

陆相思全程手足无措，还没理解游戏到底是什么意思，自然就输了。

但理解了也没用，她似乎天生没有玩游戏的技能，输了要喝酒，没有输，幸灾乐祸地看戏时，也被误伤。

陆斯珩连续替她喝，但他酒量并不好。

等她上了个厕所回来，他就已经倒下了。

全场唯独梁裕白没有喝酒。

他连玩这种游戏都是个高手。

所以到最后，只有他是清醒的。其余人要么回房休息，要么去楼下放映厅接着下一场。

餐厅里只剩梁裕白和陆相思。

陆相思面前的高脚杯里装着暗红色的液体。

她的头有些晕了，只觉得眼前的事物都在动，暗红色的液体浸入眼里，所看到的一切都是虚幻诡谲的。

梁裕白看到陆相思趴在桌子上，鼻腔里发出难耐的嘤咛声。

她似乎觉得呼吸困难，伸手扯着衣服。

他眸色发沉。

他不可能让任何人窥见他花园里的花，于是伸手，把她抱了起来。

她被他放在床上。

他的手被她压在身下，他却并不急于抽开。

距离近到咫尺。

没有开灯的房间里，黑暗将一切都放大，内心深处的贪欲也被轻而易举地勾弄。

他的手顺着她的脸颊往下。

骨节分明的手，不紧不慢地抚摸着她的皮肤，眼神贪婪。在深不见底的暗夜，他终于摒弃一切。

最后，他的手落在她肩头的衣领上。

往上还是往下？

欲念萌生。

他神情紧绷，额头也沁出汗，喉咙发干。

拨开的衣领下，是曾窥见一角蕾丝花边的单薄。

伴随着呼吸，她胸口如山陵般起伏明显。

在他心里掀起惊涛骇浪。

他的手是凉的，所到之处给她带来一阵战栗，而他吐出来的气却是热的，像是要把她燃烧殆尽。

不能再往下了。

一切都还有余地。

梁裕白停下手上的动作。

但脑海里，又有别的声音——

只需要再伸进去三厘米。

今晚就无法入眠。

她是你的了。

彻底地，成为你的了。

冰与火的抗衡中。

冰山熄灭暗火，堪堪压抑住他的欲望，他最后起身，深重的呼吸都只转化为一个吻，落在她的额头。

他的声音在压抑着什么："下次，就没有这么简单了。"

梁裕白起身，离开房间。

门合上。

却没想到，躺在床上本应该醉去的人，此刻缓缓地睁开了眼。

是不敢置信，也是不可思议。

是虚幻吧？

一切都应该是虚幻。

否则，怎么可能？

他怎么可能会吻她？

甚至还会对她做出这么多出格的举动。

陆相思闭上眼。

她脑海里浮现的，是他的手摸着自己身体的画面。

她睁眼，又闭眼。

反复几次，她从床上坐了起来。

她打开手机。

晚上十一点十三分。

是他进入她梦里的时间。

晚上十一点四十分。

梦里他没再归来。

凌晨一点十五分。

她对着漆黑的夜发呆。

她不敢闭上眼。

只要一闭眼，脑海里都是刚才发生的一切，甚至被无限放大——他指尖在她的脸侧轻抚而过，细细麻麻的触感令她为之一颤。

黑暗将她的呼吸声放大。

她意识到她的内心深处，滋生渴望。

渴望着冰山般的冷，或者是烈焰般的灼热。

渴望被燃烧。

渴望被湮没。

渴望他温柔地抚摸自己。

不能再想了。

不能再想下去了。

她抱着头，觉得懊恼，又觉得羞耻。

凌晨三点四十分。

她赤着脚踩在地板上。

走廊里一片安静。

就连室外的雨都停了。

她走到走廊尽头，在梁裕白的房间门外停下。

所有动作突然停住。

她开始回忆自己为什么要走到这里来。

她扶着门把手，冰凉的触感。

她想知道，他在干什么。

梦里的他，是否也和她一样的煎熬，辗转难眠。

如果不是梦，一切都是真的。

那么他现在是安然入睡，还是在回味与渴望中挣扎?

只要打开这扇门，就能知道所有。

陆相思用力往下一按，出乎意料的好打开，像是被风带过。

她抬眸，眼睛被人用手盖住，腰上多了只手，禁锢着她，把她拖进房里。

她怔了怔，鼻尖嗅到熟悉的烟草味。

没等她反应过来，唇被人咬住。

寒意和灼热一同入侵她的身体。

在混沌中，她意识到——

他和她一样，在渴望。

于是她踮起脚，张开嘴，感受到他在自己的口腔里疯狂掠夺，想要把她吞没。

她感受到他身上的温度。

他在她耳边，喘息明显："我说过，下次，就没有这么简单了。"

第五章 /
归属关系

十岁那年。

梁裕白被接去老宅。

远离父母并未给他带来惶恐情绪，得知自己是被作为梁氏集团的第一继承人，而接到老宅由梁老爷子亲手栽培，也未带给他一丝欢愉。

名利、金钱、地位、亲情，都不足以让他掀起波澜。

他对自己有着深刻的自我认知。

感情匮乏到了一定程度，灵魂被锁在深处，表面维持不动声色的普通人模样，实则对一切都提不起任何兴趣。

比起新生，他更喜欢的是灭亡。

毁灭带给他的快感，远超征服欲所带给他的成就感。

他的起点早已是万千人连妄想都不敢的终点。

得到的一切都太轻易，所以对一切都提不起兴趣。

没有可在乎的人，他就是一个空壳。

为了家族而生的空壳。

他可以拒绝继承梁氏。

但他没有。

他是众人眼里的天才，他的父亲梁亦封是遥不可及的神，他也站在了神坛，始终高高在上，睥睨人间。

狂妄和桀骜，是要付出代价的。

他要成为家族的牺牲品。

但他也不在乎。

人存在的意义是什么？

他只知道他活着，只是为了活着。

很多人都高估了梁裕白。

不知道神也会跌落人间。

雨水拍打在他和少女的身上，少女雪白的肌肤、明媚的脸，以及那双眼，对他而言，都极具诱惑力。

没有人拽他下神坛。

是他自甘堕落，主动坠入人间。

没有在乎的东西，所以任人摆布也无所谓。但这样的人，一旦遇到了渴望，那便是交付生死。

陆相思就是他的渴望。

她沾了雨水的身体就让他起了反应。

那天晚上，他就梦到她了。

她和他距离极尽，娇艳欲滴的唇一张一合，呼吸喷洒在他的脸上。

"哥哥，为什么推开我？"

她拉扯着距离，娇媚声音更令他失控。

他说："我没有推开。"

她皮肤逐渐染上一层绯红，像玫瑰。

"你明明推开我了。"

"不是推开。"

"那是什么？"

他喉间发出的嗓音，隐忍又压抑："我只是在想……"

她钩着他的脖子，迫不及待地追问："想什么？"

"你的腿应该缠着我，"他说着就动起手来，"而不是在我面前……坐着。"

她在梦里，愣住。

梁裕白问："怕了？"

她反问："怕了的话，你会放过我吗？"

他咬着她的唇，含混不清地说："不会。"

呼吸交错。

他犹如一位判官，无情又冷漠地说："你逃不出我手心。"

随后，他看着她挣扎、反抗、求饶、哭泣，像一只猫，伸出爪子挠他的背，指甲刮出长而深的印记，泛着血丝。

他却从中得到快感。

梦醒前，她如一条濒死的鱼，双手掐着他的脖子，声音支离破碎："我不会和你在一起的。"

　　然后，他就醒了。

　　梁裕白坐在床头，尼古丁入嗓，并不足以安抚他的灼热。

　　阒寂无光的环境里。

　　陆斯珩的电话唤醒他的理智。

　　他漠然地接起，又拒绝。

　　可是没用，一切都在他的掌握中。

　　她出现在他的视野里，她上了他的车，他叫她哥哥，尾音上扬，让他想起梦里，她在他怀里轻颤时的模样，娇怜的，惹人疼惜的。

　　他想和她上天堂。

　　但他这样的人，又无论如何是不配上天堂的。

　　可下地狱……

　　她干净得一尘不染。

　　是生或死，他们似乎都是两个极端。

　　也因此，她的出现，让他起了贪念。

　　连续几个夜晚，他都梦到了她。

　　不再是第一个梦里的旖旎，而是她逃离他，眼里带着害怕与不安。

　　唯一主动靠近的那次，她拿着玫瑰。

　　他仍旧满身的血。

　　醒来后他才明白。

　　想要得到她，并不是件简单的事。

　　可他如果得不到她，活着又如何？

　　没有遇到她以前，他还能苟延残喘地活在这世上；可是他遇到她了，尝过她的滋味，就连死都甘愿。

　　他愿意把刀给她。

　　她是最温柔也最残忍的刽子手。

　　死在她的手下。

　　也是万幸。

　　直到陆相思身边陆续出现异性。

　　梁裕白的耐心告罄。

　　他本来就不是好人，得到的东西里，没有一个是他想要的，就连梁氏继承人的身份，也是梁老爷子亲自送到他手上的。

唯一一个想要得到的，他费尽心思，似乎并无成效。

因此，他不介意用掠夺的手段。

哪怕她是好友最疼爱的妹妹，是父亲好友的女儿。

他不介意遭受万人漫骂。

可他万万没想到的是。

她竟然在他的门外。

他打开门，凌晨，人的意志本就薄弱，更何况他在她面前，向来没有理智可言。

她的身体、脸、眼神，甚至是她的气息，都是引诱他沉沦的东西。

他没有办法拒绝，也做不到不动声色。

欲望冲击大脑，冷静被捏得粉碎。

他低头吻着她，如蜻蜓点水。

但她竟然主动迎合。

他瘾欲难忍，伸出舌，和她纠缠。

呼吸被窒息的黑暗吞噬。

暧昧声被湮没。

他的隐忍终于挣脱重围，化为无尽的占有欲，疯狂地掠夺她。

梦境和现实重叠。

理智终于和欲望握手言和。

他没有罪，有罪的那个是她。

她是他的原生之欲。

这是她的罪大恶极。

舌尖，描绘着她的唇形，夹着滚烫的热。

陆相思囿于这短暂的温柔。

冷不防梁裕白低头，在她的颈侧流连，暧昧的呼吸声激起她一阵战栗，她下意识缩起身子。

他察觉到她的退后。

她的手腕被他强扣在门上，双手高举过头。

是投降的姿态。

她睁大了眼睛，瞪着梁裕白。

黑暗中，他寡冷的脸上，终于带了其他的色彩。

没等她思索，他便吻了下来，极其具有侵略性的进攻，汲取她口中的气息，激烈得仿佛要将她生吞活剥似的。

房间像是封闭的。

她渐渐地无法呼吸，头脑昏沉，身体发软。

他松开她的嘴，她靠在他的胸口大口地喘息。

受尽折磨的那个人应该是他才对。

她的喘息催生他的情欲。

而他压抑着，不敢再进一步。

像是有一把刀，刮着他的血肉，比起痛，更多的是快感。

没有人死的时候是快乐的，而他却自愿把刀递给她。

连死都有人阻拦——

陡然间响起的脚步声，以及门被敲响，陆相思的身体随之颤抖。

是陆斯珩在说话："梁裕白？"

陆相思犹如惊弓之鸟，她拽着梁裕白的衣襟，小声央求："别开门。"

梁裕白垂眸，眼里带着沉沦的色彩："不会。"

她松了一口气。

"门开了，他就会看到，"他终于触摸到了那一层单薄的蕾丝边，嗓音低哑，"我的手放在他最疼爱的妹妹的身上。"

她才感受到他掌心包裹的位置，贴合着她的心跳。

陆斯珩仍在问："睡了？"

梁裕白用只有他们两人听到的语气问："你知道我现在在想什么吗？"

陆相思强迫着自己忽略他手心的存在："什么？"

他用气音在她耳边说了两个字，然后又回答陆斯珩："睡了。"

两句话，一字之差，意义千差万别，她呼吸滞住。

比起对他的答案匪夷所思，更多的是，不可思议他说这话时的表情。

雨不知何时停了，月光从云翳中探出头来。

他面无表情，居高临下地望着她。

薄暗中，他眸色沉得可怕。

陆相思瞬间相信，梁裕白说的是真的。

隔着门板，一边是连空气都是灼热的，另一边只有凉风做伴。

陆斯珩疑惑："那是什么声音？"

他的脚步声越来越远，直到最后，消失不见。

梁裕白也没再近一步。

毕竟陆斯珩就在这栋房子里，他暂时还不能随心所欲地对陆相思。

只是贪欲探头。

他问："为什么过来？"

陆相思平复呼吸："你为什么亲我？"

他笑了："你说呢？"

她抬眸，语气笃定："你喜欢我。"

梁裕白抽回手，抽离前，状似无意地揉擦过她的皮肤。

他以为她会害怕。

像以前一样。

可她却是千变万幻、难以捉摸的万花筒。

她踮脚，舌尖舔过他的喉结。

报复，还是惩罚？

对他而言，二者皆是。

梁裕白哑声说："你胆子未免太大。"

她笑了："因为我知道，你不敢对我再做什么。"

他勾起她的下巴："这么确定？"

她有一个确信的理由："我哥哥在外面。"

梁裕白勾着她下巴的手骤然收紧，她被迫仰头，他向她靠近，鼻尖相抵，呼吸交错、缠绵，分不出是谁的。

安静了数秒，他说："陆斯珩在外面，你还敢到我房间？"

她眨眼："不能吗？"

他说："你不怕？"

"怕什么？"她笑，"你不会开门，让他知道的。"

她低估了他。

面对她时，他连理智都没有，更别说道德与底线。

他盯着她，薄唇掀动："你错了。"

他松开她的手，放在门把上，往下一按。

她终于慌张起来："梁裕白。"

他欣赏着她此刻的模样。

陆相思小声说："别开门，当我求你。"

梁裕白望着她，问道："不是不怕吗？"

她摇头："我哥哥……"

他问："你想过来我房间的后果吗？"

犹豫片刻，她轻声说："想过，但没想过……会是这样的结果。"

她眼睫低垂，暗光在她下眼睑打出阴翳，显得落寞又沮丧。

他冷冷地开口："后悔了？"

察觉到他毫无温度的语气，她急忙道："不是。"

"那是什么？"

"现在这一切，像是一场梦。"

一个圆满的梦，她的贪心得到满足，她想要的，都得到。

和他的距离那么近，近得像是虚幻。

她伸手，在虚幻中环抱着他，烟味向她逼近，萦绕着她。

他低头，附耳喘息，气息是滚烫的。

不是虚幻。

她终于，抓到了他。

死死地抓住。

她的痴心妄想，哪有他好？

他给她的是永恒又真实的得寸进尺。

梁裕白叫她的名字："陆相思。"

陆相思仰头。

他说："走吧。"

门随之打开。

廊道里的灯光落下来，她眼睫轻颤："你不喜欢我？"

他皱起眉头，显然不知道她为什么有这种想法。

"为什么赶我走？"

"留在这里，"他平静地说，"我不能保证会发生什么。"

她想问会发生什么，脑海里突然想到了什么，面上一热，偏过头，说："那我回房了，你……早点睡觉吧，晚安。"

步子刚迈出去，她的手被他拽过，连人一起。

他在她额上吻过，喘息压抑："晚安。"

她有些蒙地问："我们是在一起了吧？"

他摇头。

她愣在原地。

梁裕白盯着她，说："我们之间，是归属关系。"

114

她有些茫然地看着他。

回房后，她拿出手机。

没有开灯的房间，手机屏幕泛着冷白的光，暗度最低。

归属。

可以理解为从属，确定所属权。

她翻来覆去地思考梁裕白的那句话。

临睡前醒悟过来，她是属于他的。

无关情感与道德。

她是他生命里不可分离的部分。

长夜难眠。

梁裕白坐在阳台上。

指尖夹着的烟兀自燃烧，烟雾在他眼底泛着涟漪，连带着他生命里最不可撼动的部位，都撕开裂缝。

她的靠近让他终于留有余地。

万幸，他得到了她的心甘情愿。

却又是不幸，他失去了她的挣扎和绝望。

不论如何，他都得到了她。

尼古丁浸渍他的身体，大脑昏沉，他在夜色中迟迟睡去，昼与夜的连接中，他感受到了他生命存在的意义——

他是属于她的。

从她出现在他生命那刻开始。

他无条件跪倒在她面前。

只为掀开她的裙摆。

彻夜难眠。

第二天早晨，陆相思推开房门。

不远处的走廊里，陆斯珩和梁裕白靠在栏杆上。

听到动静，陆斯珩转过头看向陆相思，眼里带着一如既往的纵容笑意。

而梁裕白目光淡淡地扫了她一眼，冷而乏味。

昨晚的一切像是梦境。

她有片刻恍神，大脑空白。

也就是这几秒，陆斯珩下楼。

只剩她和梁裕白。

她往洗手间走去，身后响起脚步声。

她进去，反手关门。

没过两秒，门被梁裕白打开。

他站在门边，神情寡冷地看着她低头刷牙，唇边沾着浮沫。

陆相思含着牙膏沫，语速有些慢："哥哥？"

他摇头。

不是这个称呼。

她低头漱口，再抬头，却是一惊。

镜子里，他几乎是贴在她身后，手绕过她，以环抱她的姿态站立。

他低头向她靠近，几乎是贴着她的耳根在说话。

"你的哥哥在外面。"

梁裕白脑海里有些记忆跳了出来。

高考第一天。

陆斯珩拿错手机，他不得不代替陆斯珩进学校去接她。

她礼貌乖巧地叫他"哥哥"。

他冷淡又疏离地撇清关系："你的哥哥在外面。"

他清冷得如天上月光。

但现在，月亮坠入人间。

他吐出的气息熨烫着她的耳郭："我有没有说过，我很讨厌这个称呼？"

她点头："你说过。"

他垂着的双眸落在她侧颈，那里白得令人想要留下些什么。

她却偏头，唇似有若无地擦过他的唇。

"但我愿意这么叫你，"她说，"你不能拒绝。"

他抚上她的脸："你是第一个和我说这种话的人。"

他吻过她的唇："但我只希望是你。"

她愣了一下，脸颊发烫地转过头，而后生硬地转移话题："你刚刚为什么用那种眼神看着我？"

他松手，靠在墙边。

"不喜欢？"

"我会以为，昨晚的一切都是梦。"

闻言，他浅笑。

她瞪着他，小声说："更像是梦了。"

他眉头轻抬。

她解释："你怎么可能会在梦以外的地方笑？"

梁裕白目光灼热地看着她，语气平静："在你面前，不管是梦还是现实，只要你提，我什么都可以满足你。"

她表情有些蒙。

他说："只要你脱下衣服。"

她下意识拉紧衣服。

他又笑了，目光直勾勾地落在她手上："不是现在。"

她擦好脸，这次是她主动打开门，然后被他拉住。

她看着他。

梁裕白说："我只能那样看你。"

她有些不解。

他说："只有那样，我才能保持清醒。"

她更茫然了。

沉默片刻，她问："你现在是清醒的吗？"

梁裕白皱眉："还可以。"

她疑惑："怎么样会不清醒？"

他的目光在她的身上游移。

她的眼，她的鼻，她的双唇以及微微隆起的胸口。

只要她存在，他的清醒就分崩离析。

察觉到他的目光赤裸，她迅速往后退："梁裕白。"

因她这称呼，他回过神。

她思考一会儿，吞吞吐吐地说："你别想……那什么我。"

他无波无澜地开口："想和实际行动，是有差别的。"语气冷静得仿佛在朗诵公告，"我暂时只是想和你更近一步。"

为了配合她，他话语变得隐晦。

但她仍是听红了脸。

"如果不想，那么我只能付出行动。"

他向她靠近，脚尖相抵。

她节节败退，脚跟靠墙。

她终于露出了他想要看到的表情，求饶般地说："那你想，你想……那什么我，就那什么我吧。"

他满意地勾唇，又补充："我暂时只是想，等以后我会付出行动。"

陆相思莫名觉得，她给自己挖了个坑。

再一想。

是他早给她设下重重陷阱，完美到令她以为是自己犯的错。

她是斗不过他的。

可栽在他身上，她甘之如饴。

梁裕白先陆相思一步出洗手间。

她回房换好衣服，见到他房门开着，脚步一顿，转去他的房间。

梁裕白站在阳台边。

他背对着她，身形落拓，宽肩窄腰。

她脚步很轻地走向他，伸手想拍他的肩。

他却跟后脑勺长了一双眼似的，知道她的存在："怎么不下楼吃饭，跑到我这里来？"

她顿觉无趣："我明明动静很小的，你怎么会发现？"

他弹了弹烟灰："有吗？"

她点头："当然。"

梁裕白转过身，用另一只空着的手揽过她的腰，把她扣在怀里。

陆相思脊背抵着栏杆，因他这举动，下意识瞪大眼，压低声音："我哥哥……"

"他不在家。"

她松了口气。

他却皱眉："你怕他发现？"

"嗯。"

他的面色沉了下来，阴郁得恐怖。

她忙不迭解释："我哥哥要是知道我谈恋爱了，估计会打死你。"

梁裕白当然知道。

陆斯珩对这位妹妹可宝贝得很。

可梁裕白仍旧不爽，低头抽着烟。

陆相思看着他的侧脸，突然踮脚。

在他吐出烟圈后，她吻过他的唇。

烟草的味道，是苦的。

她还没来得及说什么，他却将手里的烟扔下，膝盖用力，禁锢住她，手托着她下颌，低头吻上她的唇。

那种苦浸湿她的舌头，湿热在她口腔里翻涌。

难以言喻的味道。

她忍不住推开他，在一旁咳嗽。

被她推开，梁裕白先是阴鸷，眼里泊着从未有过的盛怒。但下一秒，见她咳得脸涨红，他才意识到，她是被烟给呛住了。

陆相思咳得脸通红。

梁裕白拿了杯温水递给她。

陆相思接过，小口小口地抿，缓解胸腔中的难耐。

她抬眸，对上他的眼，却有着怜悯情绪。

"你为什么这么看我？"

"你没抽过烟？"

"我才不会抽烟。"

想想也是，她这么干净，怎么会和烟草扯上关系？

只有他这种生活在暗夜里的人，才会贪恋指尖的那抹猩红。

鼻息间和口腔里尝到的，比起其他，更多的是浓厚的烟草味，像是就此麻痹她的大脑神经。

她问："你为什么总是抽烟？"

梁裕白思考几秒，回道："以前是因为无聊。"

她又问："那现在呢？"

他没有犹豫："因为你。"

陆相思睁大了眼："因为我？"

她没有办法理解，她能够轻而易举地击溃他。

他的清醒、理智、道德，在她面前化为乌有。

她出现在他面前，他能接受这样的自己。但她不在，他脑海里会忍不住浮现她的身影，他便不复清醒。

他无法接受这样的自己，因此用烟草来让自己清醒。

烟入喉的感觉并不好，但尼古丁麻痹神经的感觉令人上瘾。

偶尔他也会想，她的味道应该比世上任何尼古丁更令人上瘾。

一想到她，他就忍不住抽烟。

梁裕白头往下移，靠在她颈侧，说："我只是在忍耐。"

陆相思不明白："忍什么？"

他嗓音低哑："得到你。"

他面对她的时候，再无平时的清冷淡漠，而是用最直白的语言袒露最真诚的想法。

他毫不在意这种流氓行径。

她脸颊泛红，轻声叫他的名字："梁裕白。"

梁裕白吻过她的侧颈。

她犹如羽毛般颤动。

梁裕白盯着她干净雪白毫无杂质的颈部，眸色一暗，冷不丁问道："去文身吗？"

她眼神微愣："什么？"

梁裕白面色平静地说："我父亲身上有个文身，在这里。"他指了指自己的左胸膛，"文了我母亲的名字。"

梁亦封的爱是十几年如一日的隐忍。

梁裕白继承了梁亦封的隐忍，却做不到十几年如一日的默不作声。

他把目光落在她侧颈："这里，很适合文身。"

明白了他的意思，陆相思倒吸一口冷气："文你的名字，在这里？"

梁裕白眉头轻抬，一副理所当然的模样。

她愣了下："你是疯子吗？"

他指尖抚过她侧脸："我也才知道。"

她突然意识到，和他相爱，是无理智的疯狂。

梁裕白说得极为缓慢："原来和你在一起，我就成了疯子。"

她视线滑过他下颌，对上他的眼。

他眼里的爱意毫不掩饰，欲望盘根错节。

她突然想出一种可能性来："如果我不喜欢你，你会怎么办？"

他低头，说："这不重要。"

她喉咙哽住，心脏也被堵住。

梁裕白贴在她耳畔，如恶魔般低语："我想要得到你，和你喜不喜欢我，没有直接的关系。"

她愣住。

他问道："你后悔了吗？"

她不知道要说什么，又回到上一个问题："为什么不是你去文？"

他说："我不会走。"

但是她会。

所以他想用尽一切手段，让她无法离开他。

陆相思说："我也不会走。"

他突然笑了："你会的。"

她又有些不确定。

人这一生那么漫长，她才十九岁，她的人生才刚刚开始。

未来还有几十年，她怎么就能确定一辈子只爱他一个呢？

于是她反问："你能保证这辈子只爱我一个吗？"

他果断摇头。

这反应令她懊恼，想从他怀里出来。

梁裕白压制着她，将她的双手反压在腰后。

他说："我说过，我和你之间，是归属关系。"

她不解。

梁裕白说："只要你活着，我就是属于你的。"

她略有些艰难地回答："你才二十岁，你的人生还有很多年。"

"所以你要陪着我。"他低头，在她的颈间落下一个吻，温凉又柔软。

他淡声叫她的名字："陆相思。"

她看到卧室里天花板上的灯光亮得刺眼。

"我不可能放过你的，除非你踩着我的尸体从我身边离开。"

隔着朦胧视线，她看到天色暗了下来。

他眼底的阴翳比灰霾天空更令人喘不过气。

他不是神。

他不是来自神坛。

他是从地狱深渊来的鬼魅，拉着她一同坠入无尽深渊。

回去的路上，陆相思沉默着没说话。

司机车技很好，她一夜未睡，眼皮沉了下来，抵挡不住困意睡了过去。

梁裕白把肩凑了过去，让她方便倚靠。

"开慢点。"

他吩咐司机。

车速显而易见地降了下来。

车驶入隧道。

黑黢黢的环境里，他伸手，拨开她的衣襟。

他再往里伸，却被她制止。

他紧抿的唇线松开。

"装了多久？"

"没多久。"

她有些不自在。

梁裕白又问："打算什么时候醒来？"

她瞪他："你故意的。"

他明知道她装睡，故意用这种方式逗弄她。

他并无愧疚之意："一半是故意，另一半……我确实也想这么做。"

她偷瞄了眼前面坐着的司机，细若蚊吟地提醒他："还有别人。"

他收回手："我知道。"

胸口的压迫感陡然消失，她该高兴的。

但随着他的离开，心也好像随之抽离了一部分。

他忍不住想从口袋里掏烟。

陆相思问道："你能不抽烟吗？"

他抬眸："你不喜欢我身上的烟味？"

她纠结着："接吻的时候，不喜欢。"

他沉吟片刻，说道："我尽量在你面前不抽。"

"我不在的时候，你也能不抽吗？"

"不能。"

果然是这样的回答。

她有些失落地垂下头。

隧道已至尽头，大片的天光涌了进来。

他薄凉的声音响起："你不在，我得保持清醒。"

他的情话隐晦而艰涩，但她秒懂。

陆相思笑了，嘴角弯成愉悦的弧度，声音跳动着叫他的名字："梁裕白。"

他扭过头看她。

眼前陡然一暗，猝不及防的，他唇上擦过一片柔软。

还没等他反应过来，她已经回到原位。

显然没意料到她的主动，梁裕白有些愣。

陆相思却转过头，看向窗外。

很快到了陆相思住的小区。

梁裕白和她一起下车。

他特意让司机在离她家一百米左右的地方停下，让他能够再占用她一些时间。

陆相思问他："要牵手吗？"

他低头，和她十指紧扣。

她的声音比蜜还甜："明天你有空吗？"

梁裕白心里涌起烦躁："我要去公司。"

"那后天呢？"

"这段时间，我都要去公司。"

她脸上的笑意逐渐消失："你是在找借口？"

梁裕白摇头："事实上，我恨不得每天都陪在你身边。"

陆相思便又满足地笑，问他："那我可以去公司陪你吗？或者在你下班后，我们可以一起去看个电影，吃个饭。"

"我下班的时间，大概是在午夜。"

她觉得荒唐："哪个公司这么变态？"

"我爷爷的公司。"

她噤声。

沉默半晌，她又问："你去那里是实习生吗？"

梁裕白神色难辨地看了她一眼，他并不觉得这有什么可隐瞒的，于是说："我毕业后会接管梁氏，所以现在，是副总经理。"

她突然想起昨晚玩游戏时，他们叫他"太子"。

原来是这个意思。

她笑了起来："怪不得他们叫你太子。"

梁裕白面无表情。

她眨了眨眼："那我岂不是太子妃？"

他低垂着眼睫："你喜欢这个称呼？"

陆相思说："挺有意思的。"

于是他也没再反感"太子"这个称呼了。

经过她家隔壁时，门被推开。

陆相思和来人打招呼："江阿姨好。"

江吟温柔地应着，视线总往梁裕白身上扫。

陆相思大大方方地给她介绍："这是我男朋友。"顿了下，又补充，"江阿姨，你可不能和我爸妈说，你知道的，我爸爸是个老古董。"

江吟忍不住笑。

她没多问。

经过江吟时，梁裕白敛了敛眸。

身形错过，江吟把门关上，回屋。

陆相思没有被这小插曲打断思路，继续问："你都是副总经理了，应该有自己的办公室吧？那我可以在办公室陪你。你放心，我绝对不说话，就安静地坐在那儿。"

梁裕白想了下："不行。"

她停下脚步："你是不是……"

"没有那么喜欢我"这几个字如鲠在喉。

原来她也没法接受他不喜欢她这件事。

"不是你说不说话的事，"梁裕白的面色很难看，"只要你在，我就没有办法把注意力集中在别的事情上。"

她的存在，让他无法直视人间。

他连呼吸都是对她的渴望，她出现在他眼前，他就只能心无旁骛地渴望她。

他做不到三心二意。

他的心脏早就浸泡在她的血液里了。

假期最后一天。

陆相思吃过晚饭后坐地铁回校。

她拒绝了陆宴迟送她回去的好意："爸爸，我都是大学生了，上学还要你接送，多丢人。"

实际上，她只是要去找梁裕白。

出了地铁站，天色已经沉了下来。

灰霾色的天空不多时被墨色浸透。

小区外有家花店，她进去买了一束花的工夫，再出来，看到花店外停了一辆黑色轿车，靠近她这边的后座车窗降下。

梁裕白的脸在路灯下明晰。

陆相思看着他，忘记眨眼。

他开门下车，朝她走来。

视线在触及她怀里抱着的花束时，他眉头皱起。

陆相思低头，看到鞋带散了。

她把花束塞进梁裕白怀里。

系好鞋带，才发现他唇线紧绷，双眸敛着。

他的神情并不好看，冷冷地问："怎么想到买花？"

陆相思笑着说："这个可以放在茶几上。"

夜晚路灯偏暗，凉风吹过，冷得她打了个寒战。

梁裕白简单拒绝："你带走。"

她睁大眼睛："你是拒绝我？"

他盯着她看了一会儿，嗓音带着鼻息："我对花粉过敏。"

陆相思连呼吸都停住。

她拿过他手里的花束，扔进垃圾桶。

梁裕白眼神平静地看着她，像个没事人。

陆相思急迫地问："你还好吗？"

他把袖子往上一扯，说："有点痒。"

霓虹灯闪烁，映着他胳膊上的红色斑点尤为明显。

陆相思抓着他上车："去最近的医院。"

车子快速驶入车流中。

最冷静的那个人却是梁裕白。

他伸手，指腹按压在她唇畔，低声安抚："不用怕。"

陆相思手心连带着声音都在抖："你明知道自己花粉过敏，为什么在我把花递给你的时候，没有拒绝？"

梁裕白摇头，面色沉郁："不可能。"

她愣住。

他眼里是刺骨的冷。

"就算你让我死，我都会看着你……"他凑近她，语气温和地说着最令人生寒的话，"把刀插在我的胸口。"

他身上有着清冷气息。

这瞬间，她被蛊惑。

于是她在他唇上吻过，再回身坐定，看到他沉下来的双眸。

她找回理智，意识到自己刚才做了什么后，说话都有些结巴："那个……亲一下不过分吧？毕竟你是我男朋友。"

"不过分。"

"哦。"

"你还可以做些更过分的。"

她抬头看他。

"我随时奉陪。"

她又觉得，刚才是自己过分了。

要不然，他怎么会这样得寸进尺。

医生检查完梁裕白后，开了几盒药。

有口服的，也有涂抹的。

回去的路上，陆相思借着马路两边一晃而过的灯光看药盒上面备注的字，叮嘱道："这些药每餐都要吃，你不能忘。"

梁裕白"嗯"了一声。

"还有这个，每天都得擦。"她晃了晃药膏。

她的手雪白，和没开灯的车厢环境反差明显。

掀起他欲望的共鸣。

梁裕白拉着她的手，说："你帮我擦。"

陆相思失笑："我要上课，不能每天陪你。"

他眉头微皱："和我一起住。"

她为难地看着他，摇头："恐怕不能，学校每晚都要查寝，如果不住学校的话，得要家长的承诺书。"

梁裕白退让："我每天来接你，再送你回去。"

她笑着问："你每天都想见到我吗？"

他抬眸，意思很明显。

她好奇心上来："如果我给你打电话，你多久会出现在我面前？"

他思考了会儿："得分情况。"

"什么情况？"

"如果我有事，得将事情解决完。"

"没事呢？"

"第一时间。"

毫无意义的回答，但她莫名开心。

于是陆相思松口，回到上个话题，回答他："如果我们每天都能见面，那我每天都会帮你擦。"

她说这话时，完全没想过后果。

也没想过，梁裕白的妄想是带着成熟男人的禁忌色泽的。

半小时后。

客厅里。

梁裕白问她："你现在帮我擦？"

陆相思提议道："你要不要先去洗个澡？要是擦了药之后再洗澡，好像不太好吧？"

梁裕白认真思考了下她的建议。

这或许能让他更坦诚。

于是他洗完澡后，只披了一件浴袍出来。

陆相思盘腿坐在沙发上看电视，见他出来，拿起茶几上的药膏，说："你过来。"

梁裕白在她身边坐下。

她举着棉签："衣服拉一下。"

梁裕白解开浴袍。

陆相思的目光紧跟着他的举动，衣服敞开，露出他沾着水汽的胸膛，以及蔓延而下的结实腰腹。

她眼神躲闪着："我没让你脱衣服。"

梁裕白语气平静："身上也有，不脱，擦不了。"

陆相思手心收紧："那你脱了吧。"

衣服脱下，他上半身赤裸。

他看上去身形清瘦，但衣服脱下，有着结实的肌肉。

陆相思尽可能地集中精力，不让自己胡思乱想，但脑海里不由自主地闪现和他在一起后，她总会想的那些令她脸红心跳的画面。

头顶是他的声音，寡冷，没有情绪："你脸红了。"

棉签从她手心滑过，落在他的腿上。

陆相思想要把棉签扔进垃圾桶，手在空中，被他禁锢住。

他垂眸，下颌到颈部的线条流畅。

他鬓角处还沾着湿漉漉的水汽。

她身上也沾染了他的气息，清冷的，有细微的烟味。

烟草令人上瘾，诱惑着她品尝尼古丁的滋味。

她仰着头，问："接吻吗？"

她是上天送他的得偿所愿。

梁裕白倾身过去，把她推倒在沙发上。

舌尖探入她的口腔里肆虐，狂风暴雨般地卷席着她。

她只有半秒的迟疑，随后，双手钩着他的脖子，迎合着他。

舌尖缠绕，温柔旖旎。

呼吸交错，压抑渴望。

缠绵带来的是没顶的窒息。

他们连接吻都是疯狂的，每一次进攻都是讨伐和侵略，每一次退后，都是为了下一次更好地进攻。

梁裕白问："我能过分一点吗？"

陆相思茫然地看着他。

他的手不知何时已经拨开她的衣服，她感受到他指尖的温凉。

陆相思没说话，只是呼吸已经不是属于自己的了。

玫瑰色的唇，鲜艳得像是浸了他的血。

她没拒绝，所以就是同意。

梁裕白从她衣服里抽回手，拉着她，引导般地，抚摸着他脸、颈，然后往下。

她的手经过，写下归属权。

现在，他是她的。

陆相思猛地回神。

她不知所措。

梁裕白深吸了一口气，抽回手。

他起身，浴袍随即扯上，走到阳台。

等他离开后，陆相思从沙发上坐了起来。

她盯着自己的右手。

触感，挥之不去。

指尖，还是滚烫。

她扭头看向阳台，梁裕白双手撑着栏杆，似乎在压抑着些什么。

她后知后觉。

他压抑着的，是她。

夜晚温度骤降，陆相思推开阳台门，室外凉风拂过，冷得瘆人。

她从后面抱着他的腰，低声道："你是不是很不舒服？"

梁裕白转过身，把她抱在怀里，问道："要听实话吗？"

她仰头："嗯。"

他说："见到你的第一天，我想的，就不止是这个。"

闻言，陆相思睁大了眼。

他又说："那晚，我就做梦了。"

128

“什么梦？”她下意识问。

他的声音尚有些沉哑："我梦到，你躺在我怀里，哭着向我求饶。"

"那你呢，你有放过我吗？"

"没有。"

他眸色泛着凛冽的光。

"我没有任何心软，不管你如何求饶，我都没停下，到最后，你躺在床上，你说……"

他深吸了一口气，继续说："你不会和我在一起。"

明明只是梦，但恐惧感真实得像是下一秒就要死去。

坠入深渊或许就是如此。

陆相思也被他拽入深渊。

她踮脚，在他耳边说："我不会的。"

梁裕白眼里藏了太多情绪，此刻和盘托出。

"我只会说，"她咬字清晰，缓缓道，"下次，一定要温柔一点，毕竟我这一辈子，只爱你一个。"

深渊有什么不好呢？

反正，和他在一起，迟早都是要坠入深渊的。

时间不早。

梁裕白换好衣服，送陆相思回校。

宿舍楼下多是情侣，在光线的死角处，做着暧昧的举动。

陆相思问他："要接吻吗？"

梁裕白拒绝了。

意料之外的回答。

她问："为什么？"

梁裕白说："我没有让别人欣赏这种事的癖好，更不想让别人看到你在我怀里的样子。"

也是出乎意料的回答。

陆相思没忍住，笑了出来。

梁裕白问："笑什么？"

她说："你真的很霸道。"

他没反驳。

陆相思的思绪发散："你知道有个词吗，叫金屋藏娇。"

"嗯。"

"你偶尔会让我想到这个词，会让我有种你会把我关在一个房间里的感觉。"

没等梁裕白回答。

宿舍阿姨已经准备关门。

陆相思急匆匆地回去。

只是，离开前，她在他的唇边留下一个吻。

"但我还是想要亲你一下，这样晚上才能睡着。"

她的背影消失在夜里。

他的双眸被夜晚笼上一层暗色薄纱。

沉冷，也阴暗。

他垂在身侧的手缩紧，紧握成拳。

不是偶尔。

他纠正。

是每时每刻。

陆相思，你的猜测，永远都是真的。

已是熄灯的时间了。

陆相思轻手轻脚地洗漱完，便躺在了床上。

没多久，她就睡了过去。

又是一个梦。

梦里仍是那个男人。

他在她面前。

胸口是大片的血渍，蔓延在衣服上。

他手里拿着一朵玫瑰，吞噬着血的红。

他像是冷血薄情的刽子手，沾满鲜血，却无动于衷。

而她却连退缩的想法都没有。

他朝她伸手："过来。"

她看着他，问："你不疼吗？"

他摇头："你过来。"

她问："我如果不过去，会怎样？"

他眉头皱起。

沉默半晌，他说："或许会死。"

她直勾勾地盯着他，又问："那我过去呢？"

他说："你也会死。"

她觉得荒唐，转身想逃。

却被他抓住，禁锢在怀里。

他的呼吸喷在她耳边，带着血腥味。

她终于慌了："你到底要什么？"

他把她转过身，极近的距离，再刺眼的光都无法阻止她看清他的脸。

四目相对的瞬间。

她是血流不止的玫瑰……

闹钟声把陆相思叫醒。

陆相思睁开眼，天花板的灯光骤然亮起，她的眼睛被强光刺得流出眼泪。

她看到了。

那个人。

是梁裕白。

他牢牢地禁锢着她，她的身上也沾满了血渍。

他却笑着，嗓音暧昧地说："我要的，从来都是你。"

他血迹斑驳的脸上，笑意阴森狰狞。

她从床上坐起，久久不能回神。

以至于，连江梦叫她，她都没听到。

"陆相思，你还不起床吗？"江梦扯着陆相思的被子。

陆相思终于醒了过来："起了。"

她快速地洗漱好，拿过书包，和房悦一同去教室。

清晨空气里有雾。

房悦有些不耐烦："你以后起早点。"

陆相思吸了吸鼻子，回道："好。"

"晚上也早点睡。"

"昨晚回来得晚。"

房悦很不痛快："昨晚我都睡了，你才回来。"

她的语气很冲，但确实是陆相思有错在先，于是陆相思又道歉："昨晚我吵到你休息了吗？不好意思，我以后会早点回来的。"

房悦轻哼着："嗯。"

到了教室。

她们找到位置坐下。

没多久，老师也进了教室。

课间休息时，坐她们前排的凌凡转了过来。

"房悦，中午学生会开会，你别忘了。"

房悦回道："我没忘。"

"听说学生会主席也会过来。"

房悦顿了下："好像是的。"

"他超帅的，你觉得呢？"

"还行吧。"

"算了，你就只知道学习。"凌凡又转过来问陆相思，"相思，你觉得我们学校的学生会主席长得怎么样，是不是超帅？"

陆相思回忆了下："是挺帅的。"

凌凡感叹："你说怎么会有人学习又好，能力又强，长得又帅呢？"

这时，陆相思想到了梁裕白。

祁妄在他面前，也显得寡然无味了。

凌凡还在说："我听说，学生会一半的女生都是因为他才进的学生会。"

上课铃不合时宜地响起。

凌凡的最后一句话是："幸好他没有女朋友，要不然大家哪儿会去学生会。"

陆相思愣了下。

思绪由那个毫无逻辑的梦，转移到了另一件事上。

她似乎快忘了那些将她吞没的仰望目光。

她也不过是卑微的尘。

只是有幸得他照耀。

她好不容易抓住的瞬间，怎么可能轻易放手。

下课后，陆相思给梁裕白打电话。

却是无人回应。

出了教学楼，遇到从对面艺术楼出来的江梦。

江梦问她："待会儿你有课吗？"

陆相思摇头："没有，你呢？"

"我也没有，走，陪我去体育馆。"

她被江梦拽着往体育馆走，有些疑惑："怎么突然要去体育馆？"

江梦解释："今天宜大和南大学生会有个球赛，当然，何处安也在。"

陆相思了然。

"学生会？"

江梦说："对啊。"

陆相思想：梁裕白或许也在。

果不其然，她一眼就看到了梁裕白。

他坐在休息区里，双手插兜，面容寡冷。

他眼里出现其他色彩，是在看到陆相思的时候。

他起身，走向场馆门外。

江梦轻咳了声，离开。

梁裕白问陆相思："你知道我在这里？"

陆相思说："我是跟江梦过来的，来了之后才知道你可能在这里。"

顿了顿，她笑了起来："没想到你真的在。"

他们站在外圈看比赛。

比分模糊，人影晃动，尖叫声和欢呼声雀跃。

但他们都不关心。

梁裕白低头："手呢？"

陆相思犹疑地伸出手，被他十指紧扣。

他的指尖是凉的，掌心是热的。

她想到了什么，问："你们学校学生会，人多吗？"

梁裕白思索几秒："没数过。"

那就是很多的意思了。

她又问："女生多吗？"

梁裕白瞥了她一眼："有那么几个。"

陆相思不太痛快："那是几个？"

梁裕白转过头，直勾勾地看着她，说："你在吃醋。"

肯定语气。

她回望着他，不依不饶："有几个？"

"为什么要吃这些无关紧要的人的醋？"梁裕白很不能理解，他连看一眼都懒得看的人，她为什么要吃醋？

陆相思愣了下："无关紧要的人吗？"

"嗯。"

"那我呢？我是什么？"

梁裕白看到她眼底的期望。

他又怎么可能让她失望？

于是他说："女朋友。"

场馆内又响起一片喧嚣沸腾。

陆相思踮脚，轻声问："要接吻吗，男朋友？"

梁裕白再高不可攀，还不是她一个眼神就让他从神坛跌落人间。

场馆内的休息室。

梁裕白把门反锁。

她被他按在门后，她踮脚，钩着他的脖子往下带。

喘息交融，再是唇舌的纠缠。

她半睁着眼，看着他从清冷到失控的模样。

他吻过，又离开。

眼前穿过的光尘暧昧。

她脚跟着地。

随后，下巴处一紧。

他又折返，吻着她，像是上瘾般，吻了一遍又一遍。

他咬着她的下唇，在她的口腔里扫荡，如狂风暴雨肆虐。

室外又是一片欢呼声，掀起的却是休息室里的热浪。

他肆意地吻，沿着她的嘴角，到颈部，最后，他停在她锁骨处。

就连呼吸，也带着迷离。

陆相思觉得有必要找个话题："我给你打过电话。"

他的嗓音带着浓重的欲念："有吗？"

她点头，语气里有些不满："你没接。"

"抱歉，我手机常年静音。"

她并不在意，反正也只是随便找个话题。

但听到他说："待会儿陪我去买手机。"

陆相思问道："你手机坏了吗？"

外面传来一声哨响，广播里在播报上半场的比分。

梁裕白敛眸："没坏。"

"那为什么要买手机？"

"用来接你的电话，回你的短信。"

陆相思莫名："就用这部手机不行吗？"

他敛眸："开了声音，就不知道哪个是你的消息，哪个是别人的。"

她沉默片刻："你不经常回人消息吗？"

"分人。"

"在我之前，经常回谁的消息？"

他想了下："陆斯珩。"

陆相思茫然："我哥哥？"

梁裕白皱起了眉："他很烦。"

她瞪他："不许你这么说我哥。"

他的眼沉了下来，刺骨的冷。

时间被划分为二十四小时，天地有昼夜交替。

他所在的地方是暗的。

她在他的对立面。

他欲念萌生，试图拉她坠入深渊。

但她仍处在明暗交替中。

她身边还有旁人。

她在护着旁人。

她的舌头，是最软的舌头，吻过一次，便瘾欲难忍。

但此刻，她双唇翕动，唇舌间吐出的是另一个人的名字。

那人是她的哥哥。

即便是她的哥哥。

就算是陆斯珩。

梁裕白也无法容忍。

他低下头，眼神沉冷，逐渐压迫下来。

陆相思看见他幽暗的眼里，有一缕火。

他的声音是冷的，渗入她骨子里："你知道我最后悔的事是什么吗？"

她眼神迷离地望着他，静待下文。

"第一次，陆斯珩和我提到你的时候，我就应该去见你，"他的唇压在她唇上，说话间，吐出的气息似勾引，似蛊惑，"然后，在那个时候，就把你变成我的。"

陆相思浑身一颤。

他指尖摸着她的脸，滑至耳根处，揉捏着她的耳垂。

"这样，我不只是你的男朋友，也是你最重要的，"他笑，"哥哥了。"

第六章 /
兔子与狐狸

　　梁裕白的话让陆相思忍不住想，陆斯珩是什么时候和梁裕白提到有关于她的事呢？

　　今年？

　　去年？

　　十年前？

　　还是更早的时间节点？

　　那她又是在什么时候从陆斯珩嘴里听到有关于梁裕白的事的？

　　她不记得了。

　　时间太远，她根本就记不清。

　　只记得陆斯珩经常提到梁裕白。

　　但她总是三心两意，左耳朵进右耳朵出，根本没把那些话放在心上。

　　但现在他们的距离却近到，彼此的心跳都在一个频率。

　　她窝在他的怀里，触摸他的喉结："梁裕白。"

　　梁裕白的喉结滚动："我在。"

　　陆相思轻声问道："你从我哥哥那里听到的我，是什么样子的？"

　　她想知道。

　　藏在他脑海里的，素未谋面的她是什么样的。

　　他敛眸，简单回答："黏人，要人照顾，很会撒娇。"

　　她不太乐意："那事实上呢？"

　　梁裕白没什么表情，直勾勾地看着她："事实上，我希望你就是这样的。"

　　幻想带着偏见。

　　梁裕白没想到的是，妄想是偏见加工过的幻想。

　　他在她面前，是欲望的沉沦，也是理智的崩塌。

陆相思愣了下，问：“你希望的黏人，是怎么样的？”

梁裕白脸上没什么表情：“每天都和我在一起。”

陆相思在他喉结处吻了下，保证道：“我们每天都见面。”

梁裕白摇头：“不够。”

她困惑。

他提醒：“晚上，你的保证是假的。”

他的视线往下。

她的领口不知何时被他拉扯，露出高耸的连绵“雪山”。

她连忙整理着衣服，小声说：“晚上不行，你答应过我的。”

“我答应过你，”他面色平静，又重复了遍，“我答应过你，不会进一步。”

他的声音没有任何情绪。

听上去，是理智冷静的。

“但我也敢保证，”他眸色暗沉，“到了那天，我一定不会心软。”

我会让你毫无反抗之力，让你无处可逃。

你的眼泪是盛大欢愉的开场。

而我会让这场欢愉，始于暗夜，终于白昼。

没有人能够改变，就连你也无法令我心软。

隐忍着的贪欲，总有毁灭的一天。

梁裕白和陆相思离开休息室，回到球场。

比赛已近尾声。

不到十分钟，两所学校学生会的友谊赛正式结束。

谁输谁赢，从两边队员的状态可以看出。

但他们都没往那边看。

不重要。

根本不值得他们在乎。

已经是吃饭的时间点。

梁裕白问她：“中午想吃什么？”

陆相思说：“去食堂吧。”

梁裕白没什么意见，只说：“吃完饭，陪我去买手机。”

学校附近的商业街里就有手机店。

梁裕白原本的手机是黑色的，为了更好区分，陆相思给他挑了部墨绿色的。

设置密码时，梁裕白问她："你生日是什么时候？"

陆相思下意识答："圣诞节，我妈妈总说，我是上天送她的惊喜，怎么了？"

他说："没事。"

然后把数字输进去。

她看到，密码是她的出生年月日。

她总是会被这些细节触动。

陆相思问："那你这部手机就不静音了吗？"

梁裕白应了声："不静音。"

她又问："晚上呢？"

得到的仍然是肯定回答。

室外凉风习习，落叶簌簌作响，飘落在地。

陆相思踩着落叶，问他："你什么时候生日？"

梁裕白答："还早。"

她穷追不舍："你说呀。"

他把时间告诉她。

"七月呀，"她想了想，"那只能等到明年暑假再给你过生日了。"

在梁裕白的记忆里，不存在过生日这样的事情。

在常人眼里最值得开心的生日，他却是最厌恶的。

对着蛋糕许愿，愿望就能实现，简直是无稽之谈。

愿望从不靠蛋糕实现。

而他从未有过愿望。

他没有想得到的东西，因为任何一样东西，他都唾手可得。

但怀里的人，对生日是期待的。

玫瑰在温室里娇艳欲滴地成长。

他也成了悉心照顾这朵玫瑰的人。

梁裕白仔细算了下："还有两个多月，就是你生日了。"

陆相思眉眼弯成月牙形，点头。

他问："你想要什么生日礼物？"

她眨眨眼："生日礼物不能提前说，这样才有惊喜。"

他想不到什么才是惊喜。

对他而言，这世界上没什么值得令他欣喜的，除了她。

但她不是。

她总会因为一些很小的事情而开心，而动容。

手机店所在的这条商业街出口是条岔路。

往左通往宜宁大学，往右则是南城大学。

陆相思纠结片刻，说："我下午没课，你呢？"

梁裕白回道："有课。"

她失落地低下头："那……"

他看了眼时间："两点才上课，现在距离上课还有两个小时。"

陆相思露出惊喜的表情。

梁裕白的神色算不上太好，眉头微皱，眼睑处有片青色："我昨晚没有睡好，所以待会儿陪我睡个午觉？"

她的步伐先声音一步做出回答。

直至进到小区，她才问："你昨晚失眠了，为什么？"

他目光直勾勾地盯着她，眼里有阴翳。

陆相思反应过来，指着自己："我吗？"

梁裕白"嗯"了一声。

她定定地看着他："我没干什么呀。"

他说："你昨晚，亲我了。"

想到昨晚在宿舍楼下，可能是黑夜给了她无数的勇气，要不然，她怎么会做出那么大胆的举动来？

"亲你还不好吗？"

她有些茫然。

梁裕白说："很好。"

她松了口气。

他不急不缓地说："所以我昨晚，一直在回味。"

陆相思不自然地移开视线。

好在已经到家。

她用指纹，轻车熟路地解锁。

门锁上。

背后一重。

梁裕白从后面抱住了她，下巴搁在她肩颈，说话喘息离她极近："很困。"

陆相思偏过头。

他的唇近在咫尺。

她不由自主地放柔声音："我陪你睡觉。"

又怕他想歪，她连忙补充："就是很单纯的……盖棉被，纯睡觉。"

梁裕白的目光从她的脸上扫到她起伏的胸口，眉头微皱。过几秒后，他用极为勉强的语气说："我接受。"

他深吸一口气："也只能接受。"

陆相思的目光游移。

窗帘紧闭的房间，黑暗吸附视线，她看不到任何东西。

只能感觉到，被子底下盖着的，除了她以外，还有梁裕白。

但他的睡相像是经过严格教育似的，就连呼吸都微不可闻。

大概十分钟，他都没翻身。

陆相思睁眼对着黑漆漆的天花板，冷不防他的声音响起。

"睡不着？"

陆相思诧异："你不是睡着了吗？"

"没。"

她转到他那侧，漆黑一笔勾勒出他的轮廓，如山峦般。

"你不是很困吗？"

他也侧过身，山峦连绵起伏："或许吧。"

为什么要加个"吧"？

是因为他也处于两难境地——

一面，是原则与理智；另一面，是否定与沦陷。

他否定了自己曾说的话，沦陷在温香软玉中，哪怕他根本没感受到她的温软。

但她存在的本身，就已令他神魂颠倒。

陆相思在暗室里伸手，依靠直觉向他靠近。

近一点。

再近一点。

快要抓到他的时候，被他先一步抓住。

他抓住了他的心猿意马。

所以比起白昼，他更喜欢黑暗。

寂静漆黑的环境里，贪婪的欲念也变得凉薄，不需要刻意隐藏，也不需要竭力收敛。

夜晚，本就应该用来放纵欢愉。

梁裕白伸手一拉。

陆相思被拖入他怀里。

鼻尖相抵，极近的距离，她看清他眼里薄薄的欲色。

他呼吸渐重："你未免太相信我了。"

陆相思有些慌张："相信你，不好吗？"

玫瑰握在手心。

是痛苦带来的快感，或是拥有的满足。

嗜血的快乐，永远都是她带给他的。

玫瑰吻过爱情。

梁裕白舔过她的唇，说："很好。"

陆相思小声叫他的名字："梁裕白。"

她嗓音里有着细微的鼻音，像是在哭。

梁裕白分神地想。

她哭起来，真的勾起了他无尽的贪欲。

她的喘息渡入他的口腔里，掌控着他的呼吸。

玫瑰的刺，深入骨髓。

他整个人都被掌控着。

不久，陆相思的声音支离破碎："哥哥……"

是求饶。

也是警告。

似水泥糊住他的喉咙。

活下去的唯一办法，就是短暂地，放过她。

梁裕白确实也放过陆相思了。

他松开了她的嘴。

她倒在他的怀里，眼神带着沉迷的媚色，眼波荡漾着其他色彩，而后，喉咙里发出压抑的、难忍的呻吟声。

退让，永远都是为了更好地进攻。

梁老爷子曾告诉过他。

要想成为一名成功的商人，你必须要学会的，就是无情和刻薄。

他学以致用。

而她是最倒霉的那一个。

接受他的好，也一并承受了他的坏。

他吻得急迫。

清晨第一滴朝露落在玫瑰上。

她娇艳欲滴，楚楚动人，一颦一眸间，潋滟妩媚。

他想成为折枝的人。

可玫瑰周身的刺令他苏醒。

梁裕白艰难地掀开被子，连帮她整理的时间都没有，下床打开门，白昼亮光逼他不得不冷静。

洗手间里，他伸手想要打开水淋浴。

凉水从头顶灌溉，将他沸腾的心跳都压下。

刚才的一切，旖旎又梦幻。

他没有自制力，尤其是在面对她的时候。

冷水浇灌着他的身体。

多可怕。

他连自己叫什么也忘了。

水声淅沥作响。

空气里的凉意随着掀开的被子灌进床上，给陆相思滚烫的皮肤降温。

她盯着空间中不知名的某处，许久才眨眼。

她一把扯过被子盖过头，整个人都包裹进被子里，无声地嘶鸣。

等梁裕白从洗手间出来，却发现她躺在床上睡了过去。

如果有睡姿这节课，她的睡姿只能打三十分。

还是她父亲做考官的那种。

梁裕白帮她把垂到地上的被子拉回床上，披了披被角。离开前，他把空调调到舒适的温度，方便她睡去。

他下午还有课。

要不然……

也没什么要不然。

他答应过她的，暂时不碰她。

这个暂时，指的是在得到她父亲，也就是陆宴迟的承认后。

梁裕白不是个传统的人，只是面对的是陆相思，让他不得不谨慎。

陆相思背后有陆斯珩，也有陆宴迟。

比起忌惮，他更多的是害怕。

害怕陆宴迟和陆斯珩会阻挠他们。

害怕陆宴迟否定他对陆相思的感情。

最害怕的，是陆宴迟把陆相思从他身边抽离。

陆家对陆相思的重视程度可见一斑，她出生在最幸福的原生家庭，所有家人都疼爱她，所以她不需要考虑后路，有撞南墙的勇气，也有绝山河的魄力。

就像那晚她打开他的房门。

一墙之隔。

墙外，她一腔孤勇，哪怕结局不是她想要的，也无所谓。

室内，他心思算尽，即便结局是坏的，他也会用他的方式得到她。

错过他，她还会遇到很多人，断绝山河，也会再遇大好河山。

可他梁裕白不行，他眼里的惊涛骇浪和波澜壮阔，都来自她。

他不可能错过她，也不可以。

她身边多的是为她保驾护航的人。

陆斯珩曾经在提起陆相思以后找男朋友一事时，忽地脸上有着从未出现过的冷然笑意。

"相思当然可以有男朋友，但前提是那个男的足够配得上她，家世相当、身家干净，性格脾气总归得比我好。我家这位可是小公主，骄纵金贵得很，脾气不好的可不行，就像你，小白。"

听他冷不丁提到自己的名字，而且还是这个名字，梁裕白一个眼风扫向他。

陆斯珩笑着说："这不是举例子嘛。"

梁裕白面无表情："别拿我举例。"

"行，"陆斯珩上一秒应了，下一秒又忘，"你这样的，我是绝对不能接受的。也不是不能接受，只是如果是你这样的，我会先揍你一顿，然后再拆散你俩。"

梁裕白冷脸："我这样的？"

陆斯珩说："是，就你这样的。"

梁裕白的声音逼近零度："我是什么样的？"

陆斯珩向来一针见血："女人和爱情是男人人性里最薄弱的部分，而你，你不能有弱点，你也不想有弱点。"

梁裕白当时也是这么认为的。

他不能有弱点。

他也不想有弱点。

他曾最不屑一顾是相思，却没想到既见"相思"，便系"相思"。

他用了十九年的时间给自己造了个无孔不入的堡垒。

但陆相思一出现，他的堡垒自动举白旗投降。

可是不论他有多喜欢陆相思，但他梁裕白，不是陆斯珩，也不是陆宴迟，更不是世人眼里，陆相思的良配。

梁裕白深知这一点。

所以他不敢放肆。

所以在瘾欲难忍的时分，他也只能咬牙挺过。

他不能得寸进尺。

因为得寸进尺的背后，或许是永失所爱。

陆相思这一觉睡得极沉。

她也不知道自己是怎么睡着的，但醒来，她很清楚，是被热醒的。

空调似乎没用了，调制冷模式也吹着热风。

给梁裕白打电话前，她看了眼时间。

下午三点四十。

按照宜宁大学的时间表，现在是休息时间。

陆相思以为，南城大学的作息时间表和宜宁大学是一样的。

于是，她就给梁裕白打了个电话。

电话铃响起时，是三点四十一。

教学楼里的上课铃刚响完没多久。

梁裕白正在上课。

教室安静无声，所有人都认真地听着陈教授讲课。

打破这一画面的，是突然响起的手机铃声。

于是，众人将目光聚焦在了声源地。

梁裕白面色未改，不见一丝尴尬，开口："抱歉。"

他低下头，掐断电话，和陆相思解释自己在上课。

解释完，他重新看向讲台。

讲台上的陈教授别有深意地朝他笑了下。

梁裕白直接忽视。

下课后。

梁裕白出去准备给陆相思打个电话，却被陈教授叫住。

陈向奇是梁裕白表舅的好友，梁裕白私底下也叫他一句叔叔。

陈向奇问道："上课怎么忘关手机声音了？"

梁裕白语气漠然："没有忘关。"

陈向奇卡壳："啊？"

梁裕白解释："不想错过消息。"

陈向奇更愣了，明白过来后，梁裕白已经转身往洗手间走去。

迎面过来的，是陆宴迟。

梁裕白低眉敛目："陆叔叔。"

陆宴迟问："裕白，来这儿上课？"

梁裕白不卑不亢："嗯，陈教授的课。"

陆宴迟笑着应了声，二人肩部齐平，在空中某个节点掠过，背对背，离开。

陆宴迟准备回教室，半路却被陈向奇拦了下来。

陈向奇说："梁裕白好像有女朋友了。"

陆宴迟没觉得奇怪："这个年纪有女朋友，不是挺正常吗？"

陈向奇失望不已："我之前一直打算把他介绍给你家相思的，结果没想到，竟然有女生捷足先登了？"

陆宴迟不动声色地收起笑意："挺好。"

陈向奇不解："什么？"

陆宴迟随意地理了理袖口，说："他和相思，不适合。"

"为什么？"

"因为他不适合。"

陆宴迟反复的就这一句。

虽然他认为一众小辈里梁裕白最为出色，但不适合陆相思。

因为不合适，所以不合适。

在他作为父亲的眼里，梁裕白就是不合适。

上课铃响。

陆宴迟和陈向奇回到教室。

后一秒，梁裕白也回到教室。

课堂上，陈向奇接着讲课。

梁裕白仍旧是平时的淡漠神色。

但直到下课，他的课本仍旧翻在开始上课时的那一页。

没动过。

陆相思晚上还有课。

没等梁裕白回来，她就离开了小区。

从疏密的缝隙中洒落的月光稀薄暗淡，凛然寒风穿过树梢。

她路过橱窗，伸手拍下照片。

照片里，她穿着一件不合身的宽大冲锋衣，衣服盖过大腿，底下的短裙被遮盖，露出白皙纤细的腿部线条。

她对着镜头比了个"耶"。

然后把照片发给了梁裕白。

附字：【我把你的衣服偷走了。】

梁裕白皱眉，直接给她打电话。

凉风将夜晚吹得斑驳。

陆相思接起电话："梁裕白。"

"为什么不穿裤子？"

陆相思愣了下。

梁裕白的语气很冷："露太多。"

陆相思忍不住笑："你裤子太长了，我穿不了。"

梁裕白的语气仍不是很好："隔壁房间有梁初见的裤子。"

她轻声："可是没有我的裤子。"

电流吱吱作响。

陆相思每往前走一步，就说一句话。

"你家里是有你妹妹的裤子。

"但我不想穿她的裤子。

"我又不是没有。"

梁裕白了然："你在吃醋。"

语气肯定确凿。

陆相思强装镇定地否认："没有。"

梁裕白却疑惑："我妹妹的醋也吃？"

她反驳："你不也吃我哥哥的醋？"

谁都不比谁大方。

他们之间的感情，自私、蛮横，容不下第三个人的存在。

沉默半晌，梁裕白问她："冷吗？"

她回道："冷。"

146

梁裕白说："去买条裤子。"

"不要。"

闻言，他沉下眸色："为什么？"

陆相思叹了口气："我穿成这样，不是为了听你唠叨的。"

梁裕白不明白："那是什么？"

她眨了眨眼："勾引你啊。"

他迈出的脚步停下。

耳边又是她的声音。

"我穿你的衣服，好看吗？"

在她面前，他什么也不是。

"好看。"

"多好看？"

"它不应该这样。"

毫无逻辑的一句回应。

陆相思有些茫然。

正好经过的摊子上有着喇叭，声音震耳欲聋。

以至于她错过了梁裕白接下去的话。

梁裕白说："它应该勾着我的腰，或者是在我的掌心，任我摆布。"

所有的美好，都应该属于我，并且只能属于我。

这样才对。

这样才是最好。

她错过了这句话，追问："你刚刚说什么了，我这边太吵，没听到。"

梁裕白摇头："我什么都没说。"

"真的吗？"

他音色淡然："嗯。"

不能再提，也不能再想。

因为到头来，害得最惨的人是他。

他的贪欲越发难以控制，烟瘾也随之变得越来越大。

周末，陆斯珩找梁裕白时，忍不住道："你最近抽烟的频率是不是太高了？房间里都是烟味。"

他其实很少提这个，但最近每每见面都是这句话。

梁裕白嗓音低哑："好像是。"

陆斯珩问："你不是没去公司了吗，还有什么可烦的？"

梁裕白嘴角轻扯，没说话。

陆斯珩没再追问，转移话题："月底你有时间吗？"

梁裕白没有犹豫："没空。"

陆斯珩兀自："你答应了。"

梁裕白一脸漠然。

陆斯珩说："我爷爷八十大寿，你怎么也得过来吧？"

梁裕白面露躁意。

陆斯珩继续说："我爷爷八十大寿，你不来说不过去。"

梁裕白语气冷淡："是你爷爷，不是我爷爷。"

"正好是周五，你那天要是没课就早点过来。"

梁裕白轻哼："想太多。"

陆斯珩向来不在乎他的意见，走到玄关处时又想起一件事，转身："对了，相思的衣服我让人送到你这儿了，到时候你把相思接到你这儿换衣服，顺便再把她送过来。"

梁裕白眉眼掀动，眼底一片阴翳。

"我同意了？"

"你没拒绝。"

"你这是在通知我，不是在和我商量。"

"那我现在和你商量。"

"我拒绝。"

"拒绝无效。"

梁裕白冷眼扫向他。

陆斯珩眼角挑起笑意："就这么说定了，相思就交给你了。"

房门关上。

梁裕白敛眸。

陆斯珩，你怎么就这么放心把她交给我？

你怎么这么确定，我的人生不需要弱点？

万一，我需要呢？

十月底，在一场淅沥夜雨后，气温骤降。

陆相思上完课回到宿舍。

她拿出手机准备给陆斯珩打电话，问他什么时候来接她，结果取而代之的，是梁裕白打过来的电话。

"在哪儿？"梁裕白问。

陆相思吸了吸鼻子，说："在宿舍。"

"下来。"

她愣了半瞬，而后走到阳台，往下张望。

黑色商务车犹如一辆庞然大物停在宿舍门外，引得无数人驻足。

陆相思问："你怎么来找我了？"

梁裕白淡淡地说："接你。"

她以为是约会，忙解释："我在等我哥哥来接我，今天是我大爷爷的八十大寿，我得过去，不能和你见面了。"

"陆斯珩让我来接你。"

不到两分钟，陆相思坐进车里。

可她看到车子行驶的路线，并不是去陆家大院的方向。

她疑惑："我们去哪儿？"

梁裕白说："先去我那儿。"

她仍不解。

"你的礼服，还在我那里。"

陆相思眼珠一转："哥哥是不是很早就告诉你，要来接我？"

他眉头轻抬。

她瞪他："那你为什么之前不告诉我？"

梁裕白沉默几秒，而后回答："忘了。"

到他家后，陆相思换好衣服。

梁裕白并没有打开看过，原本以为是礼服，结果没想到，竟然是旗袍。

旗袍将她的身体优点放大无数倍，盈盈一握的腰，瘦削纤细的脊骨，却又并非干瘪如排骨，曲线凹凸有致。

挺翘，又饱满。

而且因为旗袍是奶白色的，能够很好地消除妖媚。

清纯中带着妖媚。

陆相思每次穿旗袍都有些不适应，问道："是不是很奇怪？"

梁裕白摇头。

他张唇，嗓音莫名低哑："很好看。"

陆相思嘴角上扬："是吗？"

他目光死死地盯着她。

她好看到让他不舍得放她出去。

她应该是他一个人的。

且，只能是他的。

陆相思浑然未知，挽着梁裕白的手往外走，催促道："走吧，再不走就来不及了，哥哥还说让我们早点过去。"

可梁裕白站在原地不动。

陆相思回眸，眼里闪烁着光。

而他最讨厌的就是光。

如今最讨厌和最喜欢成为一体。

他输了。

他不能毁灭她。

因为她是来拯救他的。

认识到这个事实后，梁裕白陡然笑了。

陆相思莫名："你笑什么？"

梁裕白说："想到了一些东西。"

她歪了歪头。

他突然向她靠近。

额头，有柔软的触感，一触即离。

不像是他的作风。

因为按照以往，他都要来个热吻。

半小时打底的那种。

还没等她细想，门打开，楼道里的风呼啸而入。

她模模糊糊地听到他一句喟叹："原来是你。"

原来是你来这深渊救我。

陆相思更疑惑了。

她仰头，想问什么，但见到他此时的模样，她也忍不住想亲他。

她扯了扯他的衣袖："你低头。"

梁裕白朝她那侧偏头。

然后，脸颊处有个温软的触感。

他目光直勾勾地定在她身上，眼里有着欲色。

她慌忙转移视线："走了，再不走，真的要迟到了。"

陆老爷子八十大寿，办得极其低调，只邀请了亲朋好友，但就只是亲朋好友，也已价值千金——来的基本都是南城有头有脸的人物。

像梁裕白，代表的是梁家。

却也不止是如此。

他的父亲梁亦封和陆斯珩的父亲陆程安是多年好友，梁、陆两家这些年的往来早已掺杂着各方面的利益。

晚秋时间，暮色降临。

宅院外遍地豪车。

陆相思和梁裕白刚下车，就有人迎了过来。

陆相思不记得自己要叫他表叔还是表舅，只记得是她很远的远亲。

那人显然也不太记得她。

因为他是为梁裕白而来的。

听着那人索然无味的奉承，陆相思有些不耐烦。

好在没一会儿陆斯珩就来了，她和陆斯珩离开。

宅院里有着充足的暖气，陆相思脱下外套，问："哥哥，刚刚那个人我要叫他什么啊？表叔还是表舅？"

陆斯珩接过她的衣服，递给用人。

他动作极轻地敲了下她额头："是表哥。"

她无奈："亲戚太多了，真的记不住。"

陆斯珩说："没关系，反正这些人都不重要。"

她眨眼："那谁重要？你吗？"

"那不然你还想谁重要？"

她故意道："哥哥，你以后有女朋友了，还会觉得我在你心里最重要吗？"

陆斯珩犹豫片刻。

她抓住这机会："你犹豫了。"

陆斯珩挑眉。

"果然，男人都是重色轻友的。"

他伸手又敲了下她额头："所以，你千万别找男朋友。"

陆相思的神情有些不自然。

好在拐角处的光线并不充足，陆斯珩看着前面，并没注意到她的异样。

没得到她的回应。

陆斯珩说："知道吗？"

她装作不知道："什么？"

"不要找男朋友。"

"男人都是重色轻友的，我找男朋友还不好吗？这样他就只重视我了。"陆相思头头是道地分析。

陆斯珩不赞同："能为了你放弃别人，他也同样能为了别人放弃你。"

廊道的尽头是亮的。

陆相思被带入光圈中。

心里也有火苗摇曳。

光影交错。

暗时——

她承认人都是趋利避害，并且贪心自私的生物。

但亮的刹那——

她觉得，梁裕白不是那样的人。

因为他是梁裕白。

所以她愿意付出所有的信任。

因为是他。

也只能是他。

灯光璀璨的宴会厅。

光折射在橙黄色透明液体里，陆相思透过水杯，看到不远处的梁裕白。

光微微荡漾，照映出他清冷模糊的身影。

认识不认识的人都围着他。

他面容寡冷，脸上没什么情绪。

但陆相思知道，他现在心里一定烦透了。

梁裕白确实烦透了。

放在平日，这些人他连看都懒得看一眼，但今天，是在陆家的地盘，来找他的又是陆家的人，他不得不保持几分礼貌。

却也只能是疏冷的礼貌。

差不多要结束的时候，又来了一人。

梁裕白敛眸："何叔叔。"

何蔚笑道："裕白，你也在这儿？"

梁裕白"嗯"了一声。

何蔚突然朝某处招了招手："过来。"

过来的是何蔚的儿子，何处安。

何蔚说："处安现在也在你们学校读书，应该算是你的学弟了吧？到时候希望你多多照顾他一下。"

梁裕白视线转移，两人四目相对。

一个清冷淡漠，一个斯文有礼。

打破宁静的是何蔚的声音："叫人啊。"

何处安开口："裕白哥。"

梁裕白嘴角轻扯，没说话，视线往他身后瞥去。

陆相思仰头，璀璨灯光拉出她优雅的颈线，她饮了一口酒，脖颈处起伏。

而后，她看了过来。

双颊泛红，眼里带着醉意。

梁裕白皱眉："抱歉，我还有事，下次再聊。"

连礼貌都懒得掩饰，抱歉里没有半分歉意。

何处安盯着他的背影几秒。

何蔚轻嗤了声："还真不是个善茬。"

何处安有些茫然："什么？"

何蔚拍拍他的肩，说："梁裕白已经进梁氏了，等到明年，你也得进公司，知道了吗？在学校里学到的东西，到底是有限的。"

比如阶级。

比如地位。

何处安一副似懂非懂的模样。

身边有人经过，何蔚连忙过去打招呼。

何处安停在原地。

他的目光总是忍不住往那边看。

人头攒动，光影交织。

他看到陆相思仰着头，朝梁裕白笑。

画面美好得令人忍不住心生嫉妒。

陆相思手中的酒杯还没放下，眼前就有一片阴影盖了上来。

而后是梁裕白的嗓音："谁让你喝酒了？"

声音冰凉，带着不满。

陆相思看向他："我为什么不能喝酒？"

梁裕白在她对面位置坐下："你有多少酒量，你不清楚？"

她眨眼："我知道呀。"

梁裕白顿了顿："你故意的。"

陆相思突然起身，穿过人群，来到走廊。

长而暗的走廊，高跟鞋的声音清脆作响。

梁裕白跟在她身后，目光从下往上。

高跟鞋包裹着她的细白脚踝，裙片开合摇曳，窥近她如夜晚般充满诱惑的森林，摇曳的腰肢，蛊惑着他的思想。

在只有他们存在的空间里。

他什么都不是。

白色是最纯洁。

像兔子。

但她打开一扇门，转身进去，身影消失前，他快速闪身而入，抓住了她。

没有开灯的室内，窗外星河煜煜，清冷月色勾勒出她的眼睫。

她笑起来像只狐狸。

梁裕白按着她的腰向他靠近。

周身空气变得稀薄，闷热着人的理智。

他语气肯定："你故意的。"

那天晚上，在陆斯珩家，她故意装醉，而他却以为她是真醉，把她抱回房，为自己心里滑过的龌龊念头而懊悔过。

他以为她是兔子。

结果现在发现，她是狐狸。

也是。

陆宴迟的女儿，能单纯到哪里去。

陆相思毫不掩饰："我就是故意的。"

梁裕白问："如果那天，我不抱你上去，你会怎么样？"

陆相思肯定道："你会的。"

他的手放在她的喉咙处："你这么确定？"

她的声带被他操控："不确定。"

他的手是冰凉的："如果换一个人，敢这么骗我，你知道会是什么结果吗？"

陆相思闭上眼："你会……掐死她吗？"

意料中的窒息感却没袭来，取而代之的，是胸口的触感，冰凉的，室内暖气并不充足，他所到之处，激起一阵战栗。

他说："我不会亲自动手，她不配。"

说的话令人后怕。

陆相思的呼吸一滞。

可他吻了上来。

他将气息渡进她的口腔里。

这一刻，她是因为他而活着的。

唇舌疯了似的纠缠。

不知过了多久，梁裕白终于退出一些，说："但你不一样。"

她呆呆地问："你不会杀我的，对吗？"

他却笑了："你骗了我。"

陆相思眼神迷离地望着他："你……"

梁裕白说："我最讨厌被人骗。"

她喃喃道："可你，你也喜欢我的，不是吗？"

"是。"

"那……"

梁裕白的指腹在她的颈处留恋，似亲昵的动作，但温凉的手，犹如利刃般，让她备受煎熬。

她仰头，看着他："所以你不一样。"

他说："我会……先装作被你骗。"

陆相思问："然后呢？"

得到的是意料中的回答。

"然后我就骗到你了。"

从一开始，就是她掉入他设下的圈套里。她三脚猫的骗人技巧，在他眼里，不堪一击。他什么都不需要做，只需要装作被她骗到的样子，就成功得到了她，得到了他想要的。

没多久，二人下楼。

陆斯珩见到他们一起出现，疑惑地问："你们怎么一起下来？"

陆相思张了张口，不知要怎么解释。

好在梁裕白说："在楼上遇到的，怎么？"疏离又寡冷的语气。

陆斯珩挑眉："我就这么问一下。"

梁裕白斜睨他一眼，没说话。

陆斯珩又问陆相思："爷爷刚刚在找你，你去哪儿了？"

陆相思说："我刚刚去洗手间了。"

陆斯珩小声说："行了，去爷爷那儿吧。"

她乖乖地跟陆斯珩走，乖巧的样子，还是像那只兔子。

却又在人群里，频频地往梁裕白这边看。

偶尔眨眨眼。

手不经意地拨弄着头发。

没有人知道。

她披散在头发下的脖颈处，有斑驳吻痕。

只有梁裕白知道。

这是只有他们知道的秘密。

直到半夜，晚宴才结束。

陆相思一晚上都跟在陆斯珩身边，不停地叫人、问好，结束的时候，小腿都在颤抖。

她毫无形象地倒在沙发上。

宴会厅里还有一些人在。

陆斯珩走过来，脱下外套，盖在她身上。

他轻斥她，语气却是宠溺的："穿着裙子，不许这么坐没坐相。"

陆相思随即端正坐姿，声音懒惫："哥哥，我好累。"

陆斯珩说："我知道，今晚上辛苦你了。"

她脱下高跟鞋："你也很辛苦啊。"

陆斯珩笑了笑："对了，四叔和婶婶呢？"

陆相思说："我爸明早还有选修课，他和我妈先走了。"

陆斯珩揉眉："刚刚太忙，我都没注意。"

"没事，"她并不在意，"我好困，我先回房了。"

"行，让用人带你过去吗？"

"不用，我记得我的房间在哪里！"

为了证明自己记得，她还刻意加重了声音。

陆斯珩失笑。

陆相思弯下腰穿鞋。

再抬头，就看到陆斯珩身边多了个人。

"正好，相思也回房。"陆斯珩说，"相思，你裕白哥哥今晚睡我的屋，你带他过去。"

陆相思没反应过来。

这时，梁裕白在叫陆斯珩。

他拍了拍梁裕白的肩，又看了她一眼，扔下一句："我先走了。"

陆相思先是困惑，接着走到梁裕白面前。

她歪头，问道："你为什么不回家？"

梁裕白垂眸看她："你也不回。"

她说："这里也是我家。"

梁裕白走近一步。

两人鞋尖相抵。

他身上有着酒味。

"那又怎样？"他面无表情地说，"可你是我的。"

陆相思突然笑了。

但她始终顾忌着陆斯珩，怕他半路折返，撞见她和梁裕白太过亲密。

于是她转身，说："你不许离我太近。"

梁裕白跟上她的步伐："距离多少是太近？"

陆相思犹豫片刻，说："不能碰我。"

梁裕白的神色却不太好。

她有些忐忑不安："哥哥在……而且还有别人。"

"我知道。"

他突然停下脚步。

陆相思疑惑地转过身："你怎么不走了？"

梁裕白解释："我喝了点酒。"

她歪了歪头，不解。

酒精和烟草不同，后者令他清醒，而前者使他沦陷，理智逐渐远去。

他说："和你离得太近，会忍不住想碰你，抱你，亲你……"

陆相思愣了下。

梁裕白伸手："你先走。"

她有点蒙："那你呢？"

梁裕白说："我在后面跟着。"

陆相思为难地看着他："后面是多后面？你不会跟丢吗？"

梁裕白摇头："不会。"

她面容古怪地盯着他看了一会儿，于是转身离开。

她步调慢悠悠的，身后的步伐也是闲适的。

她故意加快步伐，身后的步子仍旧沉稳。

她突然觉得很委屈。

怎么她说保持距离，他就真的保持距离？

但她改口，又怕他会觉得她很善变。

无论怎样，她都让自己到了进退两难的地步。

可他就这样眼睁睁地看着她这样。

她忍不住。

真的忍不住。

于是在拐角地段，她加快步子。

找不到她了。

梁裕白也加快速度。

转弯时，他身前的领结被人抓起。

她力气极大地拉扯过他。

而后双肩一重。

光影闪烁，他看清陆相思的脸。

又没看清。

因为她在他眨眼的刹那，就倾身吻了上来。

牙齿毫无章法地啃着他的双唇，或者，又是故意。

梁裕白不明白。

但他明白的是，她主动。

他不可能被动迎合。

当主动充盈于他脑海里时，他全身细胞都在疯狂地叫嚣，血液沸腾。

下一秒，他反客为主。

夹杂着酒意的吻，更给这个夜晚添加一份迷离情调。

他有些控制不住，问道："你的房间在哪儿？"

陆相思声音颤抖着："就在那儿。"

她伸手指了指。

并不远。

梁裕白把她抱起，大阔步地往房里走。

进屋后，连灯都没开。

他急迫，又渴望。

就连解她衣扣时，他的手都有些慌乱。

再加上她穿的是旗袍，扣子难解。

梁裕白的额间沁出汗来。

还没等梁裕白再近一步。

有人敲门。

"相思，你在房间吗？你爸爸有事找你，打你电话你没接。"

门外是陆程安的声音。

室内，安静了一瞬。

所有的情热和温存都被这猝不及防的声音打断，然后迅速褪去。

梁裕白的眉眼恢复清冷，只是呼吸还有几分凌乱。

他轻声说："你应他。"

陆相思深吸了一口气，有些磕绊地回道："伯伯，我手机在充电，没听到，我马上打电话给我爸爸。"

"那就好，记得早点睡。"

"好的，谢谢伯伯。"

在他们说话的时间里，梁裕白已经把解开的衣扣一颗又一颗地扣上。

他低头，将透着压抑气息的吻印在她额头。

今晚是他太冲动了。

"晚安，"他打开门，关门前，仍是那句，"记得把门锁好。"

深如墨色的天空，不见一丝星光。

等到陆相思洗完澡出来后，隔壁卧室的灯光溅到阳台上。

午夜寂静，依稀能听到隔壁的对话声。

陆斯珩问道："还没睡？"

梁裕白："嗯。"

陆斯珩："明天有事吗？"

梁裕白合着眼："怎么？"

陆斯珩从衣柜里拿出换洗衣服，漫不经心地说："明天天气挺好，他们一群人说要去打球，你要是没事，也一起吧？"

梁裕白神情倦怠："明天再说吧。"

过了两分钟，陆斯珩去洗漱。

房间里安静下来。

十分钟前的画面侵蚀梁裕白的大脑，蚕食着他的呼吸。

求而未得的滋味，像是成千上万只蚂蚁在心口爬。

梁裕白心里一阵躁郁，他拿起烟，走到阳台。

晚风拂过，他按下打火机，伸手挡风，眼皮冷淡地掀起。

火苗摇曳，陆相思直勾勾地盯着他。

梁裕白的手一顿，收起打火机，把嘴里的烟给掐了，往地上一甩。

他走过去，问道："不困？"

陆相思也向他靠近："还好。"

梁裕白忽然道："很香。"

她表情茫然。

梁裕白伸过手，拨弄着她的头发："你身上，很香。"

陆相思愣了半秒，解释："应该是沐浴乳的味道。"

"是你身上的味道。"

"怎么会？"

梁裕白想了下："一股奶香。"

陆相思睁大眼睛，不解。

他脸上的神情分明是漠然的，不带一丝色彩，就连声音都四平八稳，可说出来的话却带着禁忌色泽："亲的时候，尝到的。"

阳台的灯在他背后亮起。

他是背光的，五官隐匿在晦暗中。

眼神却万分清晰，笔直地落在她的心口。

也因为他这话，陆相思想起刚才的画面。

以及在被打断后，他似不满地咬了一口。

洗澡时，她脱下衣服，在镜子里看到身上的明显牙印。

陆相思不禁恼怒："我还疼。"

梁裕白的眼神痴缠："我看看。"

她当然拒绝："不行。"

梁裕白的手却已放在她的衣襟上："我看看。"

风带着凉意弥散在她裸露的皮肤上，他指尖也是凉的，和风一起在她的皮肤上蔓延，如冰山刺骨，却令她感受到火烧时的灼热。

他总是有种魔力，让她在冰与火中煎熬。

陆相思想拒绝，可又没伸手阻止他的举止。

她声音微颤："我哥哥还在。"

梁裕白却不管不顾。

他凑了过来，眸间沉冷。

陆相思气若游丝："别看了……"

"嗯。"

他不看。

于是他低下头，细细地吻着。

在这个角度，她只能看到他的头发。

她无法抗拒他，也无法推开他，这无关软弱，因为在她的内心深处，她对他是渴望的。

渴望他的灵魂。

也渴望他的靠近。

她双手搭在他肩上，忍不住往他身边靠。

直到最后，他意犹未尽地松口，往后退了半步。

梁裕白盯着她，嗓音沙哑："很漂亮。"

陆相思低下头，和他四目相对。

她下意识别过头："别说了。"

梁裕白不理解："为什么不能说？"

陆相思小声："不要说。"

梁裕白抬了下眉："这是事实，它确实很漂亮，有了我的牙印，更漂亮。"

陆相思愕然。

谁知他又开口："而且很大。"

她以为他说的是牙印："有吗？怪不得我说怎么这么疼。"

"不是牙印，是这里……"

陆相思听不下去了："闭嘴！"

正好此时，陆斯珩洗完澡出来。

他听到陆相思怒不可遏的声音，不知缘由，忙走向阳台。

"怎么突然吵起来了？"

闻言，梁裕白转过身来，面无表情地看着他。

阳台隔栏另一边，陆相思面红耳赤。

一眼了然。

梁裕白的错。

陆斯珩揉眉："你没事做欺负我妹妹？"

梁裕白神情冷淡。

或许在另一个层面而言，他确实是在欺负她。

　　陆相思提高声音："哥哥，他欺负我。"

　　陆斯珩深吸一口气，质问道："你是不是把我妹妹当作你妹妹了？当我不存在是吧？"

　　梁裕白非常希望陆斯珩不存在。

　　这样他就可以更得寸进尺。

　　陆斯珩为了陆老爷子的寿宴前后忙了半个多月，好不容易结束了，原本以为能好好睡一觉，结果没想到他俩还能吵起来。

　　他累得不行，也没了劝架的心思，直接敲了下陆相思的额头，说："回去睡觉。"

　　陆相思委屈："他欺负我。"

　　"明天再说，我现在只想睡觉。"

　　陆斯珩这一晚上都在忙，眉宇间的疲惫在深夜尽显。

　　陆相思抿了抿唇，轻声道："哥哥，你快去睡觉吧。"

　　陆斯珩揉了揉她的头："你也早点睡。"

　　"好。"

　　三人各自回房。

　　陆斯珩躺在床上，冷冷地说："你睡沙发。"

　　梁裕白也没打算和他睡一张床。

　　灯熄灭后。

　　房间安静得两人似乎都睡了。

　　陆斯珩翻了个身，问："是不是我经常让你帮忙照顾相思，你不开心了？还是说，她惹你不开心了？"

　　梁裕白声音略低："没。"

　　陆斯珩不解："那你们怎么吵起来了？"

　　梁裕白淡声道："她骗你的。"

　　"你觉得我会信？"

　　梁裕白轻啧了声："还睡不睡？"

　　陆斯珩气笑："你欺负我妹妹，你还有理了是吧？"

　　梁裕白语气不耐烦："睡了。"

　　"她要是真惹你不痛快了，你就忍忍。"

　　梁裕白置若罔闻。

　　陆斯珩又说："毕竟是我妹妹。"

梁裕白冷哼一声："我连我妹妹都没忍过。"

"那不一样。"

梁裕白觉得陆斯珩烦："闭嘴，睡了。"

陆斯珩仍说："听到没！"

梁裕白声音低到零度："再说，你就睡沙发，我睡床。"

陆斯珩喉咙里有着细碎笑意。

他知道，梁裕白这是同意了。

第七章 /
太难得的温柔像虚幻

十一月的第一天。

天气阴转晴。

气温也随着太阳的出现，升高了几度。

陆相思刚从冰箱里拿出酸奶，就看到陆斯珩和梁裕白进屋。

他们都换上了运动服。

她疑惑："你们去干吗了？"

陆斯珩走过来，倒了两杯水。

一杯递给梁裕白，一杯自己喝。

他说："刚去球场看了下。"

陆相思顺着他的话，问道："你们要去打球吗？"

"嗯。"陆斯珩催她，"上去换套衣服，待会儿你也跟我们一块儿过去。"

陆相思愣了："我为什么也要换衣服？"

"跟我过去运动运动。"

她强烈抗议："哥哥，你知道我不喜欢运动的。"

陆斯珩笑意温润："我知道。"

陆相思以为有转机。

陆斯珩又说："十分钟的时间够了吧？"

她无语："哥哥，你听到我说的话了吗？"

"听到了。"

"那你为什么还让我换衣服？"

"因为我想让你去运动。"

"可我不想。"

陆斯珩还是那副温润斯文的模样，就连语气都让人无法生气："乖，哥哥在楼下等你，你快点上去换衣服。"

164

"你好烦。"

"还行。"

陆相思拖着身子疲惫地上楼。

她换好衣服下楼，看到客厅里只有梁裕白一个人在。

她走过去，问道："我哥呢？"

梁裕白说："洗手间。"

她有气无力地喃喃："他能在洗手间待一天吗？"

"不能。"

陆相思叹气："为什么要去运动？我最讨厌运动了。"

梁裕白声音清冷："所有运动都不喜欢？"

陆相思愣了下。

她条件反射地往四周看，确定没人后，她才压低了声音："你不要在外面说这些话，万一有人听到呢？"

他低头看手机："我确定了没人，才说的。"

"那也不行。"

梁裕白想了下："我尽量。"

她夺过他的手机。

他总算抬头看她。

"你得保证。"

"这很难保证。"

"哪里难了？"

二人的视线在空中交织。

最后，梁裕白败下阵来："我真的只能……尽量。"

陆相思仍不解："这个要求很过分吗？"

"不过分，只是，不合理。"

她歪了歪头。

他说："合理的我都会答应，不合理的，我只能尽量做到。"

"这有什么不合理的？"

"我不能不想那些事，你懂吗？"

陆相思不知该说什么。

"我可以不想，但前提是，你得满足我。"

她无语。

"比如说，让我得到你。"

陆相思瞪他："你说了尽量。"

梁裕白摊了摊手："抱歉，但我只是在表达我的想法，这是尽量以外的。"

余光瞥到陆斯珩出来，陆相思小声道："反正，你答应我了。"

见梁裕白眉眼微动，还想再说什么，她马上喊道："哥哥——"

陆斯珩来了，梁裕白噤声。

陆斯珩很满意她的着装："过去吧，他们都已经在球场了。"

陆相思垂死挣扎："哥哥，外面太阳好大。"

"我们在室内球场。"

最后一丝希冀被打碎。

陆相思彻底放弃，她慢吞吞地起身，发现手里拿着两部手机，一部是她的，另一部是梁裕白的。

她叫住刚站起身的梁裕白："梁……裕白哥哥。"

梁裕白面色如平常般冷淡。

她把手机递过去："你的手机。"

顿了顿，她又蹩脚地找借口："我在位置上捡的。"

梁裕白伸手。

距离太远，她往前走了一步。

手机递过去，突然，像是有股力气拉着她，让她往他那边倒。

她忍不住闭上眼，预想中的痛感并未来袭。

入目的，是梁裕白的下颌。

对上他冷淡又薄怒的视线。

陆相思反应过来。

她此刻，正趴在他的身上。

亲昵又暧昧的姿势。

时间在此时是静止的。

光尘也停滞不动了。

陆相思用了几秒的时间就明白过来，梁裕白是故意的。

可她不明白，他为什么这么干？

这时，陆斯珩的声音响起，打破僵局。

他的嗓音不复往日的温和："你们还准备保持这个姿势多久？"

陆相思连忙爬起来。

她小声道歉："对不起。"

梁裕白冷淡的脸上顿生躁郁。

他皱起眉头，没看她一眼，转身往外走。

连背影都写着不近人情。

明知道是假的，但她像是入了戏，很难从情绪里抽离出来。

好在陆斯珩走过来，轻声安慰她："没事，他性格就这样。"

陆相思轻声说："我不是故意的。"

"我知道。"

她盯着梁裕白的背影："他生气了。"

陆斯珩说："没关系。"

须臾，他又补充："以后离他远一点。"

陆相思的心猛地被揪起，她不知道陆斯珩是不是发现了什么，于是舔了舔唇，干巴巴地问："那为什么你昨天还让他接我来这里？"

"他觉得女人是世界上最麻烦的生物。"

陆相思皱眉，感觉梁裕白似乎很乐意她麻烦他。

"他来接你，也是因为我拜托他。"

不是的。

"所以以后，你离他远一点，他生起气来，我真的拦不住。"

陆相思望向不远处。

球馆里光线明亮，梁裕白在人群中站定，面朝着她的脸冷白，隐隐约约地能窥见几分躁意。

他真的在生气吗？

他会对她生气吗？

她突然很想知道答案。

于是她装作肚子疼，说："哥哥，我去上个厕所。"

陆斯珩没起疑："哪儿不舒服？"

"就只是想上厕所。"

陆斯珩叮嘱她："上完就马上回来，不要跑，如果真不舒服也别强撑着，知道吗？"

她敷衍着点头，快速逃离场馆。

陆相思发完短信后，往前走。

洗手间边上还有一条路，通往休息室。

声控灯一盏盏亮起。

走至尽头，她听到了另一个脚步声，沉稳、有力。

她打开休息室的门，进去。

脚步声越来越近，快要到的时候，突然，响起"咔嗒"一声。

门被锁了。

梁裕白的脸冷得像冰："开门。"

陆相思说："不要。"

"是你叫我过来的。"

她轻笑："我怕我开门，你要打我。"

他皱了皱眉："我为什么要打你？"

"你不是在生气吗？"

梁裕白靠在门上："没有。"

"我哥哥说了，你在生气。"

"生谁的气？"

"我的。"

梁裕白觉得可笑："我怎么会生你的气？"

得到想要的答案，她嘴角上扬，忍不住又说："可是我哥哥说，你昨晚来学校接我，是因为他拜托你，是这样吗？"

"不是。"

"他不拜托你，你也会来接我的，对吗？"

"嗯。"

"他还说，你觉得女人是世界上最麻烦的生物，是这样吗？"

"是。"

她笑容滞住："那我……也是麻烦吗？"

他的回答连犹豫的时间都没有："这不一样。"

她微愣，反应过来后冷下脸："我不是女的吗？"

"你和她们不一样，"长久的沉默令灯都熄灭了，梁裕白微仰头，凛冽的双眸里有光在闪烁，他突然笑了出来，"你让我知道，是我年少轻狂。"

"嗯？"

"如果早知道会遇到你，我绝对不会那么武断地说那句话。"

"那你现在……"

"我会犹豫一下，然后说，女人依旧是世界上最麻烦的生物，但我的女人，不是。"

他声音清冷，语气毫无起伏。

梁裕白这样的男人，就连说情话也是如此。

可她却被他这副模样吃得死死的。

陆相思和梁裕白一前一后回到场馆。

没有人看出他们的异常，因为他们正在抽签。

陆相思听了下规则。

二对二双打，为了公平性，所以大家决定抽签分组。

虽然她觉得这个也不太公平。

比如像她这种，谁抽到她谁倒霉。

陆相思想退出："要不我还是退出算了吧，我觉得我当个啦啦队挺好的。"

许梁颂拉着她，说："你怕什么？万一你和你哥一队儿呢？你都不需要出手，就在他边上喊喊加油就能赢。"

陆相思被说服了，于是也去抽了一张牌。

抽签完毕，所有人看自己的牌，相同数字的配对在一起。

一时间，哀叹声和惊喜声交叠。

陆相思没找到队友。

许梁颂问："你和你哥是一样的吗？"

陆斯珩身边已经有人了。

陆相思泄气："完了。"

许梁颂问："那你和谁一队？"

她摇摇头："不知道。"

许梁颂拿过她手里捏着的卡片，大声嚷嚷："红桃 K 在谁那儿？"

人群中没有应和声。

许梁颂喃喃道："不对啊，一共十个人，怎么还有一张牌没人抽啊？谁没抽啊？"

"我。"一个清冷的声音从身后传来。

梁裕白拿过桌子上无人问津的牌，摊开。

正是大家在找的红桃 K。

陆相思愣怔。

连命运都写不出这种巧合吧？

耳边，许梁颂聒噪的声音又响起："你现在是真的只需要在边上喊加油就行了。"

陆相思偏头看他："裕白哥很厉害吗？"

许梁颂回答："反正我们这一片，他没输过。"

陆相思笑得有些得意忘形了："真没输过呀？"

许梁颂讳莫如深地看了她一眼，忽然说："但今天，他可能要输了。"

陆相思迅速敛起笑。

许梁颂笑得更大声："谁让他遇到你啊？"

陆相思斜他一眼，没底气反驳。

毕竟她的实力，用她爸爸陆宴迟一句自带父亲滤镜的话来形容，那就是——我拿脚都比你用手打得好。

正好第一组，陆相思就对上了许梁颂。

许梁颂的笑声穿透整个球场："陆相思，我们不欺负你，我们就盯着梁裕白打。"

陆相思担忧地看向梁裕白："你可以吗？"

梁裕白眼皮冷淡地掀起："怕什么？"

陆相思有些急迫："我是真不会。"

他眼无波澜，缓缓道："打他们，不需要你动手。"

陆相思盯着他的侧脸，仍旧是冷静从容的，没有一丝慌乱。

而事实上，梁裕白确实有资本说这个话。

他一打二丝毫不逊。

没一会儿，就打得对面二人叫苦不迭。

"梁裕白，你不是人。"

"哪有你这样打的？"

网球区域大，梁裕白一打二，来回跑动很费体力。但任何体力游戏，都是以脑力为主，所以他专挑对面中心区域打。

导致对面二人前后跑动，又因为害怕打到对方，而失去回球的机会。

事实上，这里除了梁裕白和陆斯珩以外，其他人都没上过正规的网球课。

就这样，梁裕白带着陆相思闯到了决赛。

而决赛面对的恰好就是陆斯珩。

四人坐在休息区。

陆斯珩和梁裕白隔着过道，他突然问道："要不咱们换个队友？相思和我一队，桑鲤和你一队。毕竟相思在对面，我下不了狠手。"

梁裕白冷淡地说："不要。"

陆斯珩问："为什么？"

"赢了算谁的？"

"反正就我和你两个人打，按照我和你的输赢算。"

梁裕白偏头看了陆相思一眼："那这小孩跟哪边？"

陆斯珩眼角挑起笑意："你赢了，她跟你；我赢了，她跟我。"

临时裁判许梁颂听到这话，不满："那鲤鱼怎么办？"

桑鲤不太在意："我本来就是混到决赛的。"

许梁颂说："这不行，横竖最后赢的就是陆相思这个啥也不会的？"

闻言，陆相思不悦地瞪着他："我有哥哥，不行啊？"

许梁颂问："有哥哥了不起？"

陆相思点头："好像……就是挺了不起的。"

但这样对桑鲤确实挺不公平的。

陆相思想了想，提议道："要不你俩打吧？"

反正她和桑鲤都是场内加油型选手，在不在也不重要。

很快，提议通过。

休息没多久，梁裕白和陆斯珩上场。

许梁颂看热闹不嫌事大，问道："要不押个注，看看最后到底谁赢？"

有人问："赌注是什么？"

许梁颂想了想，说："赢的人终身离婚官司我包了。"

一片嘘声。

陆相思无语。

整个场馆估计都找不到比许梁颂还缺心眼的人了。

随后，许梁颂说："要不这样，压梁裕白赢了的人，待会儿由陆斯珩送他回家；压陆斯珩赢了的人，待会由梁裕白亲自送他回家。"

他还刻意把"亲自"二字压得极重。

圈内，梁裕白和陆斯珩是两个极端。

陆斯珩温润如玉，是璞玉。

而梁裕白冷淡疏离，是冰山。

和陆斯珩交往，是如沐春风。

和梁裕白，无时无刻不胆战心惊。

许梁颂这话一出，更是惨遭谩骂。

他不管不顾地说："反正就这样，压不压？不压的就算弃权，直接上梁裕白的车。"

于是，无关胜负。

其他人全都压梁裕白赢。

只剩陆相思没投票。

许梁颂凑近她，问道："是不是很煎熬？"

陆相思瞥他一眼。

许梁颂又问："你是不是又想陆斯珩赢，又想让他送你回家？"

陆相思温瞰道："我当然觉得我哥哥会赢。"

"所以你要压你哥哥？"

场内，梁裕白已经做好热身运动，微弓着腰，双手拿着球拍。他碎发微湿，垂在额间，目光犀利而冷冽，如同一把刀，有锐利锋芒。

她不觉得他会输。

但她也不希望陆斯珩输。

二者比较，陆斯珩似乎比较好安慰一点。

她轻咬唇，说："我压梁裕白赢。"

人群里爆发出笑声。

场内的二人不知所云。

有人起哄，故意歪曲事实："陆斯珩，你妹妹觉得梁裕白会赢。"

果然，陆斯珩眉头拧起。

而他的对立面，梁裕白渐渐直起腰。

他捕捉到陆相思的视线，与她隔着人群相对。

她笑。

他便灵魂出窍。

更何况是她，站在他这边。

陆斯珩，你陪在她身边十几年又如何，我只用了几个月的时间，她就站在了我身边。

荧光绿的球在空中划过，出线。

许梁颂吹哨，然后大喊："梁裕白赢。"

梁裕白和陆斯珩下场，回到休息区休息。

陆相思坐在位置上，隐匿在人群中，目光变得大胆，盯着梁裕白，看

172

着他走向自己，看到他在自己身边坐下。

运动服被汗水浸透，隐约可见他的胸肌。

喘息压抑，胸腔起伏明显。

他仰头喝水，汗液沿着下颌线条往下，没入衣领，消失不见。

陆相思脑海里萌生出一个念头：想帮他脱下衣服，看他压抑隐忍的模样。

"梁裕白赢，所以让我送你们回去？"陆斯珩的声音唤回她的理智，"我这输了游戏，你们不安慰我也就算了，还要拿我当苦力？"

"这不是好玩儿吗？"

"就没有别的赌注？"

"有，"许梁颂颇为遗憾，"我说赢的人终身离婚官司我包了，可他们都不愿意。"

陆斯珩眉心一跳："你……"

"反正你输了，你送我们回去。"

陆斯珩为难："我的车只能坐四个人。"

许梁颂说："他们都开自己车来的，就我和桑鲤没开车。"

陆斯珩笑意松散地应道："行。"

这场球赛打了将近四个小时，结束后，众人去洗浴间洗澡。

陆相思走了几步，没听到身后的动静，她转过身。

梁裕白坐在位置上，脸上的神情令她害怕。

她不知道他为何情绪骤变，小心翼翼地叫着他的名字："梁裕白？"

梁裕白一声不吭地盯着她。

几秒后，他一句话也没说，起身往洗浴间走去。

她跟在他身后，试探性地又叫了声他的名字。

依然没有回应。

陆相思咬了咬唇。

洗浴间分男女，一群人往两侧分开。

陆相思洗澡速度不快，洗到中途，其他隔间的人都走了。

临走前，她们不忘和她说："相思，我们先回家了。"

陆相思应着："好，路上小心。"

空荡安静的洗浴间里，只有她所在的隔间有淅沥水声，热水蒸腾出雾气，她闭着眼，突然听到有人进来的脚步声。

她问："是有东西落在这里了吗？"

回答她的，是一个男声。

"有。"

陆相思猛地睁开眼，不太确信："梁裕白？"

梁裕白应道："是我。"

关上水龙头，她扯过浴巾想要裹上。

眼前的布帘被人拉起。

梁裕白看到她白皙的肩颈线条，流淌着水迹。

因为惊慌，她来不及裹好浴巾，只堪堪盖住身前一片。

陆相思手足无措："你怎么进来了？"

身后的布帘随着他的进入，而缓缓合上。

这里，是只有他们两个存在的世界。

她压低声音："你出去啊。"

梁裕白却迈步，向她靠近。

她往后退，直到肩胛贴墙，退无可退。

她想要推他，手又紧攥着浴巾："梁裕白。"

带着鼻音的求饶，配上她此刻被水雾浸染的眼神。

勾人心弦、蛊惑人心。

梁裕白很难保持理智。

更何况，他在她面前，从来都是被欲望支配的。

梁裕白伸手，将她腾空抱起，压在墙上。

陆相思吓得手心不稳，围在身前的浴巾掉落。

她慌忙中还记得伸手盖住他的眼睛，恼羞成怒地喊："梁裕白！"

梁裕白低下头，看不见，也无所谓。

反正他怀里的是她。

他低头，吻去她肌肤上淌过的水迹。

心脏像是被成千上万只蚂蚁啃噬，她连脚趾都蜷缩着，声音更加颤抖："外面……还有人。"

他仰头，将喉结紧贴在她心口，上下滚动。

她感知明显，头皮发麻的触感。

他嗓音喑哑："放心，他们都走了。"

她咬唇："你为什么过来？"

梁裕白笑了下："你说呢？"

陆相思强撑着："我怎么知道？"

他咬了她一口。

陆相思轻"哟"了声："别咬我！"

"这是惩罚。"

闻言，她颤颤巍巍地收回手，对上他沉冷的视线。

他眼睑处藏不住的阴鸷："原来你压我赢，是为了不让我送你回家。"

陆相思微微愣了下："就算没有这个赌注，也不会是你送我回家。"

原本以为要哄的那个是陆斯珩，没想到，是他。

梁裕白皱眉："你是真的希望我赢，还是陆斯珩？"

她一秒犹豫都没有："当然是你。"

"他是你哥哥。"

她眨眨眼："你也是我哥哥。"

梁裕白的目光往下，宛若一把刀，在她的身上反复剐蹭，却迟迟不给最致命的一击，凌迟着她的心智。

最后，他终于大发善心，仁慈地将视线定格在她脸上。

或许是他不得不仁慈，因为他的呼吸很重。

"哥哥会在这里，对你做这种事？"

陆相思喉咙干涸："你不只是哥哥，也是男朋友。"

梁裕白轻轻呵笑一声。

她忽地抬起头，问他："你准备'就地正法'我，是吗？"

梁裕白摇头。

他把她放回平地。

陆相思看着他拿过那条浴巾，盖住她的身子，包裹得连锁骨都封闭在水汽里。

全程，他面容冷淡，仿佛是正人君子。

可是喘息以及他沙哑的嗓音却出卖了他："我是人，依靠大脑思考和行走，而不是靠下半身活着的动物。"

即便这里，刺激、销魂。

但他并不想把第一次选在这里。

太小，影响他发挥。

陆相思有些失神。

梁裕白压着她肩的手力度有些重："快点洗好，我在外面等你。"

说完，他掀开帘子就走了。

陆相思呆呆地站在那里，直到许久后才回神。

她没再像之前那么磨磨蹭蹭，而是快速地冲了个澡。

场馆外停着一辆黑色越野车。

三个人站在车外聊天。

许梁颂说："最近接到个大案子。"

陆斯珩语调闲适地问："什么案子？"

许梁颂回道："离婚案。"

没等其他人问，他压抑不住激动情绪，说："那人你们昨晚也见过，华恒实业的何总，他太太正和他闹离婚。"

梁裕白敛眸，捕捉到陆相思的身影。

他冷声打断："别说了。"

许梁颂愣了下。

陆斯珩看向陆相思，话却是对许梁颂说的："私下再说这事。"

圈子里太多醒龊事，他并不想让陆相思知晓。他向来是给陆相思创造象牙塔的那一个。

等陆相思走近了，他问："我送你回学校还是回家？"

陆相思说："我回学校。"

四人上车。

许梁颂坐上副驾驶。

陆相思和梁裕白坐在后座。

上车后，她想起什么来："鲤鱼呢？"

陆斯珩说："她有事先走了。"

陆家宅院在郊区，离陆相思的学校有半个多小时的车程。

刚开始，许梁颂还在说话，没多久，他拿着手机查看邮件办公，车厢里陷入安静。

陆相思昨晚没睡好，加上刚刚又运动了下，倦意袭来。

没多久，她就睡了过去。

她仰着头，脖颈雪白。

陆斯珩低头翻找东西的空当，梁裕白抬臂，托着陆相思的后脑勺，让她靠在他肩上。

没过多久，陆斯珩透过后视镜看到这幕。

他眉眼微动，有异样的情绪翻涌。

许梁颂也注意到了陆斯珩的异样，往后一瞥，愣了。

他压低了声音，问道："这什么情况？"

梁裕白竟然能容忍女生和他靠得这么近？

陆斯珩移回视线，平静道："睡觉。"

"不是，梁裕白……"

陆斯珩淡淡地看了许梁颂一眼："怎么，有意见？"

许梁颂沉默了下："你确定等梁裕白醒来，看到这幕，不会生气？"

陆斯珩肯定道："会。"

许梁颂问："要不我把相思叫醒？"

陆斯珩制止了："不用。"

许梁颂困惑。

陆斯珩说："她昨晚都没怎么睡过，现在好不容易睡了，就别叫醒。"

"可是……梁裕白要是生气了怎么办？"

"他生气的次数还少吗？"

"说得也是。"

"而且相思是我妹妹，他就算生气也得忍着。"

陆斯珩了解梁裕白，纵使再不满，也不会朝陆相思发火，只会在陆相思离开后，对他冷言冷语。

果然，不到十分钟，梁裕白醒来。

右肩处的重感令他不适地皱眉，他偏头，如冰凌般的神情，又冷又躁。

陆斯珩轻声喊道："小白。"

这称呼令梁裕白更烦，他狠狠地剜了陆斯珩一眼。

陆斯珩说："你就让让她。"

梁裕白的声音似乎带着寒气："闭嘴。"

市中心车流如织。

车鸣声并未吵醒陆相思。

许梁颂建议："要不先送我去律所？"

陆斯珩于是改道，把他送到律所后，往宜宁大学的方向开去。

回程路上，他看了眼后视镜。

梁裕白右肩倾斜，坐姿别扭。

始作俑者却睡得格外安逸。

陆斯珩咳了下："我没想到她会睡这么久。"

梁裕白没有情绪地"嗯"了一声。

陆斯珩说："你别生气。"

梁裕白闭上眼，又"嗯"了一声。

陆斯珩挑眉："真不生气？"

梁裕白没好气道："你能不能闭嘴？"

陆斯珩失笑。

快到宜宁大学时，陆相思终于醒来。

她直起身，视线放空。

她转过头，看着梁裕白，愣了片刻。

梁裕白语气冷淡："睡得舒服吗？"

她说："不舒服。"

陆斯珩总觉得梁裕白话里有话，连忙打断："相思。"

陆相思温暾地应了声。

陆斯珩问："怎么睡了这么久？"

她拿皮筋绑头发："睡了很久吗？"

陆斯珩叹气："半个多小时。"

她吸了吸鼻子："可我还想睡。"

陆斯珩说："就快到你宿舍了，待会儿回宿舍睡。"

陆相思靠着车门，回答："好。"

殊不知，后视镜死角位置，她看向梁裕白，用口型和他说——我不想回宿舍。

梁裕白面色如常地看着她。

她接着说——我能去你家吗？

他挑眉，似乎猜到她下一句是什么。

果不其然，下一句是——我想去你家睡觉。

他摇头。

她以为是拒绝。

见他拿出手机，在上面打字。

她手机振动，是他发来的消息。

梁裕白：【和我睡一张床，就可以。】

下车。

陆斯珩的车汇入车流，消失在视野中。

陆相思踩着稀薄日光，一仰头，梁裕白出现在面前。

"十分钟。"她看着手机上的时间，计算着她下车，到他出现在她面前的时长。

他牵起她的手。

陆相思问："你怎么从我哥车上下来的？"

梁裕白说："随便找了个理由。"

"随便找的理由是什么？"她总有各种数不清的胡搅蛮缠。

但他面对她时，耐心数之不尽。

他很配合地回道："我要下车。"

陆相思默了默："就这样？"

"嗯。"

她咋舌，原来这就是他的借口，随便得不能再随便，像是重新定义"借口"这个词。

从喧嚣校园步入静谧小区，到家后，梁裕白问她："要洗澡吗？"

陆相思愣了下："我们在网球馆洗过澡。"

梁裕白说："再洗一个。"

她摇头。

他的脸沉了下来。

陆相思轻轻咬唇："我不想穿你妹妹的衣服。"

梁裕白敛眸："穿我的。"

她稍顿数秒："什么？"

视线落在他脸上，他的眼睛似带着蛊惑意味，蛊惑她顺从。

沉默稍许，陆相思进了洗手间。

洗到一半，门被他打开。

连敲门这敷衍的礼貌他都懒得遵守，直白得令她有些无所适从。

但梁裕白没打开淋浴间的门，只是把衣服放在外边，说："待会儿你记得换。"

洗完澡，已经是半小时后的事了。

陆相思擦干净身子，换好衣服。

是件白衬衫。

他比她高二十多厘米，衣服也长，盖过她大腿根。

镜子里映照出她此时纠结的动作。

最上面的两颗扣子，解开，还是扣上。

最后，她还是选择不扣。

反正不管她有没有扣上，最后，一定会被他解开。

卧室门打开一道缝，光从陆相思身后疯狂涌入漆黑室内。她向前迈了一步，就停下，因为屋里根本没有人。

仔细听，能听到靠玄关处的洗手间有淅沥水声。

她走过去，有样学样地扭门把，却扭不动。

陆相思愤懑："哪有你这样的？"

只许州官放火，不许百姓点灯。

水声在她声音响起后，停下。

而后响起的，是梁裕白的声音，沙哑得犹如喉咙里含着沙砾："不许胡闹。"

意识到他在干什么，陆相思挠了挠头："我还是……先回去休息吧。"

她脚步仓促地回到床上躺下。

被子里都是他的气息，清冽的，带着浅淡烟草味，包裹着她。

连脑海里都是刚才的事情。

困意逐渐袭来，在不清醒的时候，人的脑海里会闪过某些毫无头绪的画面，比如说去年夏天的风、天上的烟火、楼下的桂花香……

而此时此刻，陆相思脑海里闪过的，是梁裕白在浴室里，单手撑墙，隐忍沉醉的画面。

迷糊之际，她似能脑补出他急促的喘息。

清晰得仿佛近在耳畔。

梁裕白从背后抱着她，哑声道："睡个好觉。"

她在他怀里，骨节细小得像只猫，喉咙里发出细小呜咽，而后，没再动。

她竟就真的沉沉睡去。

对他毫不设防。

对他万分信赖。

其实陆相思一开始并没有睡着。

她感受到他是真实存在的，他贴着她的脊骨躺下，她有一瞬间紧绷。

许久，他都没再进一步。

她转过身，唇畔擦过他胸膛。

他心跳沉稳、有力。

她呼吸均匀，温热。

梁裕白是个很冷漠的男人，她想起第一次，梁裕白送她回宿舍。透着青灰色烟雾，视野朦胧得像是一场荒凉大梦。

而她在梦里看到他笑了一下。

转瞬即逝的一个笑。

太难得的温柔像是虚幻。

可现在，她躺在温柔中。

梁裕白向来浅眠，稍有一丝风吹草动就会被惊醒，手机常年保持静音状态，卧室里不能有一丝光，也不能有一丝异味。

打破规则的，是陆相思。

她睡相极差，翻来覆去，脚架在他身上。

梁裕白起身，帮她盖好被子，便出了卧室。

茶几上的手机屏幕亮着。

他接起电话："爷爷。"

梁老爷子问："怎么这么晚才接电话？"

"刚在睡觉。"

梁老爷子不满："白天怎么在睡觉？这不像你。你是不是太久没回家，也没去公司，就把我的话给忘了，懈怠了？"

梁裕白的声音里没有一丝情绪："没有。"

梁老爷子给梁裕白打电话，是日常询问。

梁老爷子叫梁为勉，他早年间并不这样，后来生了场大病，病愈后，他身体不复从前，人也变得敏感。

也不甘心祖辈付出心血的梁氏后继无人，所以他将梁裕白接到身边亲自栽培。

隔代间，缺乏沟通，且他贪欲心太重，一心只想让梁裕白过早适应继承人的身份。

"你是我唯一的孙子，也是梁氏唯一的继承人。

"越早享受，就会越早死去。

"这个世界金钱至上。

"你唾手可得的，是别人穷尽一生都无法拥有的。"

和十几岁的少年说这些话，合适吗？

梁为勉没有想过。

而梁裕白在听到这些话后，活得越发封闭，越发自我。

尤其是十七岁那年，成人礼当晚。

梁为勉让律师把股份转让合同给梁裕白，附赠的是一句语重心长的话——"梁裕白，你不是上天眷顾的宠儿，是我让你拥有现在的一切。"

梁裕白终于明白，自己是满怀希望出生的。

那个希望是指成为梁氏唯一的继承人。

血脉亲情，不过是最心安理得的借口。

他面色冷淡地接过合同。

也是那一刻，他将身心的感情全都抽离、剥除。

人活在世上，是不应该有感情的。

那是利用人的借口。

但他却犯了最致命的错误——

他对陆相思产生了感情。

世间最柔软的爱情，会令人变得软弱。

这么浅显的道理，他成年前就已知晓。

要改吗？

他现在还有退路。

花了一秒钟的时间，他做出决定。

不改。

他不退。

他需要一个活在这个世界的理由。

陆相思就是他活着的理由。

陆相思这一觉睡得格外舒坦。

窗帘半拉，路灯灯光照入室内。

她翻了个身，看到坐在沙发上的梁裕白。

这房间里原本没有沙发，前阵子她无意间提了一句，隔天，他就买了。

她唤他："梁裕白。"

梁裕白撇过头："睡得好吗？"

"挺好的，你呢，你什么时候醒的？"

"没多久。"他随口道。

"你怎么不叫我？"

"晚饭想吃什么？"

他骤然转移话题。

陆相思慢吞吞地从床上坐起，轻声说："想吃……你想吃什么？"

七情六欲中，只有情欲能勾起他的兴趣。

梁裕白食欲匮乏，说："你想吃什么就吃什么。"

陆相思下床，在他面前半蹲下，下巴搭在他胸口："我们在一起这么久，我还不知道你喜欢吃什么。"

梁裕白没犹豫："你。"

她瞪大眼："我又不是吃的。"

梁裕白意味不明："或许可以。"

陆相思大脑空白了一瞬，想反驳，又怕他有恃无恐地用行动解释，而她，在他面前，从来都没什么脾气。或许底线这个词，在他出现的那一刻，已经从她的生命里剥出去了。

陆相思又气又无奈，回到床上点外卖。

吃完外卖，已经很晚了。

她自然就这样留宿，只不过，是睡在隔壁。

一夜，相安无事。

周日下午，陆相思回校。

宿舍里其他人都在，还有隔壁宿舍的彭紫嫣，也过来串寝。

陆相思笑着和她们打招呼。

回到位置上，打开衣柜。

她身上还是前天穿出去的那套衣服，一套衣服穿三天，她有点不舒服。

拿好换洗衣服，她便去洗澡了。

殊不知在她离开后，有人在讨论。

彭紫嫣随口道："陆相思除了上课时间，我基本都见不到她。"

房悦想了下，说："她好像在谈恋爱。"

彭紫嫣好像想到什么："你这么说，我好像记得之前在宿舍楼下看到过她和一个男生在一起，可是……那个男生，我记得军训时，她说是她哥哥啊。"

王思琪咬了一口香蕉，解释着："她男朋友是她哥哥的好朋友，所以相思也叫他哥哥，又不是亲哥哥，你这么震惊干吗？"

彭紫嫣恍然大悟："原来是这样。"

王思琪暧昧地说："不是亲哥哥，是情哥哥。"

话音落下，江梦的床上发出沉闷一声。

她捡起手机，吐槽："什么破队友，垃圾游戏毁我一生。"

输游戏导致江梦的情绪非常沮丧。

陆相思倒也习惯了。

但她没想到，周一中午吃饭时，江梦还是低迷状态。

陆相思买了杯酸奶给江梦，问道："你怎么了啊，不就是输了把游戏吗？"

江梦怨气重重："这是我的晋级赛。"

"就输了一把，没关系的。"

江梦形容枯槁："我昨天晋级了十次，都失败了。"

陆相思默默地把手里没拆开的酸奶也递给了她。

江梦又说："垃圾游戏。"

陆相思趁机说："赶快卸载。"

江梦马上拒绝："我不。"

陆相思不解："为什么不卸载？"

江梦喝了大半杯酸奶，语气恶狠狠的："他们让我不爽，我也要让别人不爽，我也要去当别人晋级赛里的搅屎棍。"

陆相思一言难尽。

她叹了口气："你最近怎么每天都在打游戏？"

"无聊。"

"你不找你男朋友吗？"

"太冷了，不想出门。"

她们说话时，面前呵出一片雾气。

陆相思赞同："我连手机都不想拿出来。"

"冬天可能不适合谈恋爱。"

听到这话，陆相思卡壳一秒。

她觉得这话对，也不对。

冬天不适合谈恋爱。

但冬天适合同居。

暖气充足，衣衫轻薄，哪怕只是看着他，她都觉得很满足。

这大概就是爱情的味道吧。

是甜的。

周五早晨，天泛着灰蒙色调。

走出宿舍楼的时候，寒风迎面而来，陆相思有种如坠冰窟的感觉。

好在教室内暖气充足。

陆相思把外套放在旁边空余的位置上。

她抬头，却看到梁裕白。

在她愣怔之际，梁裕白已经从门口走到她面前。

公共课人多，但都是一个专业。

梁裕白一路走过，承受了不少疑惑的、蠢蠢欲动的目光，夹杂着窃窃私语的怂恿。

梁裕白的脸冷得像冰："坐进去。"

陆相思连忙把位置上的衣服抱起，坐进去，腾出位置给他。

陆相思问道："你怎么在这里？"

梁裕白说："陪你上课。"

她偏头看着他："你为什么不提早和我说一声？"

他微微皱眉："我以为你会喜欢这种……"他顿了下，"惊喜。"

陆相思嘴角上扬："是喜欢。"

桌子上放着奶茶，梁裕白拿过吸管，对准插口，戳破。

她接过，咬着吸管："但下次，你还是不要过来。"

梁裕白盯着她看了一会儿。

她垂下眼："很多人都在看你。"

他语气烦躁："嗯。"

"我不喜欢。"

他眉头轻抬，似乎明白她的意思。

角落处光线微弱，她侧着脸，安静得像是一幅画。

他脸色骤沉，而后听到她说："都是女生。"

前后几句加在一起，他突然明白了她的意思。

或直白或赤裸的目光夹杂着喜欢。

她看向他，低声说："我不喜欢她们看你的眼神。"

梁裕白拉过她的手，答应："好。"

没等他们再开口，上课铃响了。

已经到十一月底，这节课是最后一堂课，教授善解人意地说明考试重点。

陆相思拿着笔，跟随教授的节奏在书本上留下记号。

第二节课还剩十分钟，自由复习。

陆相思把重点内容折页，撕下便笺纸，写着考试重难点。

写到最后，她扯下一张便笺纸，贴在梁裕白身上。

梁裕白从手机里收回视线，扯下那张纸。

外面的天阴沉沉的，宛若黑夜，窗户里映着他的轮廓。

他俯身向她靠近，呼吸喷在她颈边，念着便笺纸上的字："陆相思的男朋友？"

她转过头，感受到他的唇擦过她额头。

他眼睛似深潭。

而她是水面泛起的涟漪。

她嘴角扬起的弧度，是河流决堤的信号。

陆相思问："不是吗？"

他举着便笺纸："贴我身上？"

她眨眼："这样别人就知道了。"

梁裕白低眸，眼睑藏着温柔。

她压低了声音，喋喋不休地说："小时候，有个人总是在我背后贴字条，上面写着……陆相思是个大笨蛋，气得我每次下课都要和他吵架。

"后来我才知道，他之所以那样对我。

"是因为……他喜欢我。"

梁裕白眼里滋生寒意："你也喜欢他？"

她摇头："当然不是。"

手心里的便笺纸被他揉成团。

陆相思"哎"了声。

梁裕白面无表情："少想这些乱七八糟的人。"

她愣了下，随后笑起。

梁裕白连她回忆里的异性都无法容忍。

周五，陆相思有两节课。

由于下雨的原因，体育课改在室内体育馆。

这节课是考试，梁裕白不能像上节课一样陪在她身边。

他随意找了个位置坐下，低头看手机。

眼前有阴影盖下来的时候，梁裕白以为是陆相思，随口问道："这么快就结束了？"

"等我啊？"

回答他的是个男声。

梁裕白接着看手机，一言不发。

祁妄在他身边坐下："你这什么态度？"

梁裕白冷冷地说："没事滚。"

"小白，你拿出对你那小兔子十分之一的耐心给我，不行吗？"

梁裕白终于舍得把视线分给祁妄，还是那个字："滚。"

祁妄笑了："陪女朋友上课？"

梁裕白面色很淡："嗯。"

祁妄眯眼看向某处："陆相思长得还挺好看的。"

说完，就感受到边上的戾气。

他失笑："欣赏一下也不行？"

梁裕白语气很冷："没让你欣赏。"

"你这人真小气。"

梁裕白冷眼扫他。

祁妄放弃，转移话题："下个学期的交换生，听说你放弃了？"

不知道他从哪儿听到的消息，梁裕白懒得去问，嘴角松动，"嗯"了一声。

祁妄也没在意："反正你到时候也要去国外留学，交不交换的，也没多大影响。"他顿了下，"不过，你家里人知道这事儿吗？"

"嗯。"

没过多久，有人喊祁妄。

只剩梁裕白。

手心里手机在振，他接起电话。

"妈。"

钟念直接问道："你放弃交换生了？"

"嗯。"

"你想清楚了吗？"

"嗯。"

"既然你想清楚了就好，不用问我们的意见。"

梁裕白犹豫几秒，问道："您不问我原因吗？"

钟念笑了起来："你肯定有你自己的原因，你想告诉我，就可以告诉，不想说也没关系。毕竟你的人生，应该是你做主的。"

"您不反对？"

"我永远支持你做的每一个决定。"

沉默数十秒，梁裕白突然说："我有女朋友了。"

这倒让钟念愣住："是因为……女朋友吗？"

不远处，陆相思看了过来。

人群里的一个对视，她眼里的爱意明显，如潮水般汹涌澎湃。

他语气低柔："嗯。"

耳边有微不可察的叹气声，这让他有不好预感。

钟念松了口气："小白。"

梁裕白皱眉，却还是应下："嗯。"

钟念说："好好对她，她想要什么，都要满足她。"

顿了顿，她又说："至于你爷爷那边，我会和你爸去解释，毕竟只是个交换生，放弃也没什么大不了的。"

她闻弦而知雅意。

反倒让他愧疚。

明知道爷爷知道这事会怒火中烧，就算找父亲，也会被冷淡拒绝，所以之前他只打电话告知了母亲。

见梁裕白对着手机发呆，陆相思跑过来，在他面前挥了挥手："你在想什么呢？"

梁裕白抓过她的手："没什么。"

她不信："你刚刚和谁打电话？"

"一个女的。"

她想抽回手。

"我妈。"

闻言，陆相思停止挣扎："哦。"

梁裕白看她："考得怎么样？"

"八十多分吧，我也没看仔细。"

"结束了，回家？"

陆相思丧气地说："我要回我自己的家，太久没回去了，再不回去我爸估计得跑到学校来抓我了。"

梁裕白说："我送你回去。"

车厢里有音乐声流淌，陆相思跟着哼。

有东西砸在挡风玻璃上。

一点，两点。

继而越来越多。

视线被白色覆盖。

她惊呼："梁裕白，下雪了。"

梁裕白平静地回应："嗯。"

陆相思说："初雪要许愿。"

车子驶入别墅区。

陆相思拉他下车。

两个人沿路走回去，梁裕白一手搂着她的腰，一手撑着伞，伞面向她倾斜。

她口中呵出雾气："每年初雪，我都会许愿。"

梁裕白帮她把围巾往上拉了拉，盖住大半张脸，配合地说："愿望实现了吗？"

围巾包裹下，只露出一双眼睛。

她眉梢扬起："都实现了。"

"是吗？"

她笑得狡黠："因为我每次都和我爸妈说我许的是什么愿。"

走到她家门口。

她站着不动，双眼合上，有雪花飘落在她眼睫。

她睁开眼，雪花融化，她眼里湿漉漉的，莫名勾人。

梁裕白问："这次你许了什么愿？"

她神秘地摇头："不告诉你。"

他凑近她，鼻息交融："你告诉我，我帮你实现。"

陆相思继续摇头："不要。"

梁裕白没什么表情，目光灼灼地盯着她。

陆相思拉下围巾，亲了下他的嘴角，说："我希望你能永远陪在我身边。"

他低笑了声："会实现的。"

陆相思看着他的脸，稍稍有些失神，尤其是他笑起来时，眼角挑起的弧度。

她冒出个念头，问他："到我家坐坐吗？"

"方便吗？"

"我家里没人。"

他没有办法拒绝。

于是就这样，梁裕白顺利地进了陆相思家。

而且，还是她的卧室。

少女的房间温馨，床头柜上放着他送她的那只兔子玩偶。

陆相思打开衣柜，把脱下的衣服放进去。

柜门关上的时候，楼下突然响起"嘀——"的一声开门声。

她的身形顿住。

她有些不知所措地看向梁裕白。

梁裕白问："有人回来了吗？"

陆相思小心翼翼地走到门边，轻拉开门，透过二楼走廊栏杆处的缝隙，隐约看到客厅里的人的模糊身影。

关上门，她艰难地咽了咽口水。

"我爸回来了。"

梁裕白面色从容："我下去和他打个招呼。"

她连忙拦住："怎么可以……"

他沉下脸。

陆相思拉着他："要不你先藏起来？"

梁裕白突然笑了："藏起来？"

房间宽敞，但是能藏的地方并不多。

左右张望下，陆相思把还没合上的衣柜门打开。

梁裕白有几分威胁意味地叫她的名字："陆相思。"

比起被他威胁，和他吵架，显然，被父亲发现她有男朋友这事更有压迫感。

在二人抗衡之际，陆宴迟的声音突然传来："相思，是你回来了吗？"

陆相思瞪大了眼。

脚步声越发清晰，越来越近。

陆相思没有任何犹豫，推搡着梁裕白进了衣柜里。

梁裕白黑着脸躲进衣柜。

脚步声停下，然后是敲门声。

"相思？"

陆相思张了张口，刚想回应。

有只手从她身后伸出，捂住她的嘴。

腰上有重力，她整个人被拖进衣柜里。

衣柜门合上的下一秒，房门被打开。

看着空无一人的房间，陆宴迟愣了几秒，嘟囔着："又跑哪儿去了？"

光从衣柜门缝里透进来。

因为衣柜太狭窄，二人蜷缩在衣柜里。

陆宴迟声音响起。

陆相思全身绷住，紧抿着唇。

梁裕白轻啧了声。

房间里有脚步声响起。

陆相思紧张不已，忙捂住他的嘴。

影绰光影中，他的眼眸深不见底色，眼睑处有阴鸷戾气。

她苦着脸求他。

拜托，千万不要发出声音。

梁裕白拉过她的手，是她无法反抗的力气。

他双唇翕动。

陆相思彻底失望。

下一秒，梁裕白的手压住她的后颈，将她整个人往他身上带。

他无比精准地找到她的唇。

将心里的不爽与躁意，通过这种方式发泄。

这突如其来的举动，让她来不及闭眼。

他眼神清明，却在逐渐深入的吻中，变得迷离，藏在晦暗处的眼，有着灼热的光，像是想把她燃尽。

从门缝透进来的那道光落在他脸上。

他的脸上沾染了别的色彩。

狭窄逼仄的环境带给他的，是刺激。

呼吸渐渐失控。

心脏连同灵魂被埋在泥里。

只为了栽种一朵玫瑰。

她的背后，是漆黑。

但他仿佛透过那片漆黑，看到曾经的梦。

梦里，她在耳边骂他是疯子。

而现在，梦里这个人笑着。

原来和疯子在一起，自己也会变成疯子。

上天终于听到他的愿望。

梦里梦外，他都得到了她。

狭窄空间里，空气快要被渡尽。

灼烫感从唇边蔓延至颈部，低吟掠过耳侧，牵起狂热欲望。

她迷乱了神志，直到他搅弄心神的舌尖抽离开。

两人额间相抵，喘息都是缠绵，令人情迷。

房门早已被人合上，梁裕白抱陆相思出来。

光线充足，他看见她身上的涔涔汗液。

衣服落至肩头，露出大片雪白肌肤，上面有他留下的痕迹。

他伸手，想帮她整理衣服。

陆相思下意识往后缩。

梁裕白哑声，语气平静得可怕："既然怕了，为什么带我回家？"

陆相思忍不住抬脚踹他："我爸爸在。"

他仍面色如常："那又怎样？"

陆相思深吸一口气："你刚刚在衣柜里对我干了什么？"

他不假思索地回道："亲你。"

"我爸就在外面。"

"你不让我见他，总得让我尝到些甜头。"

陆相思哑然。

她走到门边，将门拉开一小道缝。

屋子里静悄悄的，似乎没有人。

以防万一，她还给陆宴迟打了个电话，得知他不在家的消息后，她悬在半空的心终于落回原地。

梁裕白转身，目光死死地定在她身上。

陆相思轻轻咬了咬唇，问道："我送你出去？"

他掠过她，径直往外走。

室外风雪寂静，梁裕白的身影融进雪景里，料峭冷然。

陆相思走到驾驶座外。

他降下车窗。

有雪花飘进车里，很快融化。

陆相思问："明天下午你来接我吗？"

梁裕白目光清冷，将车窗升上。

她急了，忍不住伸手。

车窗骤然停止上升。

梁裕白眉间愠色明显："还有事？"

她绕到副驾驶，示意他解锁。

车厢里，沉默持续了很长时间。

陆相思问："你是在和我冷战吗？"

梁裕白很快否认："没有。"

她肯定道："你就是在和我冷战。"

他终于舍得看她一眼。

陆相思小声说："我不知道我爸会突然回家。"

他侧脸疏离。

她明白了："你不是在冷战，你只是在单方面地生我气。"

梁裕白迟钝地转过头，紧抿着的唇在看到她脸上的情绪时松开，说："刚刚那个情况，我不应该生气吗？"

"可是你不是都讨回去了吗？"

那么点。

怎么够？

陆相思试图让他理解："换位思考一下，如果是在你家，你爸妈突然回来，你也不想让他们知道我的存在的，不是吗？"

他沉冷的目光，从她脸上移开。

见他又不说话，陆相思气结："我不想哄你了。"

梁裕白说："对不起。"

没想到他突然就道歉，陆相思愣了下。

梁裕白继续说："我很难控制情绪。"

她微微怔住。

沉冷的目光，被眼睫遮盖。

他低声说："只要面对你，我就不能不多想。"

陆相思声音细若游丝："我都带你回家了。"

"结婚吗？"他突然问。

"我才十九岁。"她无语。

梁裕白说："二十岁，就结婚吗？"

"我还要上学。"

他突然笑了，却给人一种落寞的感觉。

陆相思胸口一窒："不是拒绝你的意思，真的。"

梁裕白伸手，摸着她的脸。

他说："我知道。"

陆相思眨了眨眼。

"但是知道和理解，是两码事，就像刚才的事。"

她拉过他的手，手指修长，骨感清晰。

她把他的手覆在她脸上，说话间脸颊牵动的弧度都能让他感知到："我知道你在生气，也希望你能够知道我不会哄人。

"还有，你刚刚那个样子，我以为你要和我分手。"

"怎么可能。"梁裕白收紧手心，力度大得让她发出"嘶"声。

他又说了一遍："对不起。"

陆相思笑着："我不要你的对不起。"

梁裕白承诺："以后不会了。"

她眼睛弯起的弧度，令他释怀。

他目送着她进了家门，背影消失在视线。

楼上，她探头出来和他挥手，示意他这么冷了赶紧回家。

梁裕白发动车子。

寂静雪色里，他的心沉得比雪落的速度还要快。

她终究还是不够爱他。

不过幸好，他是更爱的那一个。

这场爱情里，他只需要赢这一点就足够。

白雪将地面遮盖，泥泞不堪的坑洼地面，都不复存在。

车厢也将他的卑劣与自私裹藏。

他的私心，永远无法窥见天日。

想要占有她的生命。

想要成为她的唯一。

想让她在二十岁这年，就看到人生的尽头。

一生只爱一个人。

一生只能让她爱他一个人。

第八章 /
心脏上的玫瑰

陆相思回家后没多久。

陆宴迟和岑岁就回来了。

她还躺在房间玩手机，房门半掩着，传来岑岁喊她下楼吃东西的声音。

她手机也没拿，就下楼了。

"妈妈。"

"哎——"岑岁拍开她的手，"去洗手。"

陆相思嘟囔着："不脏。"

但也还是乖乖地去洗。

她有一个半月左右的时间没回家，难免被念叨几句。

陆相思咬着草莓，转移话题："这个草莓好好吃。"

岑岁说："早上在菜市场买的，你要是喜欢，我下次还去那个婆婆那里买。"

陆宴迟慢条斯理地问："谈恋爱了？"

岑岁惊讶："真的谈恋爱了呀？"

陆相思咽下草莓汁水，有些心虚："爸爸怎么突然这么说？"

"这么久没回家，真不是谈恋爱？"

陆宴迟笑意松散，似乎什么都不知道，只是单纯地这么一问。

陆相思停顿半秒，换了种方式："就……有个人在追我。"

陆宴迟淡淡地"嗯"了一声。

岑岁好奇："帅吗？"

陆相思组织着措辞："就，挺帅的吧，我同学她们也都觉得他帅。"

岑岁又问："性格怎么样？"

陆相思纠结了下："对我很好。"

"他朋友多吗？"

不知道为什么妈妈会问这个，但陆相思还是回答："挺多的。"

其中还有一个朋友，是陆斯珩。

甚至你们还认识他。

陆相思快要抓狂，心想还不如当时就让梁裕白见家长得了。

岑岁客观评价："听上去是个挺不错的男孩子。"

陆相思那口气还没平复，冷不防，她听到陆宴迟说："不管他条件到底如何，相思，爸爸还是不太赞同你在大学期间谈恋爱。"

从小到大，陆宴迟都不太喜欢她和男生相处。

有时候看到陆斯珩，他都觉得不太顺眼。

这还是哥哥。

这还只是亲堂哥。

他和全天下的父亲一样，觉得世界上没有人能配得上他的女儿。

也觉得，他能养陆相思一辈子。

并不是意料之外的答案，但陆相思笑得很牵强。

岑岁反应很大："你怎么跟个老顽固一样？"

陆宴迟说："相思年纪太小，容易被骗。"

"那她几岁可以谈恋爱？"

陆宴迟想了下："最起码，得大学毕业。"

岑岁无语："你就是老顽固，老夫少妻什么的，真的没有共同语言。"

事实上，岑岁也只比陆宴迟小三岁。

陆相思听到这话，笑了："妈妈。"

岑岁帮她把嘴角的蛋糕渍擦了，说："没事，妈妈赞同你谈恋爱。"

陆宴迟对爱妻没有任何办法，叹了口气，悠悠道："反正，要是让我知道那个男生是谁，我肯定打断他的腿。"

陆相思沉默几秒，不敢回答，也不知道如何回答。

她怕回答了，陆宴迟真会打梁裕白。

而梁裕白……

她无法猜测，他会老实地挨揍吗？

这恐怕不太像是他的作风。堂堂梁家大少爷，应该不会为任何一个人低头。

也因为陆相思提到的这个"追她的男生"，导致陆宴迟最近看她看得很紧。每周五他都接她回家，周末再送回去。

天气预报发布暴雪预警。

气温降至零下十几度。

陆相思不幸发烧，陆宴迟索性给她请了个假，把她带回家。

暴雪持续了半个月。

雪后初霁的那天，陆相思回校。

仍旧是陆宴迟送她。

离宿舍还有十分钟左右路程时，陆相思给梁裕白发了条短信。

下车后，她拿出手机准备给梁裕白打电话。

没注意到，马路对面停了辆车。

电话放在耳边，还没等接通。

她耳骨处一凉，手机被人抽走。

她差点失声尖叫，但在看到来人时，声音夹着笑意："你什么时候到的？"

梁裕白按断通话："你说你回校之后。"

她钻进他怀里，带着鼻音："回校……那不是我早上给你发的消息吗？"

"嗯。"

她抬起头，问道："你那个时候就来了？"

"准确地说，"梁裕白说，"我在这里等了一会儿，就开车去你家了。"

"去我家？"

"跟着你父亲的车来的。"

在陆相思半走神的状况下，梁裕白把她带上车。

意识到车子驶去的方向不是小区，而是南城大学教学区，她才回过神。

她问："我们不回家吗？"

梁裕白停下车，两人下了车。

地下车库的电梯里人不多。

梁裕白解释："我有课。"

陆相思明白过来："要我陪你上课呀？"

电梯到一楼停下，很快就挤满。

他把她圈在角落，凑近她，小声问："愿意吗？"

她也小声回道："我说不愿意，你还会把我送回去吗？"

梁裕白毫不犹豫："当然不。"

"那不就行了。"

"也是。"

到了七楼。

梁裕白拉着陆相思出电梯。

她改成十指相扣。

往教室去的路上，她问："不过你这节课是什么课，专业课吗？会不会很无聊啊？我玩手机应该没关系的吧？"

梁裕白眸间深沉："不是专业课。"

她随口问："那是什么课？"

脚步停在教室后门。

梁裕白看到讲台上站着的人，语气平静："高等数学。"

陆相思脸上的笑，在看到讲台上的人时，戛然而止。

十几米远的距离。

陆宴迟平直的嘴角牵起笑意。

他如往常般微笑。

但陆相思却觉得阴森，后背发凉。

黑板上，幻灯片不断切换。

陆宴迟在前面来回走动，脸上光影斑驳。

只是，他的目光从未和陆相思对上。

他太冷淡了。

冷淡到，仿佛只是看到自己一位不相识的学生带着女朋友来上他的课，仿佛她不是他的女儿，只不过是慕名前来的一位学生。

暴风雨来临前，海面上连风都没有。

直到课中。

乌云压迫海面，给人一种压抑逼仄感。

"大家试着解一下这道题，我待会儿找个人回答。"

粉笔在空中划过一道完美的抛物线。

陷入沉寂的教室，脚步声显得格外清晰。

一步又一步，敲打在陆相思的鼓膜上，刺激她的心脏，无序地狂跳。

最后，陆宴迟在过道边停下。

陆相思盯着前面那人的后背，一动不动。

陆宴迟的声音从上方传来："不错。"

漂浮在海面的船触礁沉底。

海水从四面八方涌进来，浸泡着她的四肢百骸。

就连身体里流淌着的血液，都是冷的。

陆宴迟伸手，在陆相思桌面轻敲了下，又重复了一遍："不错。"

而后，他回到讲台，声音里带着松散的笑意，接着讲课。

像是有只手拉着陆相思的心脏，不断地下坠。

听到铃声响起，陆宴迟说了声："下课。"

四周发出窸窣声响。

唯独他们这里，纹丝不动。

见陆相思沉默不语，梁裕白也没开口。

冬天昼短夜长。

即便是白天，天空也是灰蒙的。

不知何时，窗外变得黑沉沉的。

连灯都没开的阶梯教室，说句话都有回音。

"你准备在这里坐多久？"

梁裕白的声音从身边响起，格外阴冷，令人心生寒意。

"我无所谓，陪你多久都可以。"

陆相思像是陡然回神，抓着手机猛地起身往外跑。到门边被梁裕白抓住。

他的另一只手把门关上，砰的一声，震得她身子都颤了一下。

突然，闪电像是劈在他的脸上，让她看清他的脸。

她倒吸一口冷气。

他的表情阴鸷又暴戾，像是要把她毁灭。

梁裕白的手往上，温柔地抚摸着陆相思，最后停在她颈侧。

动作分明是温柔的，但她却忍不住打了个寒战。

下一秒，他握着她的脖子。

"跑什么？你当初找借口靠近我的时候，没想过后果吗？"

陆相思抬着下巴，眼眶莫名发热，声音不稳："你明知道这节是我爸爸的课，为什么还要带我过来？"

"能是为什么？"

他俯下身，脸上有笑意，在晦暗环境里，格外阴冷。

"半个月，耗尽了我所有耐心。"

陆相思又问："你为什么不问问我的意见？"

他手心猛地收紧："你的意见，不重要。"

陆相思差点气都喘不上来。

梁裕白贴在她耳边说："我想得到的，从来都没失手过。"

他松开手。

她劫后余生地喘气。

"你也一样。"

脖颈处传来密密麻麻的灼烫感，委屈感铺天盖地地袭来。

不是害怕他这副模样，也不是生气他掐她脖子的举动。

反正，她知道，他不舍得掐死她。

她只是很委屈。

待气息回稳，她小声说："你好歹提前和我说一声。"

"你会同意？"

她张了张口，别过眼。

他说出她不敢说的："你不会。"

"你明明知道……"

梁裕白说："我说过，知道和理解是两回事。"

她愣了一下。

"我尝试过理解你，站在你的立场去想那天的事情，"梁裕白松开禁锢着她的手，往后退了一步，背对着夜色的脸直白地袒露情绪，"但是半个月没见面，让我改变了想法。

"我理解你，谁来理解我？"

面前是她微动的唇。

空气里只有喘息声。

她无法反驳，或许是无力。

他垂下眸，眼里是刺骨的冷，声音裹着冰碴，钻进她的骨髓："事实上，我不是个好人，为了得到你，我什么都不在乎。"

顿了下，他寡淡的脸上牵起笑来："哪怕你怪我、恨我，我也无所谓。"

陆相思愣住。

梁裕白说："只要能得到你，死我也甘愿。"

见她眼眶里泪意翻涌，他伸手擦过，问道："害怕了？"

她摇头："不是。"

"那是什么？"

陆相思抬头看他，稀薄光亮中，她看到他脖子上，距离喉结两三厘米的地方，有颗浅褐色的痣。

它拉扯出久远的记忆。

她答非所问地说："我以前做过一个梦。"

梁裕白皱眉，不知道她为什么说这话。

"梦里有个男人，他抱着一大束玫瑰，身上都是血。

"梦里的我很害怕，下意识想逃，却被他抓住。

"他抱着我，和我说了一句话。

"我一直以为那只是个梦。

"那个男人也是假的。

"直到今天，我才发现不是。

"都是真的。"

梁裕白问："谁？"

她说："是你。"

他眼里有锐光："我？"

陆相思点点头，说："他和我说了一句话——哪怕得到你的代价是让我死，我都甘愿。"

说完，她突然踮起脚靠近他。

她的气息喷在他喉结处，撩人又勾人。

她咬字清晰："我还看到，他脖子上有颗痣。"

梁裕白低头想看她。

脖子间一阵温热湿濡的触感。

她在舔他，舌尖抵在那颗痣上。

"不会有别人了，"她埋在他颈侧，低声喃喃，"不可能是别人。"

梁裕白抱着她。

"这个世界上，不会再有第二个梁裕白。"

他问："你就这么确定？"

她语气凿凿："我确定。"

他柔声："是我。"

你梦到的那个疯子，是我。

不管梦里梦外，我都是个彻头彻尾的疯子。

所以我会带你到这里。

不顾你的意愿，让你的父亲看到，他最疼爱的宝贝女儿身边站了别的男人。而那个男人，是他明确说过，不适合你的人。

室外寒风寂寥。

梁裕白问道："陆教授还好吗？"

陆相思有些幽怨："你这个时候问这句话，未免也太迟了。"

他眉头轻抬。

陆相思举起手机，说："爸爸在办公室。"

"等我？"

她叹了口气："等我们。"

穿过广场，二人到达办公楼。

陆相思忍不住说："要不你还是别去了吧？"

梁裕白沉下脸。

陆相思解释："我怕我爸打你。"

他并不在意："应该的。"

她茫然地看着他。

梁裕白说："如果揍一顿能解决，也好。"

能够单纯地通过这种方式解决，梁裕白求之不得。最怕的是，陆宴迟不同意，也不反对的暧昧态度。

然而实际情况却更糟。

陆宴迟说："阿珩和我说过，你很照顾相思。"

梁裕白想要开口，被他打断："相思是我女儿，我也了解，小姑娘臭毛病一大堆，肯定麻烦了你不少事。"

陆相思不满："我哪有什么臭毛病？"

陆宴迟挑了挑眉："在家里地都没扫过几次吧？"

她抬高声音："爸！"

陆宴迟笑了："知道了知道了，不在外人面前揭你短。"

"外人"这词一出。

梁裕白垂在身侧的手心攥紧。

刺耳又戳人心肺，比反对还过分。

偏偏面对的是陆宴迟。

梁裕白不能有任何不满情绪。

他说："相思没麻烦过我。"

陆宴迟语气疏离："太客气了。"

二人电光石火、你来我往的架势，陆相思看着都惴惴不安。

她忙不迭打断："爸，你吃晚饭了吗？我还没吃，好饿。"

陆宴迟笑着问："想吃什么？"

陆相思说："附近有家本帮菜挺好吃的。"

"行。"陆宴迟拿过公文包，看向梁裕白，"裕白也一起吧，你照顾相思这么久，我怎么着也得请你吃顿饭。"

灯光下，梁裕白的脸冷白。

他淡声应道："好。"

过去是坐陆宴迟的车。

车厢里却不安静。

陆宴迟一直在问梁裕白父亲的近况，又问他最近学业如何。

梁裕白几乎是陆宴迟问什么，就回什么。

陆相思突然觉得很委屈。

那种委屈比今天被蒙在鼓里见家长的委屈还要多。

在她眼里，梁裕白是高高在上的，不会为任何人低头。

但现在，梁裕白为了她，变得毕恭毕敬。

他们只是谈恋爱，为什么爸爸要这么为难他？

他只是喜欢她。

这也有错吗？

喜欢一个人，有什么错？

微不可察的抽噎声响起。

二人均是一愣。

陆相思轻声说："爸爸，对不起，我和你撒谎了。"

陆宴迟脸上笑意未变："撒什么谎了？"

"我说的，有个人追我，其实是骗你的。"

"我知道。"

"事实上，那个人是我的男朋友。"

陆宴迟没说话了。

陆相思咬了咬唇："他，你也认识。"

她很慢地、一个字一个字地念出那个名字。

"梁裕白，梁裕白是我男朋友。"

话音落下。

车子一个急刹。

猝不及防地，陆相思身子往前倾，安全带勒得她胸腔都疼。

陆宴迟冷冷地说："下车。"

她蒙了："爸？"

这就要断绝父女关系了吗？

陆宴迟指了指前面："到餐厅了。"

陆相思松了口气。

下车后，陆宴迟找车位停车。

她和梁裕白拿了个号在外面等位。

天气太冷，她总想往他怀里钻，又怕陆宴迟突然回来。

见她瑟瑟发抖的样子，梁裕白把外套脱给她。

陆相思推他："待会儿我爸就回来了。"

梁裕白态度强硬："穿上。"

"不行的。"

"万一你感冒了，我怎么办？"

她不理解这二者的关系。

梁裕白冷着脸："半个月已经是极限。"

是指她这半个月生病，导致他们没有见面。

在她走神的时候，梁裕白已经把衣服套在她身上。

穿好后，他低头，看到她鞋带散了。

于是他又弯下身，动作自然地给她绑鞋带。

陆宴迟停好车回来，恰好看到了这一幕。

风呼啸而过，湿冷的天气里。

他手上拿着一件羽绒外套，是怕陆相思冷，特意拿下来的。

可现在，这件外套却是多余的。

因为他看到他最疼爱的女儿被另一个男人照顾得很好。

她身上穿着那个男人的衣服。

她对着那个男人笑。

他又想起她已经有很多年没来听过他的课。

今天是多年来的第一次。

却是和别的男人一起。

她和他拉着手。

她说这是她的男朋友。

不知何时，她已经长这么大了。

她身边也有了别的男生。

即便那个男生，是他觉得不适合她的类型。

陆宴迟想到很多年前，他去梁家。

梁亦封的脾气秉性他了解得很，只是没想到梁亦封的儿子和他如出一辙。

梁初见叫住梁裕白："小白，我鞋带散了。"

梁裕白语气冰冷："关我什么事。"

梁初见理直气壮地说："你帮我绑一下。"

"你没手？"

"我手里拿着蛋糕！"

梁裕白看了她一眼，而后说："那就吃了蛋糕再绑。"

"那我就不能走了呀。"

"你只是鞋带散了，不是腿断了。"

"你帮我绑一下会死啊？"

"会。"

"小白！"

"闭嘴。"

对待孪生妹妹，梁裕白都未曾软下过一分语气。

梁裕白从年少时就已是冷漠淡然，后来随着年岁增长，变得越发沉默，越发冷漠，越发不近人情。

陆宴迟想，梁裕白这样的人，是不会有感情的。

更不会动感情。

可是现在，他站在风口，给陆相思整理衣服，怕她着凉。

他给她绑鞋带。

这是梁裕白会干的事吗？

不是。

但眼前的一切，都是真的。

风声呼啸，陆宴迟默默把手上的外套给自己套上，叹了口气。

算了吧。

何必为难他们呢？

又何必让最宝贝的女儿不开心呢？

她好不容易才喜欢上一个人，自己不应该制止的。

自己曾答应过她。

一生顺遂，永远得偿所愿。

自己应该做到的。

毕竟这是自己的女儿。

作为一个父亲，应该让她开心的。

两侧路灯亮着，雪纷繁落下，灯光昏蒙迷离。

马路对面停了辆黑色越野车，和白雪形成鲜明对比。车窗玻璃隔绝外物，只能看到里面时隐时现的猩红色火苗。

陆相思甚至都分辨不出，是梁裕白抽烟，还是陆宴迟手里的烟。

餐厅里，服务员问她："需要帮您把这些盘子收了吗？"

陆相思柔声回道："他们待会儿就回来。"

说完，她的目光又移到马路对面的车里。

喧嚣街道，车内安静得能听到雪落下来的声音。

烟燃至三分之一处时，陆宴迟开口："其实，我很想听到你说，你只是玩玩而已，并不是认真和相思谈恋爱。"

听到这话，梁裕白的目光移到他的脸上。

陆宴迟抖了抖烟灰，轻笑："你觉得很荒唐，是吗？

"如果我没有猜错的话，你大学之后应该会去留学，之后，继承梁氏。"

梁裕白敛眸，"嗯"了一声。

陆宴迟又说："你现在才大二，相思才大一。你们还这么年轻，以后的日子那么长，你们会发生争执、误解，甚至可能什么都不会发生，就分手。"

他的语气温润，却说着最残忍的话："你是梁氏的继承人，身上背负着什么你应该比我清楚，你真觉得相思能跟上你的脚步吗？

"她跟不上的。

"她是我一手宠大的，我知道她渴望的是什么生活。

"她太自我太随性，喜欢的时候听不进任何人的话。

"所以我不找她，我来找你。

"裕白，你比她更清楚，你们之间的关系，是不对等的。"

少年时期的巨大压力和责任感，令梁裕白过早成熟。而陆相思，她似乎永远都不会成熟，永远都是温室里娇艳欲滴的玫瑰。

玫瑰永远都是玫瑰。

他们之间的关系，当然是不对等的。

她是玫瑰，而他是妄图生长在她枝干上的刺。

他是因她而生的。

陆宴迟叹了口气，继续说："裕白，如果你是认真的，你就不应该在这个时候和她在一起，而是应该在留学回国后再来找她。"

梁裕白终于有了反应。

没有抽烟的嗓子，却干哑得可怕。

"不可能。"

陆宴迟愣了下。

梁裕白转头。

隔着橱窗，坐在窗边的少女穿着红色连衣裙，衬得肤色白净，眉目如画。

服务员朝她走去，她笑得眼睛弯成月牙形。

有男生靠近，她睁大眼，突然伸手指向窗外。

她双唇一张一合，不知说了什么。

男生扫兴而归。

梁裕白握拳的关节泛白："正因为我是认真的，所以现在就要和她在一起。"

因为我怕她再长大些，她会遇到更多的人，也会发现配得上她的人比比皆是。

到那时，我就不是她的唯一了。

她会喜欢上别人。

而我只是这样想，就窒息得快要死掉。

我没有办法接受这样的事发生。

所以我只能这样卑劣，乘虚而入她璀璨的人生。

雪又下大了。

陆相思连外套都没穿，跑出餐厅。

长到看不到尽头的街道，行人络绎不绝，欢声笑语。

她看到梁裕白没入人海，背影都是落寞的。

她喊他的名字："梁裕白——"

晚风袭来，他转过身看了她一眼。

风吹起他的衣摆，像是过了一个冬天那样漫长。

他走了。

陆相思想跟上去。

面前，陆宴迟拦住她："回学校还是回宿舍？"

陆相思抬眸："爸爸，你和他说了什么？"

陆宴迟接过店员送出来的外套，开玩笑道："我让他和你分手。"

霎时，她眼眶泛红。

陆宴迟想帮她把衣服套上。

她却往后退了两步，还是那副得不到自己想要的，就要和全世界抗衡的模样。

陆宴迟语气强硬："先把衣服穿上。"

陆相思说："你明明知道，我很喜欢他。"

他无奈："我真是把你宠坏了。"

寒风将空气里的温度都剜尽，蚀骨凉意钻入体内。

她的鼻子都被冻得通红。

陆宴迟扳过她的身子，调笑着："你长大了，不需要爸爸了，男朋友给你穿衣服的时候那么乖，爸爸给你穿衣服就不乐意？"

陆相思低下头，认错："对不起，爸爸。"

他帮她把羽绒服套上，说："好了，爸爸送你回去。"

但她站在原地不动。

陆宴迟叹气："他不同意。"

陆相思说："他当然不会同意。"

陆宴迟觉得好笑："这么恩爱啊？"

陆相思说："你不应该值得骄傲吗？"

陆宴迟皱了下眉，不解。

她语气十分正经："他被你女儿迷得这么神魂颠倒，说明我很优秀，你作为我的爸爸，不应该感到骄傲吗？"

陆宴迟一时语塞。

她偷换概念的模样，和她母亲一模一样。

陆宴迟好气又好笑："走了。"

陆相思拖长尾音："爸爸——"

"干吗？"

"梁裕白怎么走了？"

陆宴迟没好气道："他回家。"

"那你为什么不送他回去？"

陆宴迟更郁闷："为什么我要送他回家？他作为你男朋友，不应该讨好讨好我，送女朋友的爸爸回家吗？"

听到这话，陆相思眼前一亮。

她忙不迭地跟上陆宴迟的步子上车。

"所以，你同意我俩啦？"

陆宴迟冷哼一声。

陆相思语气急切："你说呀。"

陆宴迟淡声道："开车，安静点。"

这反应又让她有些揣摩不透了。

回到宿舍后，陆相思发现大家都在。

她不知道要干什么，索性坐在位置上发呆。

她给梁裕白发短信。

等了许久，他都没回。

江梦催她："你还不洗澡吗？都十点半了，再不洗澡就没热水了。"

她牵强地笑了下："马上。"

从衣柜里拿出睡衣，听到手机在桌子上振动的响声。

陆相思拿手机的动作很大，导致边上看书的房悦不满："你能不能动静小一点？宿舍不是你一个人的。"

"对不起。"

道完歉后，陆相思走到阳台接电话。

耳边，是梁裕白的声音。

梁裕白问道："在干吗？"

陆相思说："在等你回我消息。"

安静了好一会儿，她问："你刚刚为什么一个人走掉？"

梁裕白没吭声。

陆相思问道："我爸爸是不是让你和我分手？"

"嗯。"他艰难地挤出一个字来。

"你不许和我分手。"

"不会。"

陆相思又回到之前的话题："那你刚刚为什么自己走了？你不管我了吗？我在你后面叫你的名字，你为什么不回来接我？"

听着她一句又一句地问，心脏像是被戳破。

被风吹得生疼，四肢百骸都是冷的、麻的。

梁裕白红着眼，声音沙哑："下来。"

陆相思愣住："什么？"

梁裕白说："我在你宿舍楼下。"

她哑然："你什么时候……"

"我一直都没走，一直都跟在你们的车后面。"

陆相思沉默。

"相思，下来。"

"嗯。"

"让我抱你。"

"好。"

她电话都没挂，迫不及待地往外跑。

江梦在身后叫她："要熄灯了你跑出去干吗？"

她却置若罔闻。

陆相思气喘吁吁地跑到梁裕白面前。

她敞开衣服，猛地扎进他怀里。

鼻尖嗅到的，是他身上熟悉的气息。

她仰头："我不要和你分手。"

梁裕白说："不会的。"

陆相思问他："我爸爸到底是什么态度？"

梁裕白琢磨如何回答。

陆相思问："他反对吗？"

他摇头。

"那是赞成？"

"不是。"

她皱眉，咕哝着："不赞成也不反对？"

梁裕白想了想："嗯。"

陆相思松了口气："至少，他不反对。"

室外太冷，他把她抱进车里。

听着陆相思叽叽喳喳的声音，让他有种活过来的感觉。

他离不开她的，一分一秒都不行。

梁裕白想，世界能不能缩成一个车厢大小，只容纳他们两个的空间，连呼吸都纠缠在一起，让他们不可分割。

但这不现实。

那再现实一点，有什么办法，让她不离开他呢？

他的脑海里，翻来覆去，所有方法都有关毁灭。

好在陆相思的声音唤回他的理智。

"很晚了。"

他垂眸。

她眼神飘忽不定，小声问："你要不要回去……睡觉？"

她的目光望进他眼里，是更明目张胆的勾引："要不，再带个我？"

梁裕白捏着她的下巴，说："在那之前，我要先做一件事。"

她不明所以："什么？"

他用行动告诉她，是接吻。

缠绵的厮磨令她不断地迎合着他，双手钩着他的脖子，往他身上靠。

车内暖气发出微弱噪声，抵不过温热纠缠的喘息声。

她的大脑近乎缺氧，下巴搁在他肩上，眼神迷离又放空，脸颊染上一层不自然的红晕，齿间压抑着声音。

所有的感官，都是由他而生的。

他的手令她心口狂跳。

他濡湿的舌尖舔过她耳郭，她为之一颤。

同一时间。

宿舍区所有灯光都熄灭。

黑夜吞噬宇宙，唯独他们这颗星球仍有光亮。

陆相思回过神，下意识想抽回手。

梁裕白声音低哑："再抱一会儿。"

她被他这声音灼烧。

耳朵是热的，心脏是热的，全身上下都是沸腾的。

"两分钟，就两分钟。"他低声渴求。

他只能渴求。

只能渴求。

因为他答应了陆宴迟。

陆宴迟不同意，也不反对。

他只是留有余地地说："大学毕业之前，你别碰她，你应该明白我的意思？"

梁裕白答应了。

他没有退路。

他只能答应。

他只能暂时地答应。

只能保证在答应的这短暂时间里，他能做到。

以后的日子太漫长，漫长到他的记忆会出现偏差，会忘了曾说过的话、许下的承诺。

对他而言，世界上能让他记住的并不多。

只一个陆相思。

陆相思说的所有，他都记得一清二楚。

一旦她蛊惑他，他便连自己叫什么都不知道，更何况是连承诺都算不上的保证呢？

仍旧是暗不透光的房间。

陆相思还没来得及开灯，手腕就被梁裕白拉住，带到床上。

他一只手扣在她后脑勺上，舌尖伸出，勾勒出她的唇形。

缠绵的、温柔的、压抑的喘息。

陆相思终于知道，为什么梁裕白不喜欢光。

太过明晰的环境，会令人心生羞耻。

而在暗夜里，沉沦也变得心安理得。

梁裕白双手松开，平躺在她身侧。

房间里，呼吸带着旖旎。

暧昧因子在空气里浮动。

陆相思突然想起什么，匆忙跑下床。

浴室里，她翻来翻去。

梁裕白走过来，问道："在找什么？"

陆相思脱口而出："卫生巾。"

梁裕白眉头紧皱："你为什么会觉得我家里会有这种东西？"

她说："我以为你妹妹会存放在这里。"

他脸上褪去情热，冷淡得像块冰。

牵起她的手，也是温凉的。

半夜的街道萧瑟寂寥，雪无声落下，他把她的手放在口袋里。

十指紧握，他的手心里逐渐有热气。

令她忍不住向他靠近。

陆相思问道："便利店还有多远？"

梁裕白问："累了？"

陆相思说话间呵出白雾，眼睫处沾着水汽："有点。"

梁裕白停下脚步。

她眨眨眼："怎么了？"

梁裕白说："我背你过去。"

她愣了下："不用。"

他已经在她面前弯下腰，侧头看过来，声音裹挟着冷意："上来。"

又一阵风吹过，冷空气扫荡着她裸露在外的皮肤，她冷得直哆嗦。

没有任何犹豫，她爬上了他的背。

"不许嫌我重。"

她有些别扭地说。

梁裕白往上托举了下："很轻。"

"最近我胖了点。"

梁裕白微皱起眉："腰太细了，摸到的都是骨头。"

"有吗？"

他不假思索："嗯。"

陆相思问："你不觉得我胖吗？"

"很瘦。"

她嘴角忍不住上扬。

　　四下无人的街道里，唯独两边路灯发出光亮。灯顶被积雪覆盖，昏蒙光亮下，梁裕白说着令人浮想联翩的话。

好在很快就到了便利店。

梁裕白把陆相思放了下来。

买了想买的东西，梁裕白问她："要买零食吗？"

于是转去零食区。

陆相思问他："你吃零食吗？"

他摇头："不吃。"

"那我就买我喜欢吃的了。"

"可以。"

她挑了一大堆。

当然，是梁裕白结账的。

梁裕白不可能让她出钱。

回去的路上，还是他背她。

陆相思扯下围巾，把他也围了进来。羊绒围巾里，都是他们的气息，交织在一起。

她埋在他肩颈，突然问道："你以后也会对我这么好吗？"

梁裕白轻扯嘴角："这算好吗？"

陆相思点头："算。"

他微转头。

于是她趁机凑过去，吻在他下巴。

她歪头，围巾拉扯出空间，冷空气往里灌，他却跟察觉不到寒意似的，只能看到她弯着眼，干净的瞳仁里，映着他的模样。

她越干净，就显得他越肮脏。

他唯一觉得自己算是个人的时候，是在面对她的时候。

梁裕白说："偷亲，不是个好习惯。"

陆相思问："你不喜欢吗？"

他继续往前走："很喜欢。"

她搂着他的脖子，笑时气息顺着他的衣领往下钻。

无声撩起他的欲望抬头。

陆相思说："你会宠我一辈子吗？"

梁裕白在前面加了个词："无条件。"

她听到后，笑得更开心，颇为感慨："感觉我一直都好幸运，爸爸对我好，哥哥对我好，你也对我这么好。"

梁裕白并不喜欢她提别的男人。

她也意识到了这一点，于是转移话题："万一我以后找不到工作……"

他打断道："我养你。"

"可我什么都不会。"

梁裕白皱眉，显然不能理解她的脑回路，他都已经养她了，还需要她会什么？在他这里，她只要存在，就是花好月圆。

陆相思碎碎念："我好懒的，扫地拖地、洗衣做饭这些，都不想干。"

梁裕白更无法理解了："你为什么要干这些？"

"家庭主妇不都这样吗？"

梁裕白淡声道："我有那个经济实力请人干这些。"

她眨眨眼："那我干吗？"

梁裕白没犹豫："做你自己。"

她愣了下。

半晌，他又说："还有，爱我。"

还是一如既往的梁裕白式回答。

再浓烈的温馨，也掺杂着最世俗的爱欲。

回到家后，陆相思快速去洗澡换衣服。

出来，梁裕白早就洗好澡，在床上看书。

陆相思以为他已经足够令她神魂颠倒了，可是他低头看书的模样，又让她的心脏狂跳，随之而来的，是嫉妒。

他只专注看书，都没看她一眼。

陆相思上床，还没坐稳，他就伸手把她抱进他怀里。

他只有看书的时候才戴眼镜，金丝框眼镜令他更多了几分不近人情的寡冷。

陆相思伸手，挡在书上。

他看向她："不玩手机？"

陆相思郁闷："书好看吗？"

看着他不解的神情，陆相思缓缓道："书好看还是我好看？"

梁裕白回答："你。"

她笑容狡黠："那别看书了。"

梁裕白依然无原则："好。"

她说："我们睡觉好不好？很晚了。"

灯被她按灭。

她的声音像是一根根细绳，缠在他脖子上。

他没有办法不听她的。

她说的每句话，都是命令。

而他无原则服从。

今年冬天的雪季格外漫长。

圣诞节那天下得最大。

最后一门期末考试结束后，陆相思原本想给梁裕白打电话，但想到他在昨天考完试后就去了公司实习，怕打扰到他，于是发了条短信。

然后，她回宿舍。

宿舍楼下，停着辆熟悉的车。

陆斯珩远远地就看到了陆相思，但直到她走近，他才下车。

陆相思问道："哥哥，你怎么到了没给我打电话？"

陆斯珩说："怕你在考试，吵到你。"

"我早考完了。"她转身和房悦挥了挥手，"我就不回宿舍了，我哥哥来接我回家，你先回去吧。哦，对了，寒假开心。"

房悦扶了扶镜框："寒假开心。"

上车后，陆斯珩说："和室友相处得挺开心的。"

陆相思眉头皱起。

陆斯珩不解："这是什么表情？"

她解释："刚刚那个是我同专业的室友，叫房悦，我和她……怎么说呢，其实我们很少聊天的，只有上下课才一起，我一般和江梦比较好。

"哦，对了，江梦和我是一个高中的，而且她男朋友也是我们高中的，叫何处安。"

陆斯珩意味不明地笑了下："男朋友？"

陆相思很少看到他这么笑，微怔："啊？"

陆斯珩问："何处安这么和你说的？"

"不是，江梦说的，怎么了吗？"

"没什么，只是好奇。"

陆相思觉得奇怪："哥哥，你认识何处安吗？"

"是认识，但不太熟。"

她疑惑："你竟然认识他？"

陆斯珩失笑："这有什么奇怪的？"

陆相思想到那天寿宴，何处安也在，陆斯珩认识他也正常。

正在这时，她手机有消息进来。

她忙于回复梁裕白的消息，没再追问。

没一会儿就到家了，今天是陆相思生日，所以陆斯珩过来接她回家过生日。

岑岁做了一大堆好吃的，以及准备了各种生日礼物。

吹过蜡烛吃完蛋糕，陆斯珩便走了。

陆相思陪着岑岁收拾残局。

收拾好后，她从冰箱里拿出她特意留下的一小块蛋糕。

岑岁一眼看透："要去见男朋友吗？"

陆相思笑得不太好意思："嗯。"

岑岁问："这么晚了还要出门，要不要让你爸爸送你去？"

陆相思摇头："不用，他快到了。"

岑岁神情温婉："约会愉快。"

陆相思把蛋糕拿上，一出门，就看到了停在门外的车。

她把蛋糕递给梁裕白："我还给你留了一小块。"

梁裕白低眸，看着面前的蛋糕。

他问："你喂我？"

陆相思说："好。"

她插了一小块，边喂给他边说："我知道你不喜欢吃甜的，但这是我的生日蛋糕，你就小小地吃一口。"

蛋糕递到他的唇边，他却没咬。

梁裕白目光定在她身上："不是这种喂。"

陆相思困惑："这不是喂吗？"

他指尖拈起一点奶油，而后伸手，将那奶油抹在陆相思的唇边。

她抬眸，恰好撞见他低垂的眼，眸色深沉，如背后夜空。

他贪婪地掠夺她口腔里的气息，舌头蛮横地扫荡着。

属于奶油的甜在她嘴里蔓延开。

尽数，一扫而空。

他的舌尖，描绘着她唇线，品尝到的，是她凌乱灼烧的气息。

梁裕白低哑着嗓音："生日快乐。"

陆相思颤着声音："为什么明明是我过生日，但我总有种是你在收礼物的感觉？"

他眼帘垂下，泛着沉冷却又低柔的笑。

温存稍许，陆相思从他怀里退开，低声问道："我生日许了一个愿望，你帮我实现好不好？"

两人鼻尖相抵。

她连呼吸都带着令他失控的欢愉。

更何况是她说的话。

梁裕白说："好。"

只是梁裕白没想到，她许的愿望，与他有关。

车子停下，院子外两盏方形灯笼泛着诡谲阴沉的红光。

院子外的铁门边挂着门牌，边上印着店名，几个大字没入黑暗，看不太清楚，但能隐隐约约地看到几个英文字母——TATTOO。

梁裕白的手心微颤："你要文身？"

陆相思拉他进去："我和你一起。"

有根弦停在他颈上，死死地收紧，不是呼吸停住，是要死掉的快感。

院子大门上印着复杂的图腾，黑色门、幽暗的光，寂静得只能听到风的声音。

梁裕白目光幽暗，直勾勾地盯着她。

让她生出丝恐慌来。

如果这里不是她让他过来的，她会有种，这里是他专门为她设下的因牢的感觉。要不然，他的样子，为什么看上去那么想和她一起死？

黑色天花板上映着纷繁纹理，从墙缝里溢出幽蓝色灯光。

陆相思坐在床上，感受到机器在脚踝处工作。

打了麻药，但还是有痛感。

她转头，看到边上陪着她的梁裕白。

他衬衣上面的扣子解开，露出一大片胸膛，皮肤在暗光下是病态的白，显得文身更加突兀、明显，看清了，会让人从心底滋生寒意。

黑色线条一笔一画描绘的，是心脏。

脉络筋骨张牙舞爪。

而心脏的最上方，是一朵玫瑰。

就连玫瑰，也是沉沦于黑暗。

陆相思问他："你是不是，很早就想过了文什么？"

梁裕白说："没有。"

"那你……"

她想到一进店，他便拿出手机给文身师看。

梁裕白说："有时候醒来，会画点东西。"

遇到她以来，他总会做与她有关的梦。

每一个梦里，她身边都有玫瑰。

玫瑰红得像血。

而他是拱手将心脏交给她的人。

浸泡着血的心脏，和玫瑰融为一体。

他躺在床头，唇上烟丝缭绕，模糊他的眼，梦魇般操控着他的理智。他险些无法正常生活，如行尸走肉般地在画板上留下些东西。

却不是红色的玫瑰。

因为在黑暗中，所有的颜色都被吞噬。

除了黑，就剩下白。

玫瑰鲜艳得滴血。

溅在地上的，是他的灵魂碎片。

他的人生本就只有黑白二色，不可能有别的颜色，就连灵魂也是。

陆相思怔了怔："我好像没有看到过你画的画。"

梁裕白说："在老宅。"

"你爸爸那里吗？"

"爷爷那儿。"

她问："还有别的吗，我想看看？"

梁裕白把手机相册打开。

她一张一张地翻看。

所有照片都是黑白的，没有其他的色彩，带着消极的、沉重的、压抑的逼仄感，看了就令人喘不上气。

她问："没有别的颜色的画吗？"

梁裕白想了想，说："有。"

陆相思问道："画的是什么？"

他嘴角轻扯，低垂的眼睫，似嘲讽："家庭作业。"

陆相思静静地看了他一会儿，而后，凑近他耳朵，轻声说："以后，有我陪着你了。"

不知道这算不算得上安慰。

但至少，他笑了。

脚踝处传来的痛感令她轻"嘶"了声。

文身师充满歉意地说："脚踝处本来就比较敏感怕疼，你再忍忍。"

陆相思"嗯"了声，又小声谴责梁裕白："你刚刚都不叫，我以为不疼。"

梁裕白说："我没觉得疼。"

她瞪着他："你皮厚。"

梁裕白没有反驳。

她靠在他怀里，一直到文好。

低头看着脚踝处的玫瑰脚环，一朵玫瑰带着花茎枝叶，盘旋在脚踝。

文身师离开。

梁裕白摸过那朵玫瑰。

他双眸沉冷，说："很好看。"

陆相思眨眨眼，故意般地问："有多好看？"

"好看到——我想要吻它。"

梁裕白弯下腰，捧起她的脚踝。

他虔诚地、卑微地吻过她脚踝。

他寡冷的眼，深不见底色。

她突然笑了，指了指她的文身，又指了指他胸口的文身。

温室里的玫瑰，被扔进心脏里，汲取着鲜血，也开出了花来。

"这下，我们是真的再也不能分开了，"他鼻尖蹭过她耳骨，嗓音嘶哑，"你是我的。"

她笑了："嗯，我是你的。"

他终于得偿所愿。

第九章 /
世界是世界

脚踝上的文身结痂，恢复得很好。

只是回到家后，陆相思总遮掩住，害怕被陆宴迟和岑岁发现。

好在位置并不明显。

到了夏天，她穿长裤遮盖，或者是用袜子挡住。

因此陆宴迟一直都没发现她文身这事。

夏天炎热又漫长，蝉鸣声叫嚣，从窗外落下来的光影，砸在她的眼里。陆相思翻了个身，看到时间才下午三点，于是扯过毯子继续睡。

迷糊之际，听到争执声，似乎是从隔壁传来。

但她抵挡不住困意，沉沉睡了过去。

醒来后已经是晚上，她洗了把脸就下楼吃饭。

想起下午听到的动静，陆相思问："隔壁在搬东西吗？"

岑岁说："没有吧。"

"下午的时候好吵。"

岑岁想了想："我好像记得江吟说过，她可能要搬家。"

"为什么要搬家，江阿姨在这里也没住多久吧？"

"有三四年了。"

"他们住得不是挺好的吗，为什么要搬家？"

"好像出了点事情吧，我也不太清楚。"

陆相思惶惶惑惑地点点头，继而心不在焉地说："隔壁的房子感觉很晦气，老换租户。"

"瞎说什么呢？"岑岁敲了敲她额头，"好好吃你的饭。"

陆相思吐了吐舌头，把剩下的饭吃完，看了眼手机，没有回复。

岑岁拿了盆水果出来，陆相思陪着岑岁在客厅看了会儿电视，就回房了。

222

她打开手机，看到里面躺着梁裕白冰冷的一条回复：【加班。】

床头的玩偶融在温柔灯光里，她发泄似的捏了捏，又倒在床上，颓废地叹了口气："我一点儿都不喜欢放暑假。"

因为梁裕白忙着公司的事，他们已经有一个月没见过面了。

陆相思洗完澡，躺在床上看电影，电影结束后，仍旧十分精神。

床头柜上的时钟显示当下时间，晚上十点二十五分。

她忍不住，给梁裕白打了个电话。

电话接起，是他的声音："怎么还没睡？"

陆相思回答耿直："睡不着。"

那边传来纸张翻动的声音。

"要我哄你睡觉？"

"你会吗？"

纸张翻动的声音停下，他问："怎样算是哄？"

陆相思从床上起来："你抱着我，我就能睡着。"

梁裕白蹙眉。

她拿着车钥匙，出门："我知道你还有工作没有完成，所以，我来找你。"

算起来，这还是陆相思拿到驾照后第一次开车，车速并不快，即便路上已经没什么车了。

十多分钟的路程，她开了将近半个小时。

到公司楼下，有人迎了出来："是陆小姐吗？"

陆相思目光戒备："你是？"

"梁总让我下来接您。"

她受宠若惊："麻烦你了。"

"是我分内之事。"他说。

电梯停在第五十六层，助理将陆相思带到办公室门外，将门推开，还是那副毕恭毕敬的语气："梁总在里面等您。"

听到动静，梁裕白抬起头。

他朝她伸手："陆相思。"

她走到他面前，被他抱进怀里。

距离太近，能看到他明显瘦削的脸，以及眼睑下方的浓浓倦意。

陆相思很心疼："工作很辛苦吗？"

梁裕白思考一番，回道："还好。"

她低声说："你都瘦了。"

他手捧着她的脸，忍不住吻了吻："太想你了。"

太久没尝到她的滋味，让他无法自拔。

呼吸灼热的吻和他身上的气息卷席着她，熟悉得令她反应更热切，伸手紧搂着他，想要从他身上汲取温度。

冷气似乎停止运转了。

要不然，她怎么会开始流汗？

她终于找回意识，喉咙里发出呜咽声，推开他。

他松开吻着她的唇，把她放在桌子上。

她轻声问："很难受吗？"

"嗯。"

陆相思抿了抿唇："那怎么办？"

梁裕白唇边溢出一抹淡笑："能怎么办？"

办公室里设了个洗手间。

梁裕白进去后，陆相思趴在桌子上不知道在想些什么。

时间漫长，室外光影笼罩在她身上。

她看到他手机屏幕亮起。

不经意看了一眼，桌面是她的照片。

她嘴角扬起。

不知过了多久，梁裕白打开洗手间的门。

光拉出陆相思的身影，和她眉眼间的笑意。

她蹲在洗手间外，听到声响，仰头看着他："怎么这么久？"

梁裕白不解："嗯？"

她鼻音微重："我腿好酸。"

梁裕白把她抱了起来。

她摊开手："我手脏了。"

于是他又不厌其烦地带她去洗手。

明亮的镜子倒映出他此时的模样，寡冷、淡漠，他眼皮掀动，藏在眼里的，是未退的炽热。

察觉到她的注视，他低头吻了下她的耳朵。

"看什么？"

"看你。"

她眨眨眼。

这话显然取悦到了他。

陆相思问："你饿吗？"

"还好。"

"你该不会还没吃晚饭吧？"

换来的是梁裕白的沉默。

陆相思瞪着他："你的胃不好。"

梁裕白垂眸："嗯。"

"你不能总是这样。"

"太忙了。"

"那也不行的呀，"陆相思掏出手机，"我给你点个外卖。"

深夜依然有外卖在送。

不到十五分钟，陆相思点的粥就送到了。

梁裕白在她的注视下喝了一碗，才接着工作。

办公桌上的文件很多，陆相思没再打扰他，只是安静地坐在沙发上。

她百无聊赖地玩了会儿手机后，看着认真办公的梁裕白，问道："你要工作到什么时候？"

"差不多两个小时。"

"那都快一点了。"

"嗯。"

沉吟片刻，她说："我在这里陪你，可以吗？"

梁裕白求之不得。

空间里安静得只能听到笔尖摩擦纸面的声响，陆相思打了几把游戏，最后一把游戏结束，已经是十一点五十九分。

她匆忙地跳下沙发。

不消几秒，办公室的灯都暗了。

梁裕白笔尖一顿："停电了吗？"

陆相思说："我把灯给关了。"

在他疑惑的时候，眼前突然亮起一道火苗。

陆相思手里举着打火机，不断向他靠近，一豆火苗在晦暗环境里摇曳，她的脸出现在光影明灭中，唇畔溢出的笑，分外明显。

不远处高楼上的 LED 显示屏映着时间。

每分每秒，都清晰入眼。

她和时间一同流逝。

"9——

"8——

"7——

……

"3——

"2——"

最后落下的，是一句："梁裕白，生日快乐。"

她笑容得意："今天，我是第一个和你说生日快乐的人吧？"

梁裕白凝视她，伸手，指腹按压在她眼睑。

她眨眼时，睫毛在他手指上有过短暂的停留。

短暂得令人心痒。

越是稀少，越弥足珍贵。

就像她本身。

梁裕白说："因为这样，所以你才来找我的吗？"

她迫不及待地点头，又催他："蛋糕我已经定了，但是我想着晚上吃饭的时候再吃，不过我们可以先吹蜡烛。"

她举着打火机。

意思，这就代表着蛋糕上的蜡烛。

梁裕白阴翳的眼底，有温柔。

果然，原则是用来一次又一次地打破的。

可是他说："我没有愿望。"

陆相思的手都要举酸了，听到这话，她不满："你怎么会没有愿望？"

"我想要的，就在我面前。"

陆相思心口一痒，也就是这片刻的恍神，按压着打火机的手松开。

最后一缕光也湮没。

暗夜里，她的脖子间有过烫印。

城市灯光如繁星闪烁。

交颈相拥的缠绵舔舐印在落地窗上。

他贴着她耳根，呼吸声很重："真要许愿……希望我怀里的小孩，能快点长大。"

陆相思埋在他怀里，有些疑惑："我都二十岁了。"

他舔了舔她鼻尖："嗯。"

"我不是小孩。"

梁裕白眼里有异样情绪，喉间滑动，表露贪欲："快点毕业。"

他迫不及待地想要将时间线拉到毕业那天。

他恨不得一觉醒来，她就躺在他的身侧，毫无遮掩。

积压在桌子上的文件处理速度比想象中的慢很多。

处理完，时钟已经指向凌晨三点。

梁裕白头往后抵，手按了按脖颈。

不远处沙发上，陆相思躺在上面睡觉。

他走过去，把掉在地上的薄被捡起。

还没等他替她掖好被角，门被人打开。

梁裕白的眉头耸起。

听到的却不是助理的道歉声，而是陆斯珩的声音："我刚加完班路过你这里，想着上来碰碰运气，没想到你真在这儿。"

他的声音在看到沙发上的人后，越变越小。

这个角度，只能确定沙发上的人是个女的。

梁裕白塞好被角，面无表情地看着陆斯珩。

陆斯珩眉头轻抬："别告诉我，这是你妹妹。"

梁裕白不负众望地回答："想太多。"

陆斯珩说："难不成，你有女朋友了？"

梁裕白"嗯"了一声。

饶是陆斯珩也惊了下："什么时候的事儿，你怎么没告诉我？"

梁裕白适时地往边上挪了几步。

腾出的空间和拉近的距离，陆斯珩定睛一看，脸上的笑意消失殆尽。

随后，他语气尤为平静："不是你妹妹，是我妹妹。"

梁裕白微皱眉。

陆斯珩冷笑："解释一下。"

梁裕白说："就是你想的那样。"

突然，室内安静得连空气中的浮尘都停住。

陆斯珩走到梁裕白面前，而后，狠狠的一拳直挺挺地往梁裕白腰上砸。

猝不及防地，梁裕白往后退了两步。

他捂着腰，轻哎。

陆斯珩很难保持冷静，抓着他的领口："梁裕白，你再说一遍？"

声音很大，惊醒了陆相思。

她坐在沙发上，双眼放空，睡意惺忪。

梁裕白轻扯嘴角："就是你看到的这样，我和陆相思在一起了。"

"你给我闭嘴。"

又是一拳。

这回是往他脸上砸。

陆相思失神的脸，出现惊慌。

她匆忙跑到二人边上，拉着陆斯珩挥舞着的手："哥哥——"

梁裕白重咬了下后槽牙，口腔里一股浓重的血腥味，他撇头，抽过纸巾擦了擦嘴。

白色纸巾里，有红色血渍。

带给陆相思头皮发麻的冲击。

她拦在陆斯珩面前："哥哥，你在干吗？"

陆斯珩轻描淡写道："在打架。"

陆相思要疯了："你为什么要打他？"

陆斯珩把视线移到陆相思身上，对着她实在发不起脾气，深吸了一口气，说："相思，告诉我，是不是他强迫你的？"

"不是，"她说，"梁裕白没有强迫过我。"

陆斯珩愣住。

陆相思垂着眼，轻声说："哥哥，对不起。"

"对不起什么？"

"一直瞒着你。"

陆斯珩目光微沉："你们在一起多久了？"

犹豫半晌，她答道："快一年了。"

"快一年……所以，这段时间你们就把我当作傻子似的蒙在鼓里，"陆斯珩咬牙，"我还让他照顾你，所以，是我亲手把你送到他身边的？是吗？"

凝视他半晌，梁裕白开口："陆斯珩。"

陆斯珩冷笑。

"你总要接受，陆相思要和别的男人在一起的事实。"

他语气平静，仿若事不关己的看客，以高高在上的口吻说着事实。

陆斯珩说："我没想过会是你。"

"我也没有想过，会是她。"

"你很得意吗？"

梁裕白摇头："事实上，我很后悔。"

静了数秒，梁裕白补充："我应该在你第一次邀请我去她家的时候，就答应的。"

"砰——"的一声。

又是一拳。

梁裕白身形晃动。

陆相思尖叫："哥！"

"这些都是我该受的。"梁裕白说。

陆斯珩咬牙切齿："你知道就好。"

陆相思蒙了，她也不敢说陆斯珩，只好对梁裕白说："你就不能躲一下吗？"

梁裕白抬眸看向陆斯珩："三次，够了吧？"

陆斯珩甩甩拳头："差不多。"

顿了顿，他又说："但这不是承认你。"

"我无所谓。"

"小白，你这是在求我的态度吗？"

"我只需要她承认我就行。"

梁裕白的视线落在陆相思的脸上。

后槽牙几乎被陆斯珩打得都动了下，满嘴的血，喉咙里都是血腥味。

他吐了几口血水出来，说："我想要得到的是她，不是你们。"

即便她的父母家人反对，他也会带她私奔。

没办法的。

他拿自己完全没办法。

面对她时，所有的道德、律法都与他无关。

他就是最不堪的囚徒。

陆斯珩看着他："小白。"

梁裕白面色不善。

陆斯珩说："我没有想过你会和相思在一起，你能理解我现在的心情吗？"

梁裕白态度冷淡："不能。"

梁裕白转身喝了杯水漱口，漠然极了："你自己回去慢慢消化这件事。"

陆斯珩看向陆相思，问道："你到底喜欢他什么？"

陆相思反问："他不好吗？"

"就这脾气？"

"他对我不这样。"

爱情说到底，还是两个人的事情。

旁人眼里的般配宛如一场商业合作，筛选重重条件，觉得匹配便展开合作，但合作后的艰辛，旁人也无从得知。

明码标价的商品不一定物有所值，画上"般配"标签的爱侣，能白头偕老的又有多少？

陆相思和梁裕白像是冰山与赤道，没人会想到他们会在一起。

但冰山迁移，到了赤道便化为水。

无法想象到的组合，是因为无法将二者联系到一起，更多的是，无法想象到会有一方为了另一方妥协。

"梁裕白对我很好，我真的很喜欢他。"

说着，陆相思拉了拉陆斯珩的袖子，这个动作是多年来她养成的习惯，撒娇前总会这样。

她以前撒娇都是为了吃的、穿的、用的。

这还是第一次，为了一个人。

陆斯珩和以前任何一次一样，答应了她的要求。

哪怕无理。

他叹了口气："相思。"

"嗯？"

"以后小白要是欺负你了，告诉哥哥。"

她唇畔溢出笑来，却不是应他，而是说："他不会欺负我的。"

"对吧？"她朝梁裕白眨眼。

梁裕白柔声道："嗯。"

时间太晚，陆斯珩吃夜宵的念头早已没了。

虽说是同意了，但他仍旧无法很好地接受这件事。

妹妹有男朋友了。

难以接受。

最好的兄弟有女朋友了。

为他开心。

但这两件事混到一起，冲击力大到连向来温文儒雅的陆斯珩也失去理智，甚至连连动手。

令人头疼的事太多，他现在只想回去睡一觉。

陆斯珩说："回家了。"

陆相思踟蹰了下。

这时，梁裕白说："我工作结束了。"

"那你……"

"我和你们一起走。"

"好。"

听着他们的对话，陆斯珩反应过来："你坐我车？"

梁裕白已经牵起陆相思的手。

她挣了下，没挣开，反倒被他改成十指紧握。

梁裕白面容寡冷，看向陆斯珩："嗯。"

陆斯珩气笑："我脾气是不是太好了？"

话虽如此，他还是让梁裕白上了车。

副驾驶没有人。

梁裕白在后座，和陆相思并排坐着。

他淡声道："我上你那儿睡一会儿，你那儿离机场近，我八点的航班走。"

陆相思惊愕："现在都快四点了。"

"嗯。"

她担忧不已："可是今天是你生日，你也要出差吗？"

他捏着她的手："嗯。"

陆相思有些失望。

好在她失望的情绪没积攒多久，就被困意打败。

到家时，陆宴迟在门外等着。

不需要梁裕白动手，陆宴迟亲自把陆相思抱回家。

凌晨四点。

陆斯珩行驶在空无一人的街头。

陆相思不在，他终于说出了心里话："我其实觉得，你和她不合适。"

梁裕白回道："我知道。"

"但她看上去，很喜欢你。"

梁裕白合着眼："该说的不该说的，她父亲都和我说过了。你想要的不过是句承诺，一句保证，我知道。"

聪明人之间的对话，永远不需要太多铺垫。

陆斯珩弯了弯嘴角，问："你能给的承诺是什么？"

车窗降下，燥热的风扑面而来。

阵阵热风后，响起梁裕白沙哑的嗓音："原本，我想毁了她的。"

陆斯珩急踩刹车。

"可是到头来，是她毁了我。"

车子停在路边。

陆斯珩偏头看他。

梁裕白已经点了一根烟，青丝烟雾缭绕，他寡冷的脸在阵阵烟丝中更显冷淡。

他平静地说："这算承诺吗？"

陆斯珩只觉可怕。

他有多少年没见过梁裕白这副样子。

甘愿死去。

心甘情愿地为了一个人死去。

爱情果然是人性最大的弱点，将高高在上的梁裕白都烧得泯然众人矣。

他被焚情化骨。

宛如傀儡般地活着。

为了陆相思而活着。

陆斯珩意识到，不是梁裕白骗了陆相思，而是他彻头彻尾地栽在了陆相思身上。

她是他逃不掉的宿命。

地下停车场漆黑寂静。

唯独车前大灯拉出两道光柱。

陆斯珩降下车窗，点了一根烟。

沉默稍许，只有烟灰轻飘飘地落在地面，连叹息声都能够轻易掩盖的声响，茫茫然。

"相思是我最疼爱的妹妹，你应该知道。"

　　梁裕白头疼欲裂，只觉他的声音聒噪，但提及陆相思，脑海自动自发地做出反应，"嗯"了一声。

　　陆斯珩叹了口气，忽然道："生日快乐。"

　　梁裕白睁开眼。

　　灯也消失了。

　　没有一丝光亮。

　　但他却隐约从暗夜里，窥见光明。

　　陆相思越发期待自己生日的到来。

　　只是没有想到，有的时候，期待并不是件好事。

　　季节更替，由夏入秋，又过了一年。

　　陆相思大三开学便没再住校，搬到了梁裕白的房子和他住，只不过她睡客卧，梁裕白睡主卧。

　　名义上是这样。

　　实际上，睡觉前她还在客卧，醒来就会发现自己躺在主卧的床上。

　　或者是，梁裕白出现在客卧的床上。

　　总之，梁裕白像是上瘾般，无法离开她。

　　圣诞节前一天，室外飘雪。

　　陆相思蜷缩在沙发上看电影。

　　电影快放完的时候，电脑里弹出一条邮件通知。

　　她想点关闭，指尖一滑，却按了打开。

　　窥探他人隐私的懊恼与愧疚，在看到大写加粗的"Congratulations（祝贺）"时，全部消散。

　　大雪压弯树梢。

　　陆相思觉得自己的脊梁也被积雪压垮。

　　她英文堪堪过了六级，但即便如此，她也能大致地读懂这封邮件到底讲了什么。

　　梁裕白要出国读书了。

　　连睡觉都受不了隔着一堵墙的人，要和她远隔重洋。

　　梁裕白在玄关处换好鞋，往里看。

　　陆相思抱着电脑失神，接着被突如其来的光亮惊醒。

　　梁裕白已经在她身边坐下，问道："怎么不开灯？"

电脑屏幕仍停在那页。

梁裕白眼无波澜，仿佛收到 offer（录取通知）的并不是他。

陆相思靠着他的肩，问道："你什么时候申请的？"

梁裕白说："很早。"

电脑被他放在茶几上。

她抬眸，瞳仁纯澈，不含任何杂质，只是单纯地抱怨："怎么以前都没听到你提过这事？"

梁裕白说："没确定，就没说。"

"现在确定了？"

"嗯。"

陆相思调整了下姿势，头埋在他怀里，语气仍是平静的："你什么时候走？"

梁裕白说："明年八月。"

陆相思说："至少还能给你过一个生日。"

太过平静的反应，让梁裕白心底不安。

他用手抬起她的头。

是雾气遮掩住的眼眶，睫毛轻颤。

"相思。"他指腹停在她下眼睑上。

陆相思问："你要离开我多久？"

梁裕白说："大概一年。"

她转换了下："也就是说，我们要异地恋一年。"

"嗯。"

陆相思眼里的泪意翻涌而出，看到他的脸寡冷、漠然，似乎异地于他而言，不过是件稀松平常的小事。

陆相思的脸毫无血色，嘴角轻扯："你是不是觉得无所谓？"

梁裕白垂下眼。

忽然，他猛地把她压在沙发上。

他脖颈处的青筋凸起，抓着她的手关节泛白："无所谓吗？"

陆相思被他吓得愣了下。

"和你分开一年，我不知道我还能不能活着回来见你，"他眼里似有一团幽火，隐隐的，带着令人窒息的压抑，"但我没有办法。"

陆相思颤抖着声音问："什么叫不知道能不能活着回来见我？"

他松开抓着她的手，把她抱在怀里。

234

"见不到你，和死有什么差别。"

反过来安慰的人，竟然是陆相思。

她温柔地抚摸着他的背，轻声说："我们可以每天视频。"

"那不一样。"

"一样的。"

"碰不到，摸不着。"

像是水中捞月，最终只是徒劳。

陆相思苦笑："那怎么办，我跟你过去啊？"

梁裕白眉头皱起："你愿意吗？"

见他真有这种打算，她连忙说："我英语很烂的，去了那里，你要是不在我身边，我可能都活不下去。"

他的眼神蓦然沉了下去："这样，不好吗？"

陆相思怔了怔："还是算了吧。"

梁裕白靠在她身上："只要一年。"

"我知道，我等你。"

"嗯。"

她眼皮抬起，掠过他看向窗外。

白雪纷繁落下，圣诞节，街头巷尾闹哄哄的，霓虹灯带拉出绚丽光芒。

生日快乐。

可她一点儿都不快乐。

之后的日子平淡无奇，无波无澜。

眨眼就是毕业季。

六月初。

没开空调的教室闷热，陆相思从后门进去，找了个不显眼的位置坐下。

梁裕白站在讲台上，不急不缓地回答各种刁钻问题。

陆相思当然对他说的东西一头雾水，但是这不重要，因为在她进来之后，她的耳朵就失聪，只有眼睛在工作。

为了答辩，梁裕白穿上正装。

少年气息早已褪得一干二净，黑色西装罩出男人成熟的眉眼，身形落拓，面容寡冷的脸上带着疏离冷淡的气息。

他仍旧是高高在上、不可侵犯的神祇。

她目光贪婪，一寸一寸地在空间里描绘他的身形。

惊醒她的，是全场沸腾的掌声。

以及一句——

"怪不得是今年的优秀毕业生。"

梁裕白拿着论文从讲台下来。

他停在陆相思面前，不耐烦地扯了扯领带："走了。"

陆相思问他："这就走了，不太好吧？"

梁裕白说："没事。"

走了几步，她突然凑近他耳边："要接吻吗？"

梁裕白的脸沉了下来。

她的手拉着他有些凌乱的领带，踮脚更靠近他："接吻吗？"

蛊惑的气息，勾引的话语。

就算理智如城墙，也被推翻。

随便推门进了一间教室，空荡无人，他把她压在门边，低头吻着她，牙齿啃噬，压抑的侵略感在此时分外嚣张。

黏稠带着水汽的空气，被男人的气息占据。

不知纠缠了多久才停止。

梁裕白问："为什么突然想接吻？"

她气息温热："你这样穿，制服诱惑，但你的脸，清淡寡冷。"

顿了下，她笑着补充："我会忍不住想让你失控。"

"那你看到了吗？"

"看到了。"

"满意吗？"

陆相思仰头，舌尖舔过他耳垂，湿热的触感如蛇信子般激起他内心深处的欲望。

在他双眸沉下时，她轻快地说："很满意。"

然后，闪身逃开他的怀抱。

但她跑了几步就被他抓住。

陆相思觉得无趣："你不能让让我？"

梁裕白不假思索："不能。"

陆相思故作生气："你真的喜欢我吗？都不让我一下。"

梁裕白说："其他事可以。"

陆相思偏了下头。

梁裕白继续说："万一你真跑了……"

他话音一顿，改为十指紧扣，确定她不会走后，才说："这种事，我甚至都不敢想。"

陆相思怔了怔，还没来得及说话，手机响起。

电话挂断，她和梁裕白说："哥哥已经在餐厅了，我们过去吧？"

梁裕白给她打开门："嗯。"

今天他们答辩结束，约了一起吃饭。

顺便，给梁裕白践行。

录取通知书上写着是八月报到，然而梁老爷子给梁裕白订了明天的机票。让他先去熟悉一下国外的环境，并且还有一桩合作要他谈判出席。

一开始陆相思并不明白，为什么梁裕白的性格那样压抑。

了解后她却很庆幸。

还好梁裕白还活着。

那么多的压力以及期盼，梁裕白是不能出错的，也是不能令人失望的存在。

打个比方，人生的答卷满分是一百分，陆相思竭尽全力只能考六十分，陆斯珩能考八十分，而梁裕白，他要考两百分。

外人眼里，是他轻松就能考到的分数。

但没人知道他有多努力。

她陪在他身边无数个日夜，比起喜欢，更多的是心疼。

还有，更爱他。

她毫无保留地把自己的心脏给他。

到了餐厅，包厢里都是陆相思认识的人。

酒过三巡，她中途跑去洗手间，回来时，看到廊道尽头站着的两个人，脚步放轻，想给他们来场恶作剧。

陆斯珩问："相思这段时间还好吗？"

梁裕白说："什么算是好，什么算是不好？"

陆斯珩问："有哭过吗？小时候四叔去外地参加研讨会，就三天的时间不在家，她都会哭，你这一去可是一年。"

"没有。"

"没骗人？"

梁裕白将烟头掐灭："没有。"

陆斯珩笑了："小丫头长大了。"

"或许吧。"梁裕白也希望如此。

陆斯珩拍拍他的肩："不过你有想过吗，万一她遇到别的男生呢？"

梁裕白面色沉冷："闭嘴。"

陆斯珩愣了下："你不敢。"

梁裕白转身想回包厢，又听到陆斯珩说："可我想过。"

他眉头紧蹙，回头看陆斯珩。

陆斯珩仍旧是笑的："小白，你是她第一个男朋友，也是我最好的兄弟，我花了很长的时间才接受你们在一起的事实。

"我想过，你在国外遇到别的女生。

"相思怎么办？

"小丫头很多年没哭过了，可我知道，你要是不要她了，她肯定会一个人躲到谁也找不到的地方哭。"

恶作剧到最后，陆相思发现，她才是被捉弄的那一个。

这些她从来不敢提及的部分，都由陆斯珩说了出来。

自从知道梁裕白要离开，到现在，半年多的时间，她从未表现过一丝不舍，试图表现得坦荡、豁达和从容。

就像他一样。

她不想听梁裕白的回答。

因为梁裕白的回答肯定不会让她失望。

就像他说的，知道是一回事，理解是另一回事。

她知道他不会不要她，但她难免胡思乱想。

爱情真是七情六欲中最伤神的部分，令人变得懦弱、变得敏感、变得猜忌，哪怕再信任他又如何，世界是世界，他是他。

回去，依然是陆斯珩开车，梁裕白和陆相思坐在后排。

她靠在车门，酒精浸渍大脑，昏昏欲睡。

后脑勺处多了只手，他将她的头放在他肩上。

她贴近他的身子，体温灼热。

没多久到她家。

陆相思突然说："哥哥，我想和他说几句话。"

陆斯珩问："我下车？"

她挤出一抹笑："不用，你在这里等我们一会儿。"

陆斯珩看了梁裕白一眼，应道："好。"

十几米远的距离。

陆相思任性地要求梁裕白背她。

梁裕白无原则地把她背起。

她把下巴搁在他肩上，开口："明天，我就不去送你了。"

梁裕白停下步子。

她轻声说："不要生气。"

他的嗓音是哑的："不会。"

陆相思伸手，在昏暗中摸了摸他的嘴，唇线紧抿，她有些不乐意："你就是会生气。"

梁裕白咬着她指尖，说："不会。"

她小声道："疼。"

梁裕白松口。

到她家门口。

她却没下来。

夏天的风燥热，蝉鸣叫嚣在心上，催促着离别。

半晌后，她说："你到了那边，要经常给我打电话。"

梁裕白点头："嗯。"

陆相思说："但你也不要经常想我，你去那边是去读书的，你要好好学习，争取早日毕业，回来见我。"

"嗯。"

她轻轻咬了咬唇："你不能和女孩子说话。"

"嗯。"

"也不能看她们，再好看也不能看！"

"嗯。"

她声音降低："你已经有我了，就不要去喜欢别的女孩子了……"

梁裕白的眸色深不见底，哑声道："我只喜欢你。"

陆相思拍了拍他的肩，说："我到家了。"

梁裕白松手，让她下来。

"一路平安。"

说完，她头也没回地离开。

昏昏夜色中，梁裕白的脸隐匿在暗夜里，唯独那双眼格外清晰，眼眶发红。

不知过了多久，他仰头看着楼上窗帘后藏着的人影，又说了一遍："我只喜欢你。"

午夜车鸣声响起，划破苍穹。

陆相思躺在床上，合上眼。

恋爱是什么滋味呢？

是甘愿将心脏都剖给他，甘愿为他做任何事，也心甘情愿地接受他离开的事实。

而她只能等。

等他回来。

那一整晚，陆相思都没睡。

她坐在床头，看着时针转动。

空调制冷，风口冒着冷气，她打开窗，爬到窗台，坐下。

盛夏半夜的风也带着褪不去的燥热，而后背感知到的是空调的冷，她在冷热交替中，浑浑噩噩，大脑也变得迟钝。

脑海里，闪过一帧帧画面。

那年六月突如其来的一场雨，她不知是在等雨停，还是在等陆斯珩接她。

或许两者皆有。

但是两者，她都没等到。

她等到的，是暗夜里的光。

要不然，她怎么会看不见其他人，只能看到梁裕白？

她想起她做的那个梦。

梦里，遍地都是鲜艳的玫瑰，红得滴血。

他抱着她，也抱着玫瑰，衣服也被血浸湿。

他贴在她耳边说："你逃不掉的。"

像是预言家，也像是无情的判官。

而她不知何时，心甘情愿地沉沦……

她又想起文身那天。

他半跪在她面前，从未有过那样的低姿态，吻她的脚踝。

高高在上的神祇，也有卑微如尘的时候吗？

他用实际行动告诉她——

在她面前，他不是神，也不是梁裕白。

他什么也不是，只是她的裙下臣。

他是那样冷淡的人，却又那样灼烈地爱着她。

恨不得，随时随地都和她黏在一起。

可现实却是，他要离开。

眼泪不知何时掉落下来，她伸手擦，却是徒劳。

因为越擦越多。

像极了初见那天的那场雨。

她终于醒悟，原来是那场雨，把他们捆住。

从此以后，撕扯、纠缠，再难分割。

梁裕白的航班是上午十点。

恰好陆相思睡去。

她醒来，就收到他的消息。

在那之后，他们之间的联系，只能通过网络。

一个初秋的清晨。

陆相思按掉闹钟，刷牙时听到楼下岑女士喊她吃饭的声音。

她吐出嘴里的一大口泡沫，应了声："起了。"

她看了眼时间，急匆匆地下楼。

陆相思从餐桌上拿了块吐司咬在嘴里，含混不清地说："我走了。"

岑岁问道："不吃完早餐吗？"

陆相思在玄关换鞋，说："来不及了。"

看清她的穿着打扮，岑岁恍然："今天要去实习啊？"

陆相思马上进入大四。

开学前两个月，是实习时间。

她点点头："对。"

岑岁扬了个笑给她："实习顺利。"

陆相思急忙跑出家门，坐地铁去公司。

公司是她学长祁妄介绍的，华恒广告策划有限公司，陆相思和房悦都投了简历，两个人也都被录取了。

坐在自己的工位上，陆相思抬头，意外看到了何处安。

何处安和她相视一笑："你来这里实习吗？"

陆相思答："嗯，你也是来这里实习的吗？"

"嗯，好巧。"

"真的好巧。"

寒暄的时间并没有多少，她便有了任务，拿着本笔记本跟带她的师傅开会去了。

实习生做的事情并不多，基本都是些杂活。

每天有很多空闲时间，陆相思会看师傅给她的广告案例，但偶尔极少数情况下，她会拿出手机给梁裕白发消息。

隔着十二个小时时差，对秒回也没了要求和期盼。

基本她早上发的消息，等到午休才会收到回复。

好在每晚，两个人都会视频聊天。

过了国庆，已经是深秋。

陆相思趴在桌子上，看着手机屏幕里的梁裕白，说："我下周要交一个策划，说是作为我们实习考核成绩，而且如果做得好的话，可以留在华恒。"

梁裕白抬眸："你想留在华恒？"

"华恒是大公司，我当然想。"

梁裕白没发表意见。

她话音一转："但我觉得我希望不大。"

"怎么这么说？"

"我们这批一共六个实习生，其中有四个是你们学校的，学历上就已经超过我一大截了，"陆相思有着清晰的自我认知，"剩下一个是我的室友房悦，她成绩比我好，人也勤奋，我感觉怎么样也轮不到我。"

梁裕白淡声说："你要是想，可以留。"

"什么意思？"

梁裕白说："一句话的事。"

她眨了眨眼，领悟到这是走后门的意思，惊呼："那也太不公平了。"

梁裕白却说："公平从来都是相对的，更何况，你进华恒，相对应的，我也会给华恒一些必不可少的回报。对华恒而言，这才是最公平的。"

陆相思拿笔的手顿了下。

她犹豫几秒后，说："我也不是很想留在华恒。"

事实上，她很想留在华恒。

她是几位实习生里最勤奋的那个，带她的师傅也对她称赞有加。她连续一个礼拜都在熬夜做策划，就为了考核时拿到高分。

实习结束前两天，考核结果即将公布。

部长还没来，陆相思百无聊赖地玩着手机。

正好陆斯珩给她打电话过来，她出了办公室。

落地窗清晰倒映出两个身影，是部长和何处安。

部长语气恭敬："小何总，有什么事吗？"

何处安问："这批实习生里，你们要留谁，事先有商量过吗？"

部长说："陈商寅是确定要留的，另外一个名额，还在房悦和陆相思之间犹豫。"

何处安说："给陆相思。"

部长有些为难："小何总，这是……"

陆相思看到何处安嘴角勾起一抹冷笑，说话带着傲气："怎么，我现在决定一个人都这么难，是吗？"

部长马上低下头："当然不是，我马上把她的名字写上去。"

何处安"嗯"了一声。

部长微弓着身走了。

身影消失，背后却有一人。

见到陆相思，何处安并没有任何慌乱。

他朝她走去："听到多少？"

陆相思说："全部。"

何处安意味不明地笑了下。

陆相思问他："你为什么是小何总？"

何处安说："这是我爸的公司。"

陆相思有些不敢置信："这不是何叔叔的公司吗？"

实习前，她从陆宴迟的口中得知，华恒是何蔚的公司，何蔚也就是江吟的先生。

但她没有记错的话，江吟有一个女儿。

何处安说："何蔚就是我父亲。"

陆相思一惊："你是何叔叔和江阿姨的儿子啊？"

得到的却是一抹冷笑。

他说："你说的是江吟吧？他是我父亲在外面的人。"

陆相思怔了怔，一时间不知道要说些什么。

"陆相思。"

他的声音从头上传来。

她下意识应了声。

何处安说："你可能不知道，我喜欢你很久了。"

陆相思往后退了一步，拒绝道："抱歉，我有男朋友了。"

"我知道。"

"我先回办公室了。"

她脚步匆忙，近乎逃跑的姿态。

甚至也没听考核结果，她不需要何处安给她的善意。

陆相思等地铁时，接到了部长的电话。

在部长说明来意后，她拒绝了："部长，您把名额给别人吧。"

"为什么？这可是多少人求都求不来的机会，你真的不要吗？"

"不用了。"

感受到她强硬的态度，部长也没再挽留。

地铁到了。

陆相思随着人流拥入，坐在位置上，有些失神。

手机在响。

是梁裕白的电话。

她不想和任何人说话，按了挂断，发了一条"在忙"的短信。

还没到下一站，她又回拨回去。

在面对梁裕白的时候，她真是没骨气。

梁裕白问道："不是在忙？"

陆相思说："骗你的。"

"为什么骗我？"

"我只是不想和人说话，我就是觉得很荒唐，很不可思议。"

梁裕白问："遇到什么事了？"

沉默。

无休止的沉默。

直到她下了地铁，走在回家的路上，看着空无一人的街道，她才缓缓
开口："你还记得住在我家隔壁的江阿姨吗？我一直以为她和何叔叔是夫

妻，可是我今天才知道，他们……"

"包养"这个词，她难以启齿。

梁裕白说："江吟是何蔚的初恋。"

陆相思停下脚步。

他知道的俨然更多："但何蔚的妻子，不是江吟。"

陆相思找回声音："你怎么会知道？"

梁裕白没回答她，反倒说："这些东西太脏，我原本不想告诉你。"

陆相思在别墅外停下。

以往，江吟都会拉开院门，温柔地朝她笑。

她觉得自己的三观被颠覆了。

她问："你会和除了我以外的人结婚吗？"

梁裕白说："遇到你之前，我没想过我会结婚。"

她低下头，突然叫他的名字："梁裕白。"

梁裕白应着："我在。"

"我可以相信你吗？"

"可以。"

"你永远都不会骗我吗？"

"永远。"

陆相思轻声说："你那么聪明，要是真想骗我，我也猜不出来。"

梁裕白并不赞同："我要是真想骗你，早就和你结婚了。别人是别人，我是我。"

陆相思忍不住笑了起来："是啊，你是梁裕白啊。"

是永远不会让我失望的梁裕白。

世界是世界，你是你。

实习期最后一天。

组里的人组织聚餐，请他们六位实习生吃饭。

陆相思并不想参加，但是想到实习期间，组里的人都对她照顾有加，她觉得没必要因为何处安一个人，而疏远其他对她好的人。

于是她参加了。

她以为聚餐只是简单地吃饭。

结果吃完饭后，是去酒吧。

震耳欲聋的音乐、摇摆的人群、四面八方的镭射光。

陆相思刚坐下就想走。

尤其是何处安在她边上坐下后，她更想走了。

何处安却举杯："喝一杯吗？"

陆相思瞥了他一眼："不了。"

"这么不给我面子吗？"

陆相思敷衍地说："我酒精过敏。"

因为她这句话，晚上她躲了所有的酒。

好不容易熬到散场。

房悦却喝吐了，陆相思扶着她，在路边等车。

耳边响起何处安的声音："我有车，可以送你们回去。"

陆相思说："不顺路。"

何处安笑了下。

他却没走，站在一边，看她四处拦车的狼狈模样。

正是午夜回程高峰期，来往的出租车上都有人。

欣赏了大概五分钟，何处安说："你室友都这样了，你确定不坐我的车走？"

话音刚落，房悦就滑落在地。

陆相思艰难地把她从地上扶起来，问道："房悦，你还好吗？"

她已经不清醒了，只是傻笑。

何处安又说："我把你送到宿舍楼下就走，放心。"

想着车上还有司机和房悦。

陆相思没再忸怩，上了他的车。

车厢里满是酒味，还掺杂着呕吐物的味道。

陆相思降下车窗，气味散了大半。

何处安突然说："你真不考虑考虑我？"

陆相思提醒他："你说这话时，有考虑过江梦的感受吗？"

何处安反问："我为什么要考虑她的感受？"

"她不是你女朋友吗？"

"不是。"

陆相思愣住。

"我和她，没有在一起过。"

"你们不是情侣吗？"

从大一到大四，陆相思从江梦口中听到的何处安，是个完美男友。而她也看到过，江梦搂着何处安，动作亲密自然。

何处安没有情绪地笑了下，说出的内容，却让她不自觉瞪大了眼。

"江梦，是我同父异母的妹妹。"

车缓缓停下，何处安打开车门。

他逐渐罩住她的身影，呼吸越发清晰。

"到了。"

距离太近，鼻息带来的，是头皮发麻的感觉。

她后背紧绷："今晚，谢谢你了。"

可他扶着车门未动，说："只是谢谢吗？"

陆相思强迫自己保持冷静："下次我请你吃饭。"

"你说的，可别失言。"

何处安笑起来时，早已没有当初在电玩城那般少年俊朗，沉稳又从容，而是眉眼间带着别有深意的打量。

他松开手。

陆相思从车和他之间的缝隙中快速溜走，把房悦拉下车。

她扶着醉酒的房悦走回宿舍。

把房悦送回宿舍后，她没再停留，回到梁裕白的房子里。

房间里，仍旧有着属于他的气息。

她拿出手机给他打电话。

咖啡馆里有着醇厚的咖啡香。

桌子上突然多了一只手，一个声音响起："梁裕白，好巧。"

手机同时响起。

回应这句问好，与接陆相思的电话，梁裕白当然选择后者。

于是没抬眸看那人一眼，他就接起电话："到家了？"

被忽视，李雨晴并不介意。

她把书本放在桌子上，在他对面坐下："你应该不介意我坐这儿吧？"

梁裕白神情淡漠："介意。"

他们的对话，陆相思听得清楚。

她愣了下，问道："你是有事在忙吗？"

梁裕白说："不忙。"

"我好像听到了女生的声音。"

梁裕白没否认："嗯。"

陆相思问："你朋友吗？"

他皱眉，语气更显漠然："不认识的人。"

说着，他把桌子上的电脑也收起，起身欲走。

他的手腕却被抓住。

李雨晴维持着笑意："你可能没看到王浩给你发的消息，我和他换了一下，所以，这次的 team work（小组作业），我们俩完成。"

梁裕白窝火，强忍着怒意："松手。"

李雨晴松开手："你……"

梁裕白扔下一句："你告诉他，要么换回来，小组作业我会加上他的名字，要么他这节课等着挂科。"

给她的背影，也是冷漠到了极致。

饶是李雨晴脸皮再厚，也觉得难堪。

梁裕白出了咖啡馆，恰好遇到王浩。

王浩和他打招呼。

梁裕白说："你要换组？"

王浩有些蒙："我什么时候说要换组了？"

追出来的李雨晴听到这话，像是被人当场扇了个巴掌。

梁裕白淡声道："那个人说的。"

王浩看到李雨晴狼狈的模样，连忙圆谎："哦，李雨晴有说过要和我换，但我忘了。"

梁裕白冷冷地说："我说过，我不和女的合作。"

王浩拉着他："你这是对女的有意见？"

梁裕白说："不是。"

"那你这……"

"我女朋友很介意。"

夹在吱吱电流声里的，是陆相思的声音——她小声争辩："我才没有说这种话。"

丝毫不留一丝情面和礼貌。

梁裕白离开。

他问："你不介意我和女生一起做作业？"

陆相思仍旧小声："一点点……"

她坚持："只有一点点介意。"

梁裕白的神情舒展了几分。

陆相思问他："你这样会不会太不给你同学面子了？"

梁裕白说："我给他们面子，万一你胡思乱想怎么办？"

为人处世固然重要，但对梁裕白而言，排在第一位的永远是陆相思。

陆相思堵着的郁闷，消了大半。

她躺在床上，沉默稍许，问道："你知道江梦和何处安的关系吗？"

梁裕白皱眉："何处安和你说了什么？"

陆相思疑惑："你怎么知道是他说的？"

梁裕白猜测："他和你表白了。"

不是疑问句，是肯定语气。

虽然明确地拒绝了何处安，但陆相思莫名很是心虚："我没答应。"

梁裕白停下脚步。

他问："什么时候的事？"

陆相思老实交代："前两天。"

梁裕白语气不善："离何处安远一点。"

她说："我知道。"

沉默片刻，梁裕白回到上一个话题："有两个版本，你想听哪个？"

陆相思茫然："什么？"

"何处安应该是和你说，他们是兄妹，对吧？"

陆相思"嗯"了声："还有一个版本是什么？"

还有一个版本。

是梁裕白亲眼见到的版本。

是见到陆相思那年的暑假。

何蔚为了庆祝何处安考上南大，宴请四方宾客。

梁裕白也在受邀名单中。

但他并不喜欢这种场合，出现大概十分钟，便离场。

他从后门绕出去，却被对话声拦住。

他并不喜欢听八卦，只是觉得声音很耳熟，便停下。

视线看过去，正好是何蔚手扬起，而后重重落下。

"啪"的一声，接着是何蔚怒气十足的声音："何处安是你的哥哥，江梦，你喜欢你亲生哥哥……总之，你俩不可以！"

江梦倒在地上："你以为我不知道吗，何处安是陈太太和别的男人生的。"

听到这话，何蔚更气。

江梦说："你还想打我吗？"

她笑了起来："如果别人都知道这事，你猜会怎么样？"

她问："何处安知道吗，他最崇拜的父亲，其实不是他的父亲，他不过是他妈妈和别人出轨生出来的。"

何蔚扬在空中的手，迟迟未落。

江梦站起来："我就是要喜欢他。

"你不让我和他在一起也没关系，反正，如果得不到他，我也不介意毁了他。

"他会失去什么，华恒的继承权？

"何家长子长孙该有的东西？

"何家不会留他的。

"你再打我试试？"

男人放在空中的手，最后无力地垂在身侧。

江梦笑着离开。

但她却在院子里，看到了梁裕白。

梁裕白神色漠然地经过她，仿佛一切都没看到。

听到的龌龊多了，对于这事，他并没觉得有多惊讶。

陆相思不一样，她在象牙塔里待了太久，纯真得还怀揣幻梦。梁裕白愿意给她造梦，但无法阻碍其他人将她拉至现实，面对阴暗龌龊的一面。

许久，她才找回自己的声音："江梦……"

梁裕白说："你也离她远一点。"

陆相思辩驳："她对我很好。"

梁裕白却说："如果她知道何处安喜欢你，你确定她还会把你当朋友？"

陆相思沉默下来。

"我还有事要忙，时间也不早了，你快点洗澡去睡觉。"梁裕白停顿了下，"我不在你身边，你有事多找陆斯珩，知道吗？"

她揉了揉眼："你要挂电话了吗？"

梁裕白目光微沉："不挂，但你只能听到键盘的声音。"

她也满足："那别挂了。"

"嗯。"

那一晚，陆相思是在梁裕白敲键盘的声音里睡去的。

在陆相思睡着后。

梁裕白停下动作，微微蹙眉。

他给陆斯珩打电话。

几秒后，那边传来陆斯珩的声音："小白。"

梁裕白冷声："我没名字？"

陆斯珩反问："这不是你的名字？"

梁裕白面无表情："最近忙吗？"

陆斯珩觉得新奇："你是在关心我？"

梁裕白说："不忙的话，多去看看我女朋友。"

饶是这么久了，陆斯珩还是很难消化梁裕白口中的女朋友是他妹妹的事实。

"原来是为了相思才给我打电话。"

梁裕白说："何处安喜欢她。"

陆斯珩收起调笑。

梁裕白语气轻蔑："他表白了。"

陆斯珩不屑："他也配？"

梁裕白说："毕竟是华恒太子爷。"

陆斯珩低笑："说句实话，梁氏太子在我这儿都是勉强凑合。"

梁裕白冷笑。

陆斯珩说回正事："我这两天学校有事，后天晚上再过去，相思是住你那儿的吧？"

"嗯。"

陆斯珩不满地"啧"了声。

梁裕白却心情很好："去我家之后，对我女朋友尊重点。"

换来的，是陆斯珩挂电话的行为。

第十章 /
谁都逃不过玫瑰

厨房里的锅"咕噜咕噜"地响着。

陆相思打开锅盖，面条在沸水里翻涌。

雾气飘上来，指尖被烫了下，她捏着耳垂，听到了门铃声。

她急匆匆地关火，跑到玄关处开门。

江梦手里拿着一盒蛋糕，说："我就猜到你在家。"

陆相思缓慢地眨眼，转头回厨房，说："我的面……"

门在身后合上。

江梦看着背对着她的陆相思露出雪白侧颈，她双唇翕动，微笑着问："都已经两点了，你怎么才吃饭？"

陆相思把面端出来："昨晚睡得晚。"

江梦一愣："昨晚有事？"

陆相思说："和梁裕白打电话到很晚。"

她神情淡淡的，看不出什么情绪来。

江梦坐在她对面，又问："梁裕白在国外好吗？"

陆相思说："挺好的。"

江梦环顾四周："这么大的房子，就留你一个人在家，他也放心。"

陆相思放在桌子下的手拿出手机，低头吃面时，手机藏在桌板下，她费劲地找到梁裕白的名字，然后，打了电话过去。

两三秒就接通。

手机屏幕朝下，扣在桌子上。

陆相思问："你怎么突然来找我？"

江梦笑道："我很久没见到你，有点想你了。"

她盯着陆相思。

长久的对峙后。

江梦收起笑，语调平静地说："我一直以来都把你当成最好的朋友。"

陆相思沉默地望向她。

江梦说："一开始听到你的名字，是从我母亲的嘴里，只不过我住在何家，所以没见过你。当时我也很好奇，陆相思到底长什么样子。"

说完，她那张精致美丽的脸，已经没有一丝笑容。

"后来听到你的名字，是从何处安的嘴里。"提到何处安，江梦眼角挑起笑，"他眼光多高啊，竟然说你长得漂亮。

"我曾嫉妒过你。

"好在，他说他不喜欢你。"

江梦抬起头，视线重新落回陆相思脸上："我信了。

"所以我毫无芥蒂地和你做朋友。

"你知道吗，你是我交的第一个朋友，也是唯一一个。"

化着完美眼妆的眼被撕扯，神情狰狞。

"你为什么要背叛我呢？梁裕白那么好，你为什么还要找何处安呢？你明明知道……明明知道他是我的男朋友！"

陆相思皱眉，打断她："他是你哥哥。"

江梦语气加重："他不是。"

陆相思说："而且，我不喜欢他。"

江梦语气平静："喜欢，是一方的行为。"

陆相思强调："我拒绝他了。"

"是啊，你拒绝他了，但那又怎么样呢？他因为你的拒绝，对我发了脾气，我们甚至大吵了一架，他问我有没有把他当作哥哥。"

顿了顿，江梦冷笑出声："真是可笑，他又不是我亲哥哥。"

陆相思望着她："你来找我干什么呢？"

江梦眨眼："我也不知道。"

门铃声又响起，很急促。

陆相思起身："我去开门。"

门外站着的，是喘息不匀的何处安。

她愣了愣。

见她完好，何处安松了一口气。

"这么担心她会出事吗？"江梦靠在墙边，笑吟吟的。

何处安语气微沉："我有没有说过，不许动她。"

江梦依旧微笑着："有……吗？"

何处安深吸一口气："你——"

他还来不及把话说完，肩上突然一沉，有人从后面控制住何处安，让他无法动弹。与此同时，陆相思也被人用绳子绑住双手。

保镖们把他们二人控制住，姿态谦卑："大小姐。"

何处安暴怒："你们对我动手？"

却得不到任何回应。

房门紧闭。

窗外天色阴沉沉的，昏薄的光，风泛着凉意。

江梦手里不知何时多了一把刀。

锐利刀刃反着光。

冰凉的刀刃，滑过陆相思的脸畔。

陆相思闭上眼，连呼吸都是颤抖的："你要干什么，江梦？"

何处安头皮发麻："江梦，你是不是疯了？"

江梦语调轻快："我疯不疯，你应该知道的啊。"

何处安说："我知道，你放过她，有什么事和我说。"

"可是和你说有用吗？"

"你先放了她。"

"大学三年你都忍住了，怎么快毕业了，忍不住？"

何处安手上的青筋凸起，他挣扎着说："你们松开我，我是谁你们都忘了是吗？还不快给我解开！"

江梦直起身："你以前不是这样的。"

她面无表情地继续说："你以前，是看着我这样对人动手的，不是吗？"

何处安说："以前是以前。"

江梦摇了摇头，失望道："是她让你变了。"

她手里的刀，贴在陆相思的脸上。

她像是着魔般，喃喃道："只要我毁了她，那么你还是你……对吗？对吧。"

陆相思小声喊道："江梦！"

"嗯？"

"我们不是好朋友吗？"

"可是对我而言，最重要的永远是他。"

江梦就是个彻头彻尾的疯子。

感觉到刀刃的靠近，陆相思彻底慌了神："你知道你这样做的后果吗？我爸爸和我哥哥……还有梁裕白，他们不会放过你的。

"梁裕白不止不会放过你，也不会放过何处安的。

"你也不想毁了何处安的前程，对吗？"

是很具有说服力的话。

江梦的动作停下。

几秒过后，她声音很轻地说："如果毁了他才能得到他，我并不介意。"

余光里刀刃一闪而过，陆相思闭眼，等待着刺痛来袭。

等到的，却是门开的声音，以及一串急促凌乱的脚步声。

刀陡然跌落在地。

"我来了……别怕。"

陆相思颤抖着身子，躲进陆斯珩的怀里："哥哥……"

午夜时分。

梁裕白正准备洗漱睡觉，听到一串铃声。

他接起电话，听到的却是陆相思和别人说话的声音。

有那么一瞬，梁裕白以为她按错了号码。

直到听到对话。

江梦的为人他不是没听说过。

于是他给陆斯珩打电话。

却被挂断。

他又打。

陆斯珩接起，声音很轻："我在上课。"

梁裕白说："江梦去找相思了。"

陆斯珩愣了下。

另一部手机里响起嘈杂的脚步声，以及何处安的怒吼。

梁裕白问道："听到了吗？"

陆斯珩匆忙起身，稍显歉意地和教授解释："我家里出事了。"

教授理解地让他早退。

梁裕白沉声道："我让助理带人过去了，你也马上过去。"

陆斯珩跑下楼："我知道。"

梁裕白捏着手机的手心都在冒汗："她不能出事。"

陆斯珩说："不会的……"

电话挂断，梁裕白也没了洗漱的心情。

直到陆斯珩的短信发来，他脸上的表情才出现些许变化。

手里夹着的烟被按进烟灰缸里，里面已经满满一堆烟头，房间里的烟草气息浓郁，挤压着人的呼吸道。

他找到借口。

不是他在惶恐害怕，而是烟压抑着他的喉咙。

梁裕白走进浴室。

阴翳的眼底和充满戾气的神情在镜子里彰显分明。

他突然往外走。

车子在马路上行驶，是去往机场的方向。

得知梁裕白买了机票，陆斯珩劝道："她已经好了，真的，你不用回来。"

梁裕白依旧坚持："大概凌晨四点半，我到家。"

陆斯珩直呼其名："梁裕白。"

"我知道我在干什么。"

陆斯珩说："那你还回来？"

梁裕白盯着指尖猩红的火苗，突然，用指腹揉擦着烟头。

烫出一块明显的水泡。

他的神情却无一丝变化，只"嗯"了一声。

陆斯珩还想劝，却听到梁裕白说："她在等我。"

陆斯珩看了眼坐在沙发上的陆相思，她忽地伸手摸了摸脸，确定脸上确实没有留下任何刀疤，才松开手。

注意到有道视线落在身上，她转头，对陆斯珩如常般地笑，仿佛无事发生。

隔着玻璃拉门，她用口型和他说话——你在和谁打电话，女朋友吗？

电话里，梁裕白说："不用告诉她。"

陆斯珩问："告诉她不好吗？"

"太晚了，怕她不睡觉。"

陆斯珩终于明白，陆相思为什么会喜欢梁裕白了。

梁裕白冷淡、薄情。

那是因为他将仅有的感情，都给了陆相思。

陆相思这一觉睡得昏昏沉沉，总是做梦。

梦里有人拿着一把刀走向她。

她头皮发麻，寒意从尾椎骨蔓延至全身。即便是梦，醒来后，她的衣服都是湿的。

惊醒时，她鬓角都淌着汗。

整个人失神地坐在床上。

被子里还有梁裕白的气息，却已随着他的离开越发稀薄。

她眼眶泛湿，扼住想见他的冲动。

她不能去打扰他。

他现在在上课。

她得做个好女友。

她得成熟、懂事、稳重。

可她恨死这样的自己。

她想做个自私又任性的人，想听到他的声音，见到他，然后抱着他，感受到他身上传来的气息。

她想告诉他，今天她有多害怕。

她也想痛声质问他，为什么出现的那个人是陆斯珩，而不是他？

而在这时，房间的落地灯亮起。

窗帘紧闭的房间，一盏昏黄幽暗的灯亮着。

男人坐在沙发上，模样冷淡又疏离。

陆相思的大脑一片空白。

梁裕白朝她走来，他把她抱进怀里。

他冰凉的指尖贴在她颈侧，声音却带了温度："不用怕，我回来了。"

陆相思能感受到他的呼吸扫过头顶。

昏暗中，响起啜泣声。

她哭着说："你怎么才回来……"

梁裕白弓下腰，忍不住亲她的眼角："以后不会了。"

她泣不成声："我还以为……你真不管我了。"

他声音冷到极致："你永远是我的，逃也逃不掉。"

他舌尖尝到泛苦的泪水。

他垂眸："别哭了。"

陆相思哽咽着问："这是梦吗？"

"不是。"

陆相思再三确认："你是真的吗？"

梁裕白的手拨开她的衣服，吻沿着她眼角逐渐往下，缠绵的、带着温柔的安抚力度。

他嗓音沙哑："真不真实，问你自己的感受。"

不管是真实还是梦，都不重要了。

陆相思把这当作梦魇，抽取她的理智。

欲望勾引着她。

她热烈又动情地回应着。

猝不及防的痛感。

她眼角又沁出眼泪："梁裕白……我疼……"

梁裕白贴在她耳边："抱着我。"

她抱着他。

感受到潮涨潮落，她如一叶扁舟，动荡不安，想寻找个落脚点，却被一阵阵海浪掀起，唯独喘息能让她知道她还活着。

好在梁裕白也和她一样漂浮着。

他紧紧地抱着她。

陆相思想：

不管是梦还是现实，都好。

至少他们真的在一起了。

在这幽暗的环境中，只能看到陆相思雪白的皮肤。

被子将雪山覆盖，蜿蜒至最后，是不可窥见的深渊。

梁裕白伸手，深渊触手可得。

陆相思此时安稳地躺在床上。

昨天的惊恐令她精神紧绷。

她的指甲抠进他皮肤血肉里，刺激着他血液里的野性，极度地占有和无止境地侵略。

汗液随着滚烫喘息蒸发，融入空气里，是暧昧缱绻。

深不见底的漆黑里。

他终于捕捉到他的灵魂，和她的缠在一起。

夜晚到清晨。

这座城市喧哗四起。

他也终于得偿所愿。

灵魂沉溺于这场盛大的狂欢中。

每一根神经都掺杂欲念。

冷水洒在他手上，他却浑然未觉。

怀里的她为之一颤，在睡梦中低吟："冷……"

梁裕白把水温调高，热水淌在她皮肤上。

把陆相思放回床上。

时针已指向八点。

将近两天没有睡觉，梁裕白却丝毫没有困意。

陆相思在梦中，仍紧拉着他的手。

她这一觉睡得异常安稳，大脑和身体同时累到极点，困意拉扯着她，身边有源源不断的热意熨烫着她的身体。

翻了个身，她睁开眼。

占据手机屏幕一小格的人，从手机里跳了出来。

脸被放大了无数倍，清晰得能数清他的睫毛。

陆相思向梁裕白靠近。

她默默伸手，想要摸一下他的睫毛。

手到一半，被他抓住。

她有些惊讶："你醒了？"

梁裕白把她嵌入怀里："嗯。"

陆相思动了下。

头上传来一声闷响。

梁裕白说："别动。"

陆相思愣了下。

梁裕白解释："有点控制不住。"

昨晚的种种还历历在目，尤其是她稍微动一下身上都有的酸痛感，提醒着她面前这个忍了三年，看似很节制很能忍的男人，失控放纵才是本性。

陆相思不敢再动。

交颈相拥的片刻温馨。

陆相思终于想起什么："你怎么会突然回来？"

她的声音带着懊恼笑意："害得我昨天第一反应是……做梦。"

梁裕白问："你经常梦到我？"

她轻声回答："偶尔。"

梁裕白视线下移，落在她唇上。

她有些委屈："经常偶尔。"

梁裕白没说话。

陆相思仰头亲了亲他下巴："你呢，你有梦到我吗？"

他沉默。

陆相思瞪大眼，想把他推开。

却被他死死地抱住。

头上传来的声音清晰，带着浓重倦意："事实上，我每天睡觉的时间都很少，只想着快点结束学业回国，偶尔会做梦，梦到你。

"可是醒来后我却得强迫自己忘了那个梦。"

她疑惑："为什么？"

梁裕白说："我不能想你。"

陆相思忍不住，咬他的下巴。

他的声音随之停下。

力道不小，甚至还有血丝。

她心疼得红了眼："你怎么不说疼呀？"

梁裕白垂眸，眼底有浅浅的一层温柔："我恨不得这个牙印能留一辈子。"

陆相思按了按牙印，擦去血丝。

梁裕白拉过她的手，说："我每天都在说服自己不要去想你，因为一想你，我就完全没法集中精力去做任何事，可越是不想你，我越是没法集中精力。"

诡异又无止境的轮回。

她眼眶酸涩。

这场爱情，她才是败将。

他永远比她爱得深。

他洗漱时，陆相思跟在他身边。

梁裕白问她："一起吗？"

她摇头："我就想看看你。"

梁裕白眉头轻抬。

陆相思问："想吃什么？"

他说："面条。"

"我给你煮。"

却被他抓回来，紧扣在怀里。

"我来煮。"

陆相思乖乖不动了。

等到梁裕白洗漱好，便去厨房煮面。

她回房换衣服，看到他手机屏幕亮起，于是拿着他手机出去，说："你有消息。"

梁裕白头也没回，问道："谁发的？"

她看了眼："我哥。"

"你看。"

她轻而易举地解锁了手机，点开陆斯珩发来的消息。

陆斯珩：【先说明一点。】

陆斯珩：【我爱好和平。】

毫无逻辑的话。

很快，他又发了一个视频过来。

梁裕白把面端了出来，问道："陆斯珩说什么了？"

陆相思没来得及点开视频，就把手机递还给梁裕白："我不知道他在说什么，不过他给你发了个视频。"

他接过手机，点开视频。

声音开得有点大了，以至于那声惨叫无比清晰。

陆相思愣了愣："那……是江梦的声音吗？"

他按灭屏幕："嗯。"

陆相思迟疑地问："你们对她做了什么？"

梁裕白说："什么都没做。"

"可是……"

梁裕白面容寡冷，语调冷到极致："我很想对她做些什么，但是很可惜，我不在国内，只能让陆斯珩处理。"

陆相思急了："我哥哥对江梦做什么了？"

"他只是把江梦送回何家。"

陆相思不信。

他漠然地说："他不是我，不会为了你做一些丧尽天良的事，你大可放心。而且，陆斯珩也不会把前途毁在她的手上。"

沉默几秒。

陆相思问："江梦……"

梁裕白把手机扔给她："自己看。"

视频里，江梦和何处安跪着。

何蔚拿着一根棍子，动作狠厉地打在江梦的背上。

江梦咬着牙。

棍子再扬起时，何处安扑过去挡住。

棍子断成两半。

江梦不可置信，突然一声惨叫，哭声怆然："哥……"

何处安却推开了她。

视频到这里就结束了。

陆相思有些失神。

梁裕白语气万分冷淡，提醒着陆相思："把你的同情心收一收，如果陆斯珩没及时赶到，你现在已经毁容了。"

被唤回神，陆相思蹙眉："我没有同情她。"

她低头咬着面条："我只是在想，江阿姨知道江梦过着这样的生活吗？"

"你怎么确定她不知道？"

她微微睁大眼。

梁裕白沉声道："你不能要求所有的父母都像你父母那样，懂吗？"

提到父母。

陆相思轻轻咬唇："你说……我爸会不会打断你的腿？"

梁裕白对陆宴迟的承诺。

陆相思当然知道。

要不然他怎么迟迟不把她吃干抹净？他又不是唐僧，也不是柳下惠。

在陆相思面前，他就是个没有原则的瘾君子。

梁裕白面色未改："无所谓。"

陆相思盯着他："你还挺嚣张。"

他抬眸："我晚上五点的飞机走。"

现在已经是两点十五分了。

怪不得他这么嚣张，就算陆宴迟知道，也没时间过来揍他。

"你确定要把我们的私生活告诉你父亲？"

陆相思缩了缩脖子："怎么可能。"

梁裕白柔声道："也好，你自己回味就行。"

她被噎住，止不住地咳嗽，白皙的脸咳得有些泛红。

送走梁裕白，陆相思回家。

晚秋风凉雨急，急切的雨水拍在窗上，她躺回床上。

也才没多久，床上已经没有任何温度。

梁裕白又走了。

短暂的相遇，漫长的离开。

在那之后，陆相思再没见过江梦。

江梦本身就不住学校，加上大四事多，她们也不是一个系的，见面的机会本就少之又少。

但陆相思和房悦在上课时经常见到。

她有想过去问房悦，为什么把那事告诉江梦。

何处安前一天和她表白，第二天，江梦就怒气冲冲地来找她。很简单，不用想就知道是谁从中作梗。

但她仔细想想，还是作罢。

成年人之间哪有那么多数不清的追问，大家心里知道原因就好。

就像房悦不喜欢她们。

大学都快结束了，陆相思也没问过房悦，到底为什么不喜欢她们。

有些人本就不是一路人，何必勉强。

大四最后一节课，在十二月二十号上完。

十二月二十三号。

飞机从低空掠过，在平流层和对流层飞行。

从机窗望下去，只有棉花团状的云。

陆相思睡了一觉，醒来后揭开眼罩，看到外面是鳞次栉比的高楼。

波士顿机场旅客众多。

生疏的洋人面孔和蹩脚的口语令她手足无措。

好在不远处，她就看到了熟悉的身影。

黑色羊绒大衣衬得梁裕白身形落拓冷削，出色的五官却是冷淡的，带着寡冷的疏离。

直到看到陆相思，他的脸上才有别的色彩。

梁裕白接过她的行李。

他另一只手伸出来，她却没有回应。

他眉头蹙起。

陆相思往前走了几步，说着挑剔的话语："不要牵手，要抱。"

话音落下，迎接她的，便是一个拥抱。

去往他住所的路上，是梁裕白开车。

车子停好，他绕去后备厢拿行李。

陆相思动作有些慢，在车里找着围巾，找到后，她准备打开车门下车。

风带着一个女声吹来。

似乎有些熟悉。

"梁裕白，你明晚有时间吗？"

零下十几度的雪天，李雨晴却跟感觉不到似的，穿着黑色丝绒连衣短裙，白色貂毛大衣，配着价值不菲的包，漂亮又精致，哪怕在冰天雪地里，都令人悸动。

李雨晴笑得温柔："我想约你吃个饭。"

梁裕白声音低至零下："没空。"

早已习惯他的冷淡态度，她不气馁："你明天约了人吗？"

梁裕白走过来，打开车门。

看到有人从他车里下来，而且是个女人，李雨晴愣住了。

陆相思的教养告诉自己要讲礼貌："我要和她打个招呼吗？"

梁裕白淡淡地说："一个无关紧要的人，不用。"

再多的冷漠都不如这句话的打击大。

李雨晴红着眼："梁裕白。"

梁裕白脸上略带着躁意："有事？"

她扯了下嘴角，索性破罐子破摔，说："这就是你女朋友吗？这么不放心你，从国内大老远地跑过来？"

风有些大了，拍打在人脸上，有着刺骨的寒意。

梁裕白帮陆相思把围巾围好，才有时间回应："是我不放心她，逼她过来陪我。"

陆相思抬起下巴，一副胜利者的姿态："确实。"

珍贵的包被扔在地上，沾上肮脏的泥渍，女人气急败坏的，却也说不出任何话来。

毕竟，梁裕白对她的态度，一直都是冷漠疏离。

他说话最多的一次，就是今天。

还是为了维护女朋友。

梁裕白牵着陆相思进了电梯。

她拉下围巾，问道："这个就是追你的那个人啊？长得……还没我漂亮，对吧？"

她有些底气不足。

她又忙不迭补充："虽然我穿得没她那么性感好看，但是你不能把我现在这个样子和她比较，你要拿我平时穿得很好看的时候和她比。"

梁裕白静静地看着她。

到公寓里，他才开口，语气认真："你才是最好看的。"

印着简单花纹的玻璃窗。

雪纷纷扬扬地砸落，敲碎的，是热烈纠缠的影子。

不知过了多久，终于止歇。

梁裕白从后面抱着她，她柔软的肌肤，不着寸缕。

让他忍不住加重呼吸。

陆相思抵着他的肩，突然说："我饿了。"

这一声及时让他清醒。

"我叫个外卖。"

"我想吃你做的。"

梁裕白说："家里好像没什么东西了。"

冰箱里，干净得只剩下几个鸡蛋。

陆相思问道："没有别的了吗？"

梁裕白想了下，说："煮面？"

她笑了："怎么我们总是吃面？"

锅里烧着热水，陆相思问："你每天都吃面吗？"

"在食堂吃。"

"我也想去你们学校的食堂吃。"

梁裕白不知道陆相思为什么会有这种念头，但还是同意了："明天带你过去。"

水烧开，面条放进去。

水汽翻涌，梁裕白把火关小。

她的脸突然贴在他后背，她的手抱着他。

陆相思埋在他的背后，轻声说："我好像没有说过，'我想你了'这句话。"

梁裕白怔了怔。

他转过身。

雾气熏得她脸红红的，眼里还带着未退的情潮。

不等她开口，手已经被他拽住，腰上一重，被他托举在橱柜台面上。

他捏着她的下巴，含着她的唇，细细地吻，不再像几个小时前的粗鲁狂野，带着许久未见的暴戾，想把所有的想念都尽情发泄。

而是温柔得像是窗外细细密密的雪。

她途经无风的雪天，感受到的是绵软。

却还是舌尖被吻到发麻，呼吸错乱，极易走火。

要不是锅里还有面条在煮，指不定会发生些什么。

餐厅里。

陆相思咬着面条。

梁裕白问："你父亲知道你过来找我吗？"

她说："知道啊。"

梁裕白皱眉："那他没阻止你？"

陆相思笑意狡黠："因为他知道，就算阻止也没用。"

把最后一口面条咽下去，她偏了下头："他甚至笑得非常开心，你说这是为什么？他总不可能真的接受你了吧？"

"不可能，"梁裕白了然，"他只是在想，又多了一个理由揍我。"

听得一头雾水，陆相思怔了怔，然后失笑。

晚上十一点。

梁裕白对着电脑敲敲打打。

陆相思闲得无聊，看起了电影。

是部法国片。

细节处的浪漫令人动容，只是偶尔出现的对话直白露骨。

电影的声音戛然而止。

梁裕白耳边响起她的声音："你身边有法国同学吗？"

她总是有莫名其妙的问题。

梁裕白看了眼她面前的电脑，显示器按了暂停，定格的画面，是坐在床头的女人和背对女人站着的男人。

下方的一行字幕——

【我们这么契合不是吗？我知道你有女朋友，但我只想在床上拥有你，和你做……我们刚刚那么开心，你不要说你没有，身体的反应最诚实。】

梁裕白淡声开口："少看些这种电影。"

陆相思不满："你还没回答我的问题。"

他表情很淡然："或许有。"

陆相思睁大了眼："男的还是女的？"

梁裕白说："男的。"

她松了一口气。

又听到他补充："他性取向和你一样。"

陆相思扔下电脑："你怎么知道他性取向？他和你表白了？"

这话成功让梁裕白笑了起来。

她看向他："你笑什么？"

梁裕白说："很好看。"

她不解。

梁裕白捏了捏她的脸："你吃醋的样子，很好看。"

她拍开他的手，带着故意的口吻："在你眼里，我什么样子不好看？"

梁裕白毫不犹豫地说："也对。"

看着他把电脑放在一旁，陆相思连忙问道："你结束了？"

梁裕白的手已经扯开她的衣服，脸埋进她怀里，声音含混不清，还有些沙哑："才开始。"

突然开始，让她无暇再去追问。

好在她也不过是一时兴起，毕竟她和梁裕白都已到这个地步。

她也深知，梁裕白有多离不开她。

不管是她的心，还是她的身体。

都是他所贪婪的。

陆相思在这里待了五天。

前三天都没有出过门。

第四天的时候，天气放晴，梁裕白带她逛了学校。

陆相思说："我爸爸也是这个学校毕业的。"

梁裕白自然知道。

她抿了抿唇，问道："你会不会觉得我很笨？"

梁裕白问道："你哪里笨？"

她理解得很简单："成绩不太好。"

换作别人，梁裕白当然会冷漠而直白地打击，但面对的是陆相思，梁裕白的心思转换很快："成绩不好只能说明你不擅长学习。"

陆相思小声说："别安慰我了。"

梁裕白拉着她的手抓紧："而且，如果你真的很笨，怎么会骗到我？"

陆相思嘴角扬起："谁骗谁？不是你骗的我吗？"

"是，是我骗你，"他承认，"幸好你这么笨，要不然我怎么会这么容易就得到你？"

她想恼怒，最后仍是笑。

学校布局大同小异，都是教学楼和图书馆。

又是寒冬，二人逛了一会儿就回家了。

隔天，陆相思便要坐飞机回国。

她等待安检时，问道："你过年回来吗？"

梁裕白说："不回。"

她语气平静："那你在这边记得好好吃饭，照顾好自己。"

"嗯。"

她又问："你什么时候回国？"

梁裕白想了想："大概六月。"

六月……还有半年。

陆相思说："我毕业典礼那天你能回来吗？"

梁裕白微微皱眉，只说："尽量。"

终于轮到她。

她往前走了几步。

手腕被他拉着，她退到他怀里。

额头上，印着他微沉的呼吸和轻柔的吻。

梁裕白说："等我回来。"

毕业典礼那天，天朗气清。

操场四周搭着观礼台，陆相思穿着学士服从观礼台上跑了下来。深色学士服在空中飘荡，大学四年时光，也不过如同指间沙。

陆斯珩站在一堆"学士服"中，格外醒目。

陆相思惊讶道："你不是说今天有事不能过来吗？"

他语调悠闲："什么事都没你的事重要。"

还没到典礼时间。

二人在校园里闲逛。

陆斯珩说："小白有说过什么时候回来吗？"

陆相思问道："你怎么叫他小白啊？"

他眉头轻抬："他本来就叫小白。"

她不满："像在叫狗的名字。"

陆斯珩眼角轻挑："小白也说过这句话。"

陆相思说："那他没说过，他不喜欢这个名字吗？"

陆斯珩声音很淡："叫习惯了。"

远处的天很蓝，阳光明媚，蝉鸣声依旧喧嚣。

"我一直以为我和小白会是一辈子的好兄弟，习惯太久，所以在看到你俩在一起的时候，有些……难以接受。"

冷不防听到这些，陆相思愣了愣。

"我以前和你说过，养成一个习惯只要二十八天，距离现在，也不知道过了多少个二十八天，我终于能够接受，你被他骗了的事实。"

头发被他凌乱地揉着。

她想伸手拍开他，视线往上瞟的时候，顿住。

四肢百骸，连同血肉骨头都在此时融化成冰。

不远处的人，如同冰山般。

梁裕白缓缓向陆相思靠近。

陆斯珩也注意到了她的异常，转过身，有些惊讶："小白？"

梁裕白感到躁郁："滚。"

声音低到零下，带来的，是冰块淌过喉咙的冰凉触感。

还没等他再提步，怀里突然多了个人。

他伸手抱住她。

陆相思惊喜地望着他："你怎么回来也不提前告诉我一声？"

他柔声道："给你一个惊喜。"

没等他们再缠绵，陆斯珩就动手把陆相思扯了出来。

他佯装生气："给我保持一点距离。"

陆相思声音带笑："哥哥，我都大学毕业了，你怎么还没有女朋友啊？"

梁裕白说："他不需要女朋友。"

陆相思连忙补充："男朋友也行。"

陆斯珩敲了下她的额头："不许胡说。"

毕业典礼结束后，四周都是拍照的人。

陆相思也不免俗，拉着陆斯珩给她和梁裕白拍照。

陆斯珩连连叹气："我就不该来参加你的毕业典礼。"

她撒娇道："哥哥。"

他拿她没辙："行吧。"

陆相思和梁裕白并肩站着。

阳光穿过树影落下，碎光在她眼窝的深海里反射着粼粼波光。

陆斯珩举着手机，问道："准备好了没，好了我就拍了啊？

"三——

"二——"

陆相思突然踮脚，偏过头。

却不是如预料中的，他冷削的侧脸。

不知何时，还是从一开始，他就是偏头看着她。

犹豫不过刹那，陆相思没有退让，继续接下去未完的行为。

画面定格，恰是他们双唇相贴的场景。

她眼里的光，也映照在他身上。

人群如潮水般翻涌。

陆相思挽着梁裕白的手往外走，眼前意外出现一个人。

自那天后，她再也没见过江梦。

她们不是同一个专业，连毕业答辩都不会碰面。

梁裕白问她要不要报警，她还是拒绝了。他说她太柔软，这样以后会吃大亏。她笑着问不应该是软弱吗？他说不是，是柔软，全身上下没有一丝棱角，所以才和满身戾气的他般配。

陆相思很少回宿舍，从另外两位室友的口中听说，江梦也没回来。

她们对那天，彼此都有介怀。

不见面倒还好。

没想到，毕业这天遇到了。

江梦那张好看的脸素白如纸，即便在盛夏灼热阳光的照耀下，也没有一丝红晕。

恍神的瞬间，江梦表现得像是陌生人般，转身离开。

陆相思的心被堵住。

梁裕白拉着她的手收紧："回去了。"

她收回目光："你说，她以前是真的把我当作好朋友吗？"

梁裕白问："这很重要？"

"当然。"她回答得不假思索。

梁裕白想了半秒："你想听实话，还是假话？"

陆相思皱眉："实话？"

他没有犹豫："没有。"

她顿时泄气，却又不甘心："她说过，把我当作好朋友。"

梁裕白毫无情绪的声音浇灭她的希望："因为你是陆家的人，又是我的女朋友，所以和你当朋友，对她而言，有利无害。"

诚然，他说的都是实话，但陆相思还是沮丧。

好在陆斯珩很擅长安慰人："不管出于什么目的，你和她做朋友时，你有感受过她的真心就够了，不是吗？"

于是她被说服。

再虚假又如何，有那么一刻认真美好就已足够。

陆相思放在宿舍的行李，一个行李箱就装完了。

行李箱放到后备厢里，车子往外开。

三人选在学校附近的烤肉店吃饭，中途，陆斯珩被导师的电话叫走。

他的研究生生涯过得尤为忙碌，正因如此，打消了陆相思读研的念头。

恰逢下班时间，路上车流拥挤。

车以龟速往前行驶。

陆相思看向车窗，玻璃印出她的脸，以及驾驶座上梁裕白冷削的侧脸。

太漫长的等待，让他恼火。

她扭头，看清他眼睑处的阴翳，神情掺杂了几分不耐烦。

"梁裕白。"

她叫他的名字。

他转过头。

眼前，是她突然拉近的脸。

她的唇状似无意在他喉结处停留两秒。

她从不做无心之举，只会刻意勾引。

果不其然，他抵挡不住她的每次勾引。

看向她的双眸深得见不到底色，他呼吸沉重，咬字隐忍："还有十五分钟。"

"什么？"

梁裕白说："你凭什么以为勾引我之后，能够逃走？"

陆相思愣了几秒，随即弯唇笑。

他面色更冷："你笑什么？"

她回道："我没想过逃走啊。"

勾引从来都不是为了逃亡，而是为了在愿者上钩时，更好地沦陷。

穿过拥挤的路口，再往前，马路变得宽敞、空荡。

车速也从原先的三十迈到了六十迈。

梁裕白血液沸腾，踩着油门的脚，更用力。

晚上六七点，车子在单元楼外停下。

昏蒙夜色伴着细雨。

梁裕白善意地提醒："你可以逃。"

陆相思说："我没想过逃。"

勾引完就跑，不是她的作风。

从她打开他房门的那刻，他就该知道，她是只诡计多端的狐狸。

屋里只开了一盏廊灯。

泛黄的灯光营造着暧昧气氛。

她拽着他的领口，朝他嘴边吐息："欢迎回家。"

时间太久远，久远到梁裕白总以为陆相思是干净、澄澈，让他忍不住想在她身上留下一抹瑕疵的小女生。

可眨眼间，她都已经大学毕业了。

当初看向他时眼角带怯的女孩儿，如今双眸流转间，是潋滟妩媚，一颦一笑都如刀般，往他的毛细血管戳。

她一眨眼，他身上的血液便沸腾翻涌。

一如他当初所想，她不是兔子。

她是勾魂摄魄的狐狸精，是来要他命的。

梁裕白甘愿纵身。

他扣住她的手腕，转瞬间，把她压在门板上。

272

他身子向前倾，抚上她的脸："怎么个欢迎法？"

陆相思仰头，用舌尖描绘他的唇线。

唇齿缠绵时，她说："你希望是哪种？"

梁裕白停下来凝望她："无论哪种，你都愿意？"

她往后拉开一段距离，笑时，眼神迷离，说出的话带着几分清醒："但今天我刚参加完毕业典礼，很累。"

他指尖缠绕着她的发丝，一圈又一圈。

她贴在他耳畔，连气息都带着蛊惑："所以你尽量……别太过分。"

是导火线。

是所有失控的开端。

房间里暧昧、旖旎，神魂颠倒。

散落的衣服堆了一路，房间的温度随着热浪逐渐升高。

盛夏的夜晚，下着小雨。

没有一颗星的天空，安静又漆黑。

夜晚，才有深渊。

这个房间，就是沦陷之渊。

一周后，陆相思去公司上班。

她没有去先前实习过的华恒广告，而是去了另外一家公司。新公司更大，名声更响亮，是行业的龙头企业。

这家公司，就是梁氏。

当她给梁氏投简历时，也没抱多大的希望。

没想到，半个月后就收到了梁氏的面试通知。

面试那天，她才发现有不少同学也在。

据说，梁氏广告策划部今年要招十个新人，不看学历，不看性别，也不看资历。

陆相思面试过程万分顺利。

收到入职通知后，陆宴迟问她："开心吗？"

她眨了眨眼："开心。"

毕竟不靠任何人，只靠自己就拿到了这份工作，她当然开心。

陆相思并没有将这件事告诉梁裕白。

她只是在想，到时候在公司和他无意间见面，给他一个惊喜。

刚开始上班就是培训。

半个月的培训过后，便是正式上班。

很凑巧的是，陆相思的高中同学施婉琴也在这里上班，只不过她在公关部。

施婉琴擅长社交，热衷人际交往。

所以，她有很多的小道消息。

"公司新上任的总经理非常年轻，MIT留学回国，是老梁总的亲孙子，也是梁氏的继承人，据说长得巨帅，就有一个缺点。"

陆相思佯装什么都不知道，凑近问："什么缺点？"

施婉琴说："很高冷，脾气差，难接近。"

陆相思忍不住笑。

"不过，我觉得这不算是缺点，这应该算是优点，不是吗？"施婉琴语气意味深长。

至少这样就能避免一些想要攀龙附凤，借此一步登天、别有用心的女人靠近。

陆相思颇为赞同："我也觉得这是优点。"

两个人不在同个部门，只有在午餐时间说得上话。

用完午餐，陆相思和施婉琴又坐电梯回去。

电梯门缓缓打开。

里面站着的人穿着黑白西装，皮肤是病态的白，衬得神情疏冷淡漠。

陆相思愣了愣。

站在梁裕白身边的助理问道："不上来吗？"

陆相思应声，而后走进电梯，站在梁裕白斜后方。

梁裕白正低着头看手机，因此，她只能看到他流畅的下颌线。

气场冷冽。

她手心的手机响了下。

他转过头，眼帘低垂，一副冷淡的模样。

四目对视，依然是不近人情的寡冷。

电梯停下，陆相思和施婉琴离开。

施婉琴小声说："那个就是新上任的梁总。"

"是吗？"

施婉琴很兴奋："他真的好帅，有没有？"

陆相思淡笑："有。"

施婉琴说："也不知道他有没有女朋友？"

陆相思答道："有。"

施婉琴惊讶："你怎么知道？"

陆相思指了指自己。

施婉琴无语："你什么时候学会的吹牛？"

陆相思才更无语："我配不上他吗？"

施婉琴说："这不是配不配的问题，你和他……你俩看上去不太搭。你适合那种暖男，就像你哥哥那样的温柔大帅哥，而不是这种心狠手辣的斯文败类。"

这个描述词实在是一针见血。

心狠手辣以及斯文败类。

陆相思看着施婉琴，认真地说："他真是我男朋友。"

施婉琴朝她挥挥手："我到部门了，明天一起吃饭。"

还是不相信啊？

午休有一个半小时，有的员工在睡觉，有的在位置上玩手机打游戏，也有在外面吃饭逛街的。

陆相思百无聊赖，拿出手机。

手机里躺着梁裕白在电梯里发来的消息。

【新公司如何？】

她如实作答：【都很好，除了一样。】

梁裕白：【哪样？】

陆相思说：【总经理太高冷。】

她食指轻扣桌面，而后，收到他的回复：【上来。】

她装作不知道：【？】

梁裕白：【五分钟。】

陆相思很想装作高冷不回他，也不管他。

但念头刚起，随之站起来的动作就出卖了她。

那句话说得真对，嘴上说着不要不要，身体却诚实得很。

不是第一次去他办公室，陆相思轻车熟路地按下电梯数字。

出了电梯，就看到梁裕白的助理站在外面。

他的语气毕恭毕敬："陆小姐，梁总在办公室等您。"

仿佛刚才电梯里的陌生言语，都不是他发出的。

走道空寂，冷气开得很足，冷得渗进骨子里。

严肃正经的办公室里，却是热火朝天的。

梁裕白把陆相思放在办公桌上，唇舌间有轻微的唾液吞咽声。

他的视线在她身上游移。

陆相思眼神迷离，真正来临时，彻底放空，眼前有一层浅薄的水雾。

而他穿着斯文正经，只是身前的领带有稍许凌乱。

仿佛这场情事，他并未参与其中。

他凑近她耳边，小声问："满意吗？"

陆相思小口喘息："什、什么？"

梁裕白声音平滑，不带一丝情绪："都很好，除了总经理。"

是她发给他的短信内容。

理解了他的意图，她失笑："你怎么……"

梁裕白打断她的话："满意吗？"

"满意。"她在他怀里喘息，笑盈盈的，"他们说，我和你看着不搭，你觉得他们说得是对，还是错？"

他微皱眉："什么人和你搭？"

她简要提取出施婉琴话里的内容："温柔大帅哥，暖男。"

梁裕白思考几秒，回道："做了不就暖了。"

西装革履、面容寡淡的，称得上上品的男人，却说着这种低俗的话。

而且是用这般正经语气。

陆相思忍不住笑出声来。

落地窗外是城市鳞次栉比的高楼。

不远处的护城河波光粼粼。

陆相思看向窗外，问："你知道我在梁氏上班吗？"

梁裕白打开文件，漠然应道："嗯。"

陆相思顿了下："你什么时候知道的？"

梁裕白略一思索，说："大概，一个月前。"

"是不是你……"

"不是。"他否定道。

陆相思扯过他的手，坐在他腿上："不许骗我。"

梁裕白认真地说："你为什么以为总经理会管部门的招新？"

她被噎了下。

梁裕白说："如果我知道，我会让你换个岗位。"

"哪个岗位？"

"秘书。"

陆相思沉默几秒："秘书好像很忙，要做很多事。"

梁裕白静静地盯着她："你来当秘书，不用做很多事，只要陪着我就行。"

冷白色的日光落在她的脸上，她睫毛挑动的弧度分外明显："这难道就是传说中的潜规则吗，梁总？"

"你愿意吗？"

"不要。"

陆相思从他怀里跳了下来，慌乱地说："上班时间到了，拜拜。"

她往前走了几步，就被他拉住手。

"下班一起。"

陆相思茫然地问："你不用加班吗？"

梁裕白说："今天不加班。"

她苦恼地皱眉："但我今天好像要加班。"

"我等你。"他说。

脑海里陡然冒出个想法，她脱口而出："这个时候你不应该说，女人，你竟然要我等你，你真是个磨人的小妖精吗？而我会大声地拒绝你，告诉你我是个工作至上的女强人。"

陆相思总是有出其不意的想法。

但有些话语，令他头疼。

梁裕白松开手："你去上班吧。"

陆相思笑了："你还是不够霸道。"

他深深闭上眼，突然把她压在沙发上，双膝顶着她，说道："我还有半小时的时间，够了。"

某处异样令她脸红。

她愣了下："你怎么……"

他呼吸加重。

房间里响起"嘀——"的一声。

窗帘缓缓合上，将外界璀璨天光一并隔离。

没等她反应过来，冰凉冷气就被他身上的热取代。

冰火两重天，黑暗令她神志昏迷，她压抑着尖叫。

他在她耳边蛊惑般地说："没人听得到。"

过了将近一个小时，陆相思才回到办公室。
好在办公室里的人并没注意到她的异常，只以为她去上了个厕所。
她揉了揉腰，低声骂了句："万恶的资本家。"
真是恨不得把她榨干。
"你快点把工作做完，争取今晚早点下班。"边上的人提醒她。
陆相思连忙打开电脑："好。"
为了一个招标，广告部这周都要加班。
原本不加班的梁裕白，临时有事，也加班了。

时间转瞬即逝，招标案结束的当天，陆相思收到梁裕白一起吃饭的消息，刚准备起身上楼，却听到了一个万分熟悉的名字——房悦。
"华恒广告的房悦你们知道吧？"
闻言，陆相思收起动作，拿出手机给梁裕白回消息：【等我一下。】
然后她装作玩手机，漫不经心地听。
行业内部的丑闻基本都瞒不了多久，房悦企图飞上枝头变凤凰，和某位股东的儿子在一起了。她动了真心，对方却只是玩玩而已，一脚把她踹了，她又不死心地纠缠。
到最后，房悦连工作都没了。
有人唏嘘，有人感慨，也有人冷嘲热讽。
陆相思对此不予置评。

后来，陆相思和梁裕白说起这事，他并无一丝惊讶。
她扬起下巴："你是不是知道些什么？"
梁裕白的声音里没有情绪："没有，只是很容易猜到原因。"
"什么原因？"
"何处安不是傻子，前天晚上和你说了那些话，第二天江梦就去找你，答案显而易见。"
"都过了这么久了……"
"所以她才会放下戒备。"
猎人逮捕猎物时全神贯注，只为找准最佳时机。
梁裕白语调寡冷："她如果脚踏实地，也不会给何处安找到机会，只能说，一切都是她咎由自取。"

对上他那双寡情的眼，陆相思有一瞬的愣怔。

好半晌她回神，说："所以是他们设了个局，对吗？"

"大概吧。"对于旁人的事，他并没有太多兴趣解说。

却没想到面前的人突然扔下筷子，过来抱住他的腰。

突如其来的亲密举动。

梁裕白问："怎么？"

她说："我只是觉得，幸好我是和你在一起，而不是和何处安。"

却看到他眼里有着藏不住的阴狠戾气。

梁裕白不喜欢从她口里吐出别的男人的名字。

她忘了。

陆相思无奈地笑："因为你没有设局骗过我。"

他反问："你为什么会觉得我没有？"

她脸上的笑滞住："啊？"

"比起骗，我更喜欢让你主动跳下来。"他眼角掀起冷淡弧度，"你还记得你第一次去宜大，遇到我吗？"

"记得。"

"我在那里等了你五个小时，跟在你身后两个小时。"

太过久远的记忆有些模糊。

待记忆清晰可辨后，陆相思的喉咙像被人扼住："你……"

梁裕白问："觉得我很可怕？"

她话语耿直："像个跟踪狂。"

他的眼沉了下来，带着刺骨的寒意。

陆相思说："换成别人我肯定会觉得这个人是跟踪狂，但是你本身就是个变态、疯子，不是吗？"

少顷，梁裕白眼底有笑意。

陆相思时常在午休时跑到楼上去。

安静的办公室，舒软的沙发，怎么样都比趴在办公桌午休舒服。

虽然偶尔也会被讨要一些睡觉的"费用"。

但梁裕白也并非坠入欲望销金窟，也知道她在工作。

毕业后的时间不再按寒暑假计算，每完成一个项目，便是很长的周期，连续几周的加班后，陆相思看到窗外飘起簌簌飞雪。

她伸了个懒腰，跑到楼上睡觉。

柔软的地毯，昏暗的天色。

办公桌那边却是另一张面孔。

陆相思愣了愣，随即回神："梁……爷爷？"

能够自由进出梁裕白的办公室，并且坐在他的位置上，甚至有着和梁裕白类似的冷漠气场，很容易就能猜到他的身份。

"爷爷，"这时，梁裕白开门进来，验证了她的猜想，"您怎么过来了？"

梁老爷子摘下眼镜，说道："过来看看你。"

梁裕白过来牵住陆相思的手，十指相扣。

老人嗓音浑厚："顺便，过来看看你这女朋友。"

梁裕白说："相思，叫爷爷。"

陆相思乖巧极了："爷爷。"

梁老爷子拄着拐杖走到她面前："陆家的姑娘？"

陆相思点点头，不卑不亢地说："我叫陆相思。"

梁老爷子盯着她看了许久。

她毫无退缩之意。

片刻后，他忽然笑了起来，语气和蔼地说道："挺好的。"

她不明所以。

梁裕白亦然："爷爷？"

梁老爷子说："好好对人家。"

见助理把门打开，梁裕白想要扶梁老爷子，却被他拍开。

"她来。"

陆相思忙扶着梁老爷子的手，嗓音低柔："爷爷，我来。"

保镖们把梁裕白拦在办公室里。

陆相思跟着梁老爷子上了电梯。

电梯里的镜子照出陆相思此时的困境——老人的目光变得犀利，打量着她。

突然，他问道："他放弃交换生，是因为你吧？"

陆相思没隐瞒："嗯。"

梁老爷子说："你可能不知道，我对他非常严格，从小到大，他像是按照我写的计划书一样，一步步地成长，长成我期望的样子。"

陆相思眨眼的速度放慢。

"等到我发现他不对劲，也已经晚了。"梁老爷子略有愧疚地说，"听到他放弃交换生，我生气过，但是他请他父亲来求情……你应该知道，裕白从不求人的。我当时就想，到底是什么样的女孩儿，让他变成这样。"

陆相思有些难以开口。

她总觉得，不管说什么，老人家都会觉得她是在找借口。

梁老爷子突然与陆相思对视："我没想过让他联姻，毕竟梁家到这个地位，不需要联姻。只是有时候很怕，我到死，他都是一个人。"

有些东西，如果一开始没纠正，就无法纠正。

就像梁裕白。

他的性格已经无法改变，梁老爷子发现得太晚，面对这样的梁裕白，难得有种无力感。

只是隐约又觉得，梁裕白是可变的。

唯一的可变因素就是眼前这个人——一个看上去心无城府的小姑娘。

干净又澄澈，是在象牙塔生活的人。

这样的人，放在以前，梁老爷子会觉得配不上他唯一的孙子。

但他又觉得，心思深重的人，也配不上梁裕白。

原来不管怎么做，这道开放题都没有正确答案。

但梁裕白出现的那一刻，他又觉得这不是一道开放题。

而是一道选择题。

梁裕白身边的女人，选项 A、B、C、D，全都是陆相思。

因为他没得选。

出现在他眼里的，只有陆相思。

不是他选择了陆相思，而是陆相思选择了他。

"他从小跟在我身边，喜欢什么、不喜欢什么，他不说，但是我能从他的眼神里分辨出来，"梁老爷子和蔼地笑了，"他以前，什么都不喜欢。

"但刚才，他看向你的眼神，写满了害怕。

"他怕失去你。"

多可怕。

梁裕白竟然会害怕。

梁老爷子想：这到底是多喜欢，才会有这样的恐惧呢？

陆相思胸腔里有股酸涩。

她安慰老人："不会的。"

梁老爷子点点头："嗯，不会了。"

电梯到了，老人阻止她："你上去吧，他现在估计担心得要命，怕我拆散你们。"

老人的到来和离开，都十分快速。

陆相思惶惶惑惑地回到梁裕白的办公室，门打开，腰上突然一紧。

耳边是他的呼吸："爷爷他……没为难你吧？"

他胸膛起伏的弧度，透露出他此时的情绪。

陆相思问："如果爷爷反对我们，你怎么办？"

梁裕白毫不犹豫地说："无所谓。"

她瞪他。

他低头吻了下来。

往往深情里总是掺杂暴戾，他的吻亦然，粗鲁地掠夺她口腔的气息。

爱总是留下印记的。

巴掌印、草莓印，或者是瘀青。

疼痛中，陆相思眼眶有泪："你还没回答我。"

梁裕白紧紧地抱着她，大汗淋漓，轻轻吻了她的额头。

他说："我不需要被人祝福的感情，我只需要你在我身边，就够了。"

被人祝福的感情能有多长久？

虚无的表象，不如最真实的存在。

我喜欢你，从来都是我一个人的事，占有你，也是。

陆相思醒来，发现自己已经躺在床上了。

夜晚皎洁月光透过玻璃窗，月色与树叶纠缠。

她光脚下地，坐在窗台上。

梁裕白打开门，看到如水月光照拂在她身上，睡裙拉至腰际，露出的皮肤瓷白，纤细的肩下，山峦若隐若现。

他走过去，抚摸着她的脊背。

同时逼近的，还有他身上的浅淡烟味。

他走近才发现她眼里有泪。

梁裕白眉头蹙起："做噩梦了？"

陆相思说："我梦到你在国外有了新的女朋友，你说你不爱我了，我声嘶力竭地喊你的名字，可你头也不回地离开了我。"

他小声说："梦是假的。"

她点头："我知道。"

她钻进他怀里："你会爱我多久？"

这个问题，他永远都只有一个回答："到我死。"

"我们之间，说不定谁先死呢？"她笑了。

冬日月光惨淡，他的眼底一片阴翳，看不出情绪。

陆相思看着他冷寂的脸，感到恐慌。

梁裕白把她抱回床。

她拉着他的手："梁裕白……"

他半跪在床边，白皙的颈线紧绷，瞳孔深不见底色："我不会比你早死。"

陆相思愣了下。

梁裕白的唇在她身上游移："我没法接受你死的事实。"

她轻喘着："那如果你先死呢？"

他唇齿张开，狠狠地咬了下去。

她疼得尖叫出声。

云翳遮挡月色，黑夜沉沉，他如鬼魅般低语："那你也得下地狱陪我。"

胸口处的疼痛蔓延全身。

她哽咽着："你到死都不放过我吗？"

他双眸掀起，漆黑的眼底宛若令人在劫难逃的深渊："不止是死，如果有下辈子，我一定会第一时间就来找你。"

前生太难追究。

我要预订你的来生。

和你痴缠、撕扯，永不分离。

初雪只持续一天时间。

隔天便雪后初霁。

昨晚直到半夜才睡着，今天，陆相思果然起晚了。

洗漱时看了眼时间，地铁高峰期。

梁裕白在衣帽间换衣服。

看到她进进出出衣帽间。

拿了袜子。

又出去。

进来又拿了一双袜子。

再出去。

重复几次后。

他抓住她的手腕，把领带放在她手上，说："给我系。"

陆相思说："我帮你系，那你得答应我一件事。"

梁裕白不假思索："除了一件事，其他都行。"

"为什么？"她下意识地问。

说完，才觉得自己这样像是欲念缠身。

"董事例会，不能迟到。"梁裕白面色未改。

陆相思回过神："我能坐你的车去公司吗？"

往常她都是坐地铁上班，因为她说，坐他的车上班太高调。

梁裕白并不想问她为什么。

答案显而易见，坐地铁会迟到。

他就着她的手，把领带往上推："可以。"

助理早已在楼下等候多时，见到他们下楼，于是下车打开两边车门。

车上还有早餐，正好是两份。

陆相思晕车，在车里不吃东西。

还有一个路口就到公司，她扬声："在前面路口停下吧。"

后视镜里。

梁裕白看了她一眼，而后掠过。

助理跟在梁裕白身边多年，明白他的意思，并未踩刹车，一脚油门往前驶去。

"哎——"陆相思疑惑。

她看向梁裕白："我要下车。"

梁裕白目光清冷："你说，要坐我的车去公司，而不是在路口下车。"

陆相思无力地说："公司外人太多。"

梁裕白眸间一凛："你很介意别人知道我们之间的关系？"

她轻轻咬了咬唇。

身边的人面色沉了下来。

她看向他："万一他们以为我也是想走捷径的人，怎么办？"

陆相思生得好看，平时并不显山露水，没人知道她的家境如何。如果被看到她从一辆豪车，并且是公司总经理的车上下来。

他们会以为她只是出卖色相的上位者罢了。

梁裕白面容寡冷："你很在乎别人的话？"

陆相思承认："我又不是生活在山顶，当然会在乎。"

梁裕白说："你可以澄清。"

陆相思低声叹了一口气："他们会以为我在狡辩。"

语言最无力之处，在于你澄清事实，旁人却以为你心虚狡辩。

这是她从施婉琴那里学到的，公关部的人最擅长使用语言漏洞，也最擅长蒙混过关。

梁裕白盯着她看了几秒。

他的眼神令她不寒而栗。

半晌后，他说："再不下车，你真的要迟到了。"

还有五分钟就到九点了。

陆相思来不及纠结，抓着包就跳下车。

车在公司外停下，如庞然大物般，吸引来往上班族的注意。

其中也包括施婉琴。

她看了眼车牌，总经理的车。

没多时，看到车门打开，有人下车。

原本偏移开的视线，在看到下车的人时愣住。

紧接着，总经理也下车，跟在陆相思后面。

施婉琴跟上。

电梯等候区域。

从一辆车下来的两个人中间隔了两米左右距离。

见到施婉琴，陆相思如常打招呼。

施婉琴欲言又止。

好在电梯很快就到了，梁裕白进去。

其他人都没敢进去。

助理在此时开口，话虽是对大家说的，但眼睛看向了陆相思："不上来吗？等下一班电梯的话，可能就迟到了。"

施婉琴咬了口面包。

和总经理乘坐一个电梯，压力太大，还不如迟到。

还没等她接受自己即将迟到的事实，手肘一紧，就被陆相思拉进电梯里。

施婉琴感觉面包在嘴里咽不下去了。

梁裕白说："中午上来。"

陆相思回道："我要和别人吃饭。"

他语气强硬："推了。"

她拒绝："不要。"

施婉琴在心底倒吸一口冷气。

梁裕白扭头看陆相思，问道："和谁吃饭？"

陆相思指向施婉琴："她。"

他的目光沉冷，带着阴翳和压迫感。

施婉琴咽下嘴里的面包，忙不迭说："没有这回事。"

陆相思撇嘴："昨天不是说好的，吃楼下那家烤肉吗？"

施婉琴坦然开口："没有，你记错了。"

梁裕白说："中午过来，我等你一起吃。"

恰好此时电梯停在她们这一层。

陆相思和施婉琴下去。

施婉琴还没从震惊中回过神来："你和梁总……"

陆相思说："我不是和你说过吗，我是他女朋友。"

"哪有？"

话音刚落下，施婉琴猛地想起什么："我以为你是在说梦话。"

陆相思一脸无奈。

施婉琴问："你什么时候和他在一起的？"

陆相思按下指纹，打完卡，回头告诉她："大学。"

施婉琴更震惊："那都多久了？"

陆相思嘴角微扬："今年是我和他在一起的第五年。"

原本以为这件事会藏很久，没想到上班不到一个小时，施婉琴就发了个截图给陆相思，并说：【全公司都知道你从梁总车上下来的事情了。】

流言蜚语传播的速度堪比光速。

怪不得周围充斥着碎碎念的声音。

平素待陆相思友善的同事，再看向她的眼神里，带了几分意味深长。

陆相思心想：这个时候大喊一声"我是梁裕白的女朋友"会不会有用？

别有用心的人可能以为，她这是在立贞节牌坊。

她泄愤似的敲着键盘。

没过多久，部门例会。

会议室在楼上。

到了会议室外，发现研发部还没开完会，他们只好在外面等。

会议室门打开。

最先出来的是梁裕白和研发部总监陆持。

陆相思低头看着手机，没注意周边的异常。

突然，肩上一重，她抬头："哥哥。"

陆持是她大堂哥。

陆持的手放在她肩上，问道："开会了，还在玩手机呢？"

话音落下，感觉到周围温度骤降。

梁裕白的语气低到零下："手拿开。"

陆相思最先察觉到不对，忙拉开陆持的手，往边上挪了两步。

手心一空，陆持缓了好几秒，失笑："相思，你这是什么？有了男朋友就忘了哥哥？"他转头睥睨梁裕白，"我好歹是她亲堂哥，你这是对未来大舅子的态度吗？"

方才还窃窃私语的人，听到此话，都噤声了。

大家不可思议地看向这边。

见还有人在外面没进来，广告部总监在里面喊："还不进来开会，傻站着干吗呢？"

一群人回神，纷纷走进会议室里。

见状，陆相思也转身。

等她转身后，梁裕白表情沉暗，带着警告："少碰她。"

陆持翻了个白眼："对我妹妹我还不能勾肩搭背，你这也太小气了。"

梁裕白的神情，令人毛骨悚然。

陆持举双手投降。

他们的对话，没过多久就传遍公司上下。

原本疏冷的人，变得对陆相思热络又讨好。

陆相思对此哭笑不得。

她并不适应这样的环境，于是在完成一项策划后，提出了辞职。

梁裕白问道："梁氏不好吗？"

陆相思说："梁氏很好，但我叫陆相思，不叫梁裕白的未婚妻，我也不想靠着这个称谓工作，这样会让我觉得自己很差劲。"

她有自己的想法。

按道理，他应该开心。

但事实上，他为此感到烦躁："你要去哪里上班？"

陆相思说："祁妄学长的公司。"

和梁氏同一栋楼。

她眨眨眼："以后上下班，都可以一起了。"

梁裕白的心情这才好了一些。

陆相思递交辞呈。

总监犹豫了下，拿出了手机。

她笑吟吟地说："梁裕白知道这事。"

总监看向她："梁总不反对吗？"

陆相思说："反对也没用。"

对视间，二人同时笑了起来。

闲谈几句后，总监朝她伸手："希望你未来前程似锦。"

当天她便离开。

春寒料峭，阳光形同虚设。

梁裕白的车在陆相思面前停下，她坐上副驾驶。

今天二人约好一起去看房。

他们一直以来住的房子是梁老爷子在梁裕白高中毕业后送他的，眨眼已经过了多年，梁裕白并不想继续住那里，于是准备重新买一套，当作婚房。

然而梁裕白并没有说过是婚房。

可陆相思是这么认为的。

二人看的楼盘都是别墅。

最后选择了最新开发的楼盘，价格不菲。

陆相思在心底默算，惊呼了声。

她要工作两百年不吃不喝，才能买下这套房子。

购房手续都交由梁裕白的助理处理。

回到车上，陆相思还是一副不在状况内的神情。

梁裕白探过身，帮她系安全带。

他的额发触碰到她的脸颊，有些痒。

她回过神，问："我总有种被你包养了的感觉。"

安全带扣好，梁裕白却没回到驾驶座。

他偏头看向她，新楼盘的地下停车场空旷漆黑，这片只停了他们这一辆车。车厢内的灯逐渐黯淡，仿佛被他的双眸吞噬。

黑暗中，她捕捉到他眼里的隐忍。

座椅被他放下……

没想到隔天，陆相思便头昏脑涨，发烧到三十九度。

岑岁在她床边忙前忙后。

直到陆相思正常体温，岑岁和陆宴迟才松了一口气。

陆相思醒来，窗外依然是昏蒙的夜色。

记忆陷在缄默的空间里。

床头的手机亮起，跳动着光，将她昏沉沉的大脑抽回神。

电话接通，她的嗓音粗哑："喂。"

梁裕白眉头蹙起："你生病了。"

笃定的口吻。

于是她想起半睡半醒时，父母的忙碌与低语。

岑岁担忧又恐慌地说："怎么办啊，要不要打120？"

陆宴迟不得不保持冷静："我让医生过来，没事的，你别慌，只是发烧而已。"

想到这里，陆相思说道："发烧了。"

梁裕白急切地问："在哪个医院？我马上过来。"

"我在家。"

"我在你家楼下。"

陆相思连忙从床上起来，打开窗户往外看。

黑夜蠢蠢欲动，他的身影被风吹得摇曳。

她拿着手机，和他说话："你要进来吗？"

梁裕白问："你家没人？"

陆相思看向他："有人的话，你就不进来了？"

"当然不。"

意料之中的回答。

她迎着晚风朝他笑："密码锁是我的生日。"

"嗯。"

手机一直没有挂断。

耳边，响起密码锁开锁的声音。

陆相思回床上坐好，拿起床头柜的保温杯，里面装着温水。

温水过喉，身体舒适不少。

没开灯的室内，连尘埃都是寂静的。

而后梁裕白出现，打碎这片沉默。

"看过医生了没？"

她点头："嗯。"

梁裕白又说："我给你打了很多个电话。"

手机里，有三十六个未接来电，都是他的。

陆相思抬眸，眼里有震惊。

对上的眼，如乌云压迫，带来逼仄窒息感，像是有只手掐着她的喉咙。

事实上，是他的喉咙被人扼住。

梁裕白敛眸，眼睑处有失意情绪："我以为你出事了。"

陆相思失笑："怎么可能？"

"后来你父亲接了电话。"

"啊？"

"所以我才好过一些。"

也只是一些。

一整天，他的脸浸在墨里，心中有化不开的躁郁。

身边的人都躲着他，公司上下都陷在紧绷严肃的气氛中，生怕做错事。

陆相思放下手机，钻进他怀里。

她鼻音很重，说话时语调软绵，就算道歉，也像是在撒娇："我不是故意不让你联系上我的，但没想到我会生病，对不起。"

"所以，和我住吧。"

不知道他为什么可以从她生病，转到同居这个话题。

陆相思问："二者有什么联系吗？"

梁裕白说："这样，就能每天见面。"

陆相思实习结束后，便没再和梁裕白同住。

梁裕白当然不能说什么，毕竟她的背后，是陆宴迟。

于是每到深夜，他独自挣扎，灵魂破碎一地。

白天与她见面，在她的热吻中，重新拼凑回来。

陆相思了然："但我爸爸不会同意的。"

梁裕白说："我们结婚吧。"

如此郑重的事，他的口吻，是淡然的。

她瞪眼："你都不求婚的吗？"

他想了半秒："你需要的话，可以。"

房间再度恢复安静。

梁裕白浸在暗处的面色很冷，说："我以为你知道，我什么都能给你，和你结婚，不是为了别的，只是为了让世人知道，你这辈子都只能是我的。"

"一点都不浪漫。"

"我也只能是你的。"

她嘴角不自觉扬起。

不浪漫，但也取悦了她。

春风从指尖溜走，盛夏来临，闷热空气灌溉着喉咙，喘息都带着热气。

好在公司大楼里的冷气很足。

陆相思摘下帽子，发现帽檐被汗浸湿，颜色变深几个度。

电梯间外人群密集。

空气里有着浓稠香醇的咖啡香和难闻的汗臭味。

她站在最外圈，和电梯数字一同在心底倒数。

电梯显示"1"时，里面的人出来，外面的人进去，拥挤不堪。

陆相思往前走了几步，还是没挤进去，只好无奈地等第二趟。

手机振动了下。

祁妄在催她。

公司要的文件被她落在家了，所以她才利用午休时间顶着大太阳匆忙跑回家。

事情紧急，她眉头蹙起。

电梯还得等一会儿，可是甲方等不了了。

这时，最里侧的电梯停下。

不顾其他人的惊讶目光，陆相思跑了过去。

她匆忙按下数字，转回身，迎面而来的是男人结实的胸膛。

鼻尖嗅到熟悉的气息，她仰头，看到的是他瘦削的下巴。

梁裕白问："跑什么？"

她愣了下："你不是出差了吗？"

把她贴在鬓角的碎发拂开，他说："刚回来。"

陆相思眼里的开心明目张胆："你怎么不告诉我一声？"

梁裕白回道："昨晚说了。"

陆相思回忆："有吗？"

他声音平淡："你睡着了。"

她有些懊恼："最近工作太多，有点累。"

梁裕白"嗯"了一声。

她眨眼："过几天就空了。"

他仍旧是冷淡模样："嗯。"

陆相思叹了口气，抓着他衣角的手收紧，令他整洁的衣服添了惹眼的褶皱。

梁裕白将这一切收于眼底，却没阻止。

电梯发出提示声。

到达陆相思的公司所在楼层。

助理面不改色，长按开门键。

陆相思收手，忽然改为踮脚动作。

她靠在梁裕白耳侧，小声说："晚上一起回家，我买了新睡衣。"

像是妖精般，吐息都缠绕着他。

门敞开，她出现；门合上，她消失。

助理并未听到她说的话。

却看到梁裕白的脸色难看得要命。

他以为这是风雨骤来的象征，因此行事提心吊胆，未想到梁裕白今天的脾气好得出奇。

下班过了十几分钟。

浅橘色的夕阳穿过落地窗，铺在桌子上。

收到梁裕白的消息，陆相思才把电脑关机，起身往外走。

刚从办公室出来的祁妄看到了她，问道："才下班？"

"嗯，学长，你怎么也这么迟才走？"

"做好收尾工作才能走啊。你以前都是掐着点下班的人，今天怎么下班这么久了还在公司？"

她笑眯眯地说："我等梁裕白。"

看见祁妄无语的反应，她随即嘲讽："学长，你怎么还没有女朋友？"

祁妄更无语了，一脸忧愁地说："你知道吗，我小时候就想考南大，可我高考的时候把答题卡填错了，没考上。"

陆相思莫名："这有什么联系？"

"就是你要明白，有的事情，不是想做就能做到的，比如说找女朋友。"

陆相思眨了眨眼："可是那么多女孩子追你。"

祁妄无奈地说："我又不喜欢她们。"

陆相思凑近他，问道："那你喜欢谁？"

祁妄被噎住，顿了下："我没有喜欢的人。"

陆相思才不信："如果没有喜欢的人，为什么会排斥别人靠近呢？而且追你的那些女生，一个个长得都不赖。"

祁妄不解："长得好看我就得喜欢？"

听完，陆相思脑子一闪："难道你喜欢男的？"

祁妄啧了声："学长我性别男，爱好女。"

陆相思干笑两声："是我误会你了。"

进了电梯，陆相思接着说："学长，你真的没有喜欢的人吗？"

祁妄头抵在电梯壁上，眼帘微掀，看着她。

她抿了抿唇："就，我有个朋友，她好像对你感兴趣……"

他合上眼："幸好你有男朋友，要不然我还以为你说的这个朋友，指的是你自己。"

陆相思犹豫一下，又说："她长得挺好看的。"

祁妄问道："有你好看？"

陆相思瞪大眼："你喜欢我这款的？"

他嘴角勾起恶劣的笑意，说："你还别说，我第一次见到你，就觉得你长得很好看。"

他睁开眼，却没有看到她一脸惊慌。

陆相思面无表情："你别说，梁裕白打你的场面，应该也挺好看的。"

沉默几秒，祁妄收回视线："就是眼神不好，看上梁裕白那变态。"

"学长。"

"学妹。"

"你对我男朋友，态度好一点。"

"你男朋友对我，态度也不咋的。"

陆相思忍不住地笑了。

祁妄也笑了。

电梯到达一楼，祁妄离开。

电梯再往下运行，地下二层。

陆相思找到梁裕白的车，坐了进去。

车子驶出商圈，两侧闪过的建筑物并不是熟悉的。

陆相思问："我们去哪儿？"

梁裕白说："回家。"

她重复了一遍："回家？"

他解释："我父母的家。"

这令她睁大了眼，不敢置信："这是见家长的意思吗？"

他脸上没什么情绪，轻轻点头。

"可我什么都没准备。"

"不需要。"

她急得不行："怎么会不需要？"

梁裕白把她拉进怀里："对他们而言，你只要过去，他们就很开心了。"

可陆相思仍觉得不妥。

其实梁裕白也不是匆忙行事的人，说："东西我早就准备好了，放在后备厢里，你只需要和我过去就行。"

陆相思却无法放松："你爸爸妈妈会不会不喜欢我啊？"

"这很重要？"

"当然。"

梁裕白漠然："你是和我在一起，不是和他们在一起。"

"可我希望，他们也喜欢我。"

梁裕白轻皱眉："我喜欢你还不够？"

她微微笑着说："他们是生你的人，得到他们的喜欢和认同，对我而言，很重要。"

他看着她："随你。"

梁裕白说得没错。

只要陆相思过来，钟念便很开心。

梁亦封是爱妻开心便会开心的人。

钟念虽说是位记者，擅长交谈，但工作上的交谈夹枪带棒，带着极强的攻击性，她并不会将这一套用在亲近的人身上。

私底下，她不善言辞。

即便非常喜欢陆相思，她用的表达方式，也只是送出亲自挑选的礼物。

陆相思模样乖巧："谢谢阿姨。"

钟念眉眼温婉："你喜欢就好。"

她语气一顿。

陆相思看着她。

钟念说："以后，小白还是要你多多照顾了。"

陆相思转头看向梁裕白所坐的位置。

冷不丁的，四目相对。

在她未曾注意他的时间里，他一直都在看着她。

她唇畔溢出笑："我以后会对小白很好的，阿姨，您就放心吧。"

听到这个称呼，梁裕白眉头蹙起。

梁亦封问道："这么喜欢她？"

梁裕白"嗯"了一声。

梁亦封追问："喜欢到什么程度？"

梁裕白不假思索地回答："除了她，不能是别人。"

梁亦封想了想："这是承诺？"

"是。"

"见过陆宴迟了？"

"正式的，还没。"

梁亦封嘴角轻扯："我从没为任何人低过头，也没去求过别人。"

梁裕白沉声道："爸。"

梁亦封看向不远处的钟念，见她似乎很喜欢这个小姑娘，眉眼里都是笑意。他真的没为任何人低过头，也没去求过别人，但人生，似乎总要有例外。

钟念是他的例外。

梁亦封说："她很开心。"

梁裕白当然知道这个"她"指的是钟念。

梁亦封说："算了。"

"彩礼那些，你自己准备，只要不倾家荡产，不把整个梁氏都给她，都可以。陆宴迟那边，我来搞定。"

就此，梁裕白松了一口气。

是吧，小辈之间负责恋爱，长辈不同意，就让长辈解决。

反正，梁亦封会为了钟念屈服。

反正，梁裕白的父亲是梁亦封。

梁裕白淡漠、薄情，但他年少时放弃少年班只不过是为了妹妹的一句"你总是跳级，会让别人觉得我很笨"。

事实上，梁初见确实很笨。

但梁裕白还是放弃少年班了。

他不认为感情很重要。

但他每个月都会回家见家人。

他是为了家族而生的空壳。

可他所做一切都只是希望不让家人失望。

梁裕白没有在乎的东西。

因为家族亲情早已被他刻入血脉中，他不能告诉任何人，也不能表现出来，因为人不能有软肋，更何况是他。

他要保护他的家人，包括温婉大气的姐姐，以及笨得要命的妹妹。

还有随着时间流逝，逐渐老去的父母。

以及，命运赐予他的陆相思。

梁裕白目光直勾勾地落在陆相思的身上。

陆相思似有察觉，也频频回望，藏着爱意的眼笑着。

那一刻，梁裕白想，他其实并不相信命运，但如果命运告诉他，活着是为了遇见陆相思，那么他信。

梁裕白的动作很快，带陆相思见完家长，到秋天，房子就已装修完毕。

自从加入祁妄公司后，陆相思先是体会了把大闲人的滋味，之后便是无止境地加班、加班和加班。

她并没有时间看房子进度，也不知道房子到底装修成什么样。

连轴转一个月后，她终于得到一个礼拜的假期。

昏昏欲睡的秋日下午。

阳光铺在天边，暖色暧昧。

她收拾东西准备回家，却被祁妄叫住。

陆相思苦着脸问："又有工作吗？"

祁妄愣了下，而后说："不是，你今天不是要去新家吗？我定了一束花，原本是要送到公司的，可是填错地址，送到新家去了。"

陆相思的神情更不好看了。

祁妄问道："怎么了？"

陆相思说："梁裕白对花粉过敏。"

祁妄顿了顿。

她说："没事，反正我先回去，我把花扔了吧。不过学长，还是谢谢你的好意。"

娇艳欲滴的花被放在院子外。

陆相思弯腰抱起花束。

不知是不是配送的缘故，绑带散开，花束松散。

身后响起车轱辘碾压地面的声音，逐渐清晰。

终止在脚步声里。

梁裕白的声音自她身后响起："你在干什么？"

陆相思正抽开花束上夹着的卡片，冷不防听到他的声音，往后转。

怀里的花束失去支点，尽数散落。

带着水珠的鲜花落在她脚下，像是围成一个圈。

飞机低空掠过，带来轰鸣声。

听不见任何声音的时候，眼里看到的便格外清晰。

黄昏时带着浓稠红晕的天空和周边绿意葱葱的枝叶，拉扯着视网膜，但这些不过是简单铺成的背景。

面前的男人，西装革履，冷然眉眼却带着一丝柔和。

她曾以为他是妄想。

她是藏在他缝隙里的存在。

殊不知妄想成真。

她看着他，看到了她的永恒。

梁裕白走到陆相思面前，而后抱起她。

她顾及地上的花束："那些花……"

梁裕白语气漠然："不要了。"

她说："那是祁妄学长送给我们的新家礼物。"

他双眸暗得不见底色，认真地说："我要的礼物在我手上。"

陆相思愣了几秒，又慢慢笑起来："你也是我的礼物。"

门被风带上，晚风吹起散落一地的花瓣，也吹起从陆相思手里遗漏的、并未拆开来看的卡片。

卡片被风吹开。

字迹清晰，笔画流畅——

【人这一生，谁都逃不过玫瑰。】

番外一 /
花粉过敏

那天是陆斯珩的十周岁生日。

光随着云层浮动若隐若现，春寒料峭。

陆相思从车上跳下来，全然未顾陆宴迟的叮嘱："相思，跑慢点，小心摔。"

她脑海里只有把怀里的礼物送给哥哥的想法。

陆家客厅里人满为患，一张张陌生面孔谈笑风生。

陌生的人群，令她停下脚步。

身后有人走过，她以为是父亲。

转过头，看到的却是一个陌生面孔。

男生看着和她差不多大，稍带稚气的脸上却有着不属于这个年纪小孩的冷淡，眉宇间似乎还藏着躁意。

他心情很不好。

这是陆相思对他的第一印象。

第二印象则是。

他打了个喷嚏，眉头皱得更深了。

他身后跟着的一个女孩问道："小白，你怎么不进去？"

原来他叫小白。

这名字让陆相思想到姑姑养的那只叫小灰的通体纯灰的猫。

男生的视线从她身上掠过，威胁道："你再叫我小白试试？"

女生理直气壮地说："你本来就叫小白。"

"滚。"

他离开的背影，像是裹挟着室外湿气。

陆相思在屋内找了好久，也没找到陆斯珩。

她抓着陆程安的衣角，问道："伯伯，我哥哥呢？"

陆程安矮下身，说："阿珩被爷爷叫去了，相思可以去房间里看会儿电视。"

她懂事地点头，抱起怀里的花束回房。

不知过了多久，陆斯珩终于回来。

她把怀里的花束和礼物递给他："哥哥，生日快乐。"

陆斯珩笑着："谢谢相思。"

房外传来用人的声音："少爷，梁少爷要走了。"

"小白？"陆斯珩匆忙打开门，"他怎么就要走了？"

"好像是花粉过敏……去医院了……"

用人和他低耳交谈的声音渐行渐远，陆相思并未在意。

她伸手拨弄着沾了露水的花。

另一边。

梁裕白的身上泛起红色斑点。

他伸手想挠。

梁亦封制止："不能挠。"

梁裕白咬着牙，重重的呼吸声自齿缝间泄露。

钟念问："还有多久到医院？"

梁亦封说："十五分钟。"

钟念忍不住抬高声音："快点。"再转头，"小白，你除了痒，还有哪里不舒服吗？"

往日的冷静与镇定在孩子面前荡然无存。

梁裕白紧闭着眼，鬓角处有汗淌过。

他从来都很能忍。

梁亦封不让他挠，他就不挠。

只是，他放在腿上的手紧握成拳，指甲抠进掌心，抠出血丝。

梁裕白说："妈妈，我有点喘不过气。"

钟念手忙脚乱，声音都在颤抖："小白……"

坐在另一边的梁初见早已被梁裕白这副模样吓得泣不成声："小白，你不能死啊……你死了我怎么办？呜呜呜……"

梁裕白睁开眼。

因为这话，母亲面色苍白。

父亲握着方向盘的指节也毫无血色。

梁裕白抿唇，轻扯嘴角："笨蛋，闭嘴。"

好在一路畅通无阻。

医生检查后，告诉他们是花粉过敏。

验证了梁亦封的猜想。

吃完药抹完药膏，梁裕白的情况好了许多。

他躺在病床上，听到病房外梁亦封和钟念的对话。

"我记得陆家没有放花啊，怎么会花粉过敏？"

"我不想知道原因，你让医生查了吗？他还有什么过敏的，"钟念劫后余生般地语气，"我只想小白好好活着。"

梁亦封语气寡冷，算不上安慰的话。

"我们的儿子，没那么容易死。"

雪白的天花板。

梁裕白脑海里却是色彩斑斓的花。

是那个小女孩。

她抱了一束花，差点让他丧命。

番外二 /
看着他爱她

夏末初秋，阳光灼热。

南大附中百年校庆，邀请了一批优秀校友。

其中自然包括梁裕白。

陆相思看到他书桌上的邀请函，才知道这件事。

房门传来声响。

接着，陆相思被抱起，坐在梁裕白的怀里。

隔着一层单薄的睡衣，她感受到他皮肤上的湿意。

陆相思抬头，看到梁裕白沾着水珠的漆黑额发和白皙的皮肤，形成强烈的对比。

他低垂着眼，说道："给我擦头发。"

不给她思考的余地，他就把浴巾扔在她手上。

但即便让她思考，她也是一样的答案。

她拿起浴巾，给他擦头发。

头发擦到半干，她说："我去拿吹风机。"

"不用。"

他拒绝，把她禁锢在怀里，不让她走。

陆相思问："你要去参加校庆吗？"

"没时间。"

"那天不是周末吗？"

"你不是想去逛街？"

陆相思哑然。

在他眼里，陪她逛街比参加校庆还要重要。

但想到他是梁裕白。

只要是梁裕白，说出这种话，那便不足为奇。

在他的世界里，永远都是陆相思排第一。

于是陆相思说："可我想回学校看看，你陪我吗？"

得到的，是他一如既往的服从："好。"

梁裕白还有工作没忙完，但不松手。

陆相思在他怀里挣扎："我要去看电影。"

"陪我。"

"我躺沙发上看。"

他压过来，金丝框眼镜覆盖住的眼更显清冷与淡漠，但话语里，有着化不开的浓稠爱意："我不想离你那么远。"

沙发离他不过两米，他却嫌远。

短暂几秒对视，他眼睛忽然被蒙住。

听到她的声音，他本就濒临的理智，走向分崩离析。

"我有没有说过，你戴眼镜的样子，让我完全无法静下心做别的事？"

"我有没有说过，你在我面前，我就无法专注？"

她怔了怔，嘴角随即弯起。

到头来，输的还是她。

陆相思松开手："可我这样，不是在影响你吗？"

"如果你不在我怀里，会让我更难受。"

陆相思无法理解："为什么？"

梁裕白说："看得见，摸不着。"

他不要水中望月，他要的是手可摘月。

和她在一起的每分每秒。

如果无法拥有，那他退而求其次，选择拥抱。

退让，在她面前永远适用。

陆相思坐在梁裕白腿上，听他和下属开会。

原先她还觉得梁裕白对她可真放心，公司机密都让她随便听。可除了一开始的"梁总，晚上好"她听得懂，接下去的话，她都听不懂。

明明都是中文，拆开来的词组，她都明白，但组合在一起，她便一头雾水。

后来的会议，又是英文。

梁裕白的回答很简短，但他的发音非常好听。

泛冷的磁性，像冰滑过喉咙。

比空调的冷气更令人心旷神怡。

陆相思抬眸，正对着他线条流畅的下颌。

"你怎么什么都会？"

她心里是怎么想的，就怎么说了。

梁裕白的麦没关。

会议有一瞬间的凝滞。

突然穿插进来一个女声，令众人茫然。

"梁总……"

"我女朋友在撒娇，"梁裕白淡声道，"继续。"

"啊……好。"

他垂眸，看到怀里的人扔下手机，头低垂，头发缝隙中的耳朵红得滴血。

陆相思却恶人先告状："你为什么不把麦关了？"

梁裕白坦然地说："忘了。"

陆相思忍不住抬脚踹他："我不信。"

他眼底滋生笑意："真的。"

不管怎样，他都不会把工作和私事混为一谈。

陆相思是知道的，但她抿唇，小声抱怨："这下好了，全公司都知道你女朋友在你开会的时候缠着你，像花痴一样。"

"我说了，是撒娇。"

"这哪儿是撒娇？"

"在我眼里，是。"

"我随便说什么，你都觉得我在撒娇。"

"可以这么理解。"

陆相思瞬间从方才的丢人情绪中走出来。

她眨了眨眼："但你开会，我还在边上，会不会让你的员工觉得你工作不认真？"

梁裕白一本正经地说："他们只会觉得我们很幸福。"

她撇嘴，笑了："才不会。"

停顿半秒，她提了口气："你麦关了吧？"

梁裕白说："关了。"

她的心回到原位："那就好。"

因这一个插曲，之后，陆相思没再开口。

她在他怀里安静地玩手机。

梁裕白的会议繁冗又聒噪，夹杂着不少专业词汇，很是催眠。

会议过半，房间里响起重物坠地的声音。

是陆相思的手机掉落在地。

她睡了过去。

耳边有人提醒他："梁总，您的意思是？"

他回应："女朋友睡着了，等一下。"

梁裕白抱起陆相思，回屋，把她放在床上才回来继续开会。

周一上班。

陆相思在电梯间，收到无数目光。

她有些困惑。

中午，和施婉琴吃饭时，她才知道那些目光意欲为何。

施婉琴意味深长地说："据说梁总的女朋友很黏人，开会的时候都黏在他身边。"

陆相思在心里否定：黏人的那个分明是梁裕白才对。

施婉琴顿了下，说："我们公司上下都以为梁总那样的人，没什么情绪波动，喜欢一个人也不过如此。但是好像，我们都错了。"

"哪里错了？"

"那天开会的人说，总觉得梁总说起女朋友时，语气很宠溺。但我总觉得梁总宠一个人，那样的画面很不真实。"

这话惹得陆相思笑。

施婉琴摸不着头脑。

她小声问："你俩谈恋爱，他会叫你宝贝吗？"

陆相思摇头："不会。"

"那宝宝？"

"也不会。"

"你们之间没有什么爱称吗？"

这令陆相思拧眉细想，最后得到的结论是："我和他，连名字都很少叫。"

施婉琴摊手："看吧，多无趣的恋爱日常。"

陆相思被噎了下。

施婉琴说道："所以我真的想象不到他会多宠你，你老实说，你是不是被逼的？你们圈子里不是有那种豪门联姻吗？你俩就是表面情侣，是吗？"

看着她八卦又求证的眼神，陆相思很想点头，配合她演这场戏。

沉默几秒，陆相思说："如果我说，是他追的我，你会不会相信？"

施婉琴提高声音："你不如说你追的他，更有可信度。"

事实上，他们之间，谁追谁，也讲不清。

只知道，那扇门打开，他们就在一起了。

没有表白，没有追求。

暧昧骤起，便延续至今。

陆相思叹气："你知道吗，他巴不得我和他是联姻。"

施婉琴问："怎么说？"

视线里，出现一个熟悉的身影。

陆相思在看到梁裕白的那一刻，嘴角不自觉上扬，咖啡厅光线温柔，将她眼底的温柔渗透到他身上。

"因为他在我十九岁那年，就想娶我回家了。"

说完这话，她抛下施婉琴。

施婉琴扭头，看清眼前的一切后，惊得瞳仁都放大了。

不远处，冷淡薄情传遍业内的梁裕白，怀里抱着陆相思。

在此之前，谁都没想到梁裕白会在大庭广众下，旁若无人地抱着一个女孩秀恩爱。

咖啡厅内，音乐静谧流淌。

奶香和咖啡香杂糅，空气里淌着晚秋温柔的风。

梁裕白揽着陆相思，推门离去。

有人经过，有人离开，也有人站在原地看。

看他们交缠在一起的手，看他们四目相对时的眼，看他们在重重叠叠的人影里交叠的身影，缠绵悱恻、难舍难分。

看着他爱她。

而她望向他的眼底，也有窥见玫瑰的光。

番外三 /
普鲁斯特效应

南大附中百年校庆。

一辆黑色商务车自由出入校园，无人阻拦。

引来校友注视，视线中夹杂着惊奇与不忿。

"不是说封校，不让车进出吗？"

视线一瞥，轻飘飘地落在车牌上，心脏又是沉重一击。

"这车牌……"

不论是车牌，还是车子本身，都刻满了张扬与奢侈。

阳光照耀，镀金般的望尘莫及。

车子缓慢驶入校门。

后座的人抬眸，淡漠神情，染上不耐烦。

车子与人擦身而过。

女生在他面前出现，又融于人海中。

经过时，陆相思望向车内的眼里，窸窣光影涌动，牵扯着笑，弥散在风中。

梁裕白眉宇间藏着的躁意，被安抚稍许。

但仍旧挥散不去。

车子渐行渐远，耳边仍旧有惊叹话语。

"也不知道是谁的车，竟然能够在这种日子进出学校。"

陆相思抱着花，踩过闲言碎语，进了学校。

并不是她不想和梁裕白坐一辆车，只是她怀里抱了束花。

想起方才他的车开进学校时的高调画面，她又庆幸，还好她不在他的车里。

优秀校友如沧海一粟，是梁裕白。

而她不过是泯然众人里的普通学生。

要不然，老师在见到她的那一刻，也不会惶惶惑惑地想好久，最终在班里同学的提醒下，老师才半羞愧半自责地喊她的名字。

"陆相思。"

"老师学生太多，我也不常回来，记不得也正常。"

陆相思眨眨眼，随即将怀里的花束递给老师。

回校前，班级群里便万分热闹，讨论回来的事。

办公室里，塞了他们班一半的学生。

陆相思读书时成绩并不出众，但在学生间，又很出名。

长得漂亮的人，不管到哪儿都受人喜欢。

但这不是主要原因，主要原因是，她的哥哥陆斯珩在学校格外出名。

就连她的同学在客套地寒暄后，也提到陆斯珩。

"你哥哥有女朋友了吗？"

"他没长残吧？"

"救命，他可是我学生时代的男神，可不能长残啊！"

陆相思莫名想笑："我怎么不知道我哥哥是你学生时代的男神？"

"这不是不好意思吗？要是让你知道'我把你当闺密，你却想当我的嫂子'，你可能会帮我追他，这不是让我早恋吗？这可不行。"

"不会早恋的。"

"嗯？"

"我哥哥才不会喜欢你呢。"

内容是打击人的，但语调和神情，满是戏谑。

办公室里，也因此堆积笑声。

打趣结束，陆相思说："我哥哥没有女朋友，要说变化……大概就是，比以前更帅了。"她摊手，"中年发福什么的，不存在的。"

尖叫声里有着惊喜。

众女生望向她，目光中带着跃跃欲试。

她们还没开口，就被她打断。

"他有喜欢的人，你们没机会了。"

"啊？"

看到她们垂头丧气的表情，陆相思无奈。

广播里，响起音乐。

按照进程，礼堂上已经开始校庆汇演。

同学们成群结队地赶过去，安静的礼堂，脚步声都放轻。

陆相思坐在后排，看到坐在第一排、连背影都透着冷峭的男人。

倏忽，她计从心起。

她拿出手机，给梁裕白发消息。

礼堂就在一楼，出口外停着一排车。

陆相思走近一辆车，手刚放在门把上，准备往外一拉时，有人贴着她背，手被脉络清晰的手覆盖。

他用力，带着她的手，拉开车门。

他把她推了进去。

车门和他一同覆盖下来，挡住车外的光。

车内尚有冷气余韵，玻璃将外界灼亮天光遮挡，光影黯淡。

她半跪在车上，被他翻转，随即，他压了下来。

对上他的脸，冷得像冰。

指尖代替冷气，滑过她的脸颊，蔓延至她衣领。

他的手被她抓住。

梁裕白说："你怕了。"

陆相思揪着衣领，瞪他："还在外面。"

他嗓音无温度："是你先招惹我的。"

短信里。

她问：【接吻吗？】

于是她理直气壮地说："我只是问要不要接吻，没有说别的。"

"我不止于接吻。"

她泄气了，诚实地坦白："我只是很不爽。"

他不明白："因为什么？"

"你坐在第一排，而我坐在最后一排。"

"这不是你想要的？"

"我后悔了。"

意识到自己出尔反尔，不等他开口，陆相思就说："你敢因此嫌我麻烦，我就和我哥哥告状，让他揍你。"

梁裕白认真思考了下，说："他打不过我。"

陆相思不信："怎么可能？上次打架，他赢了。"

他嘴角漠然："我让着他。"

"你们以前有认真打过架吗？"她的好奇心总是很突然。

"没有。"

"那你为什么这么确定你会赢？"

"因为我不可能输。"

他的脸冷到疏离，镇定从容地说这句话。

她愣了愣："你总是这么自信。"

得到他下一句："也有不自信的时候。"

陆相思问："比如？"

梁裕白面无表情："比如，如果我现在将你就地正法，你会生气，还是不会生气，我不确定。"

陆相思被他压着的手，往他腰上掐。

也因此，看到今天一整天都陷入阴霾情绪里的梁裕白，眼里浮现笑。

短暂的笑，如暗室的火，引她不自觉靠近。

她眨眼："梁裕白。"

他双眸低敛，又听到她说："我真的很想和你接吻。"

空气里最后一抹冷气被渡尽。

呼吸滚烫又灼热。

陆相思从车上下来。

晚秋的光带着昏黄滤镜，空气里有浓郁的桂花香。

思绪骤然被拉扯，回到过去的某个时间节点。

传说中的，普鲁斯特效应。

陆相思想到的，是某天放学的傍晚。

她说："我记得有次放学，有一辆车也像你刚才那样，没有通行证，大摇大摆地进了学校。"

阳光透过树梢，落下的光细碎。

他的脸在细碎光影里，寡冷又漠然。

陆相思问："我到现在还记得那辆车的车牌。"

梁裕白不在意："是吗？"

她浅笑："南AYB999。"

他脚步停下。

陆相思弯着眼："后来，我在你家的车库里，看到了这辆车。"

梁裕白问："什么时候？"

意识到他问的是什么，她说："好像是我初三的时候？"

记忆奔向深处。

阳光带着昏黄滤镜，折射在教室后排的柜子上。

银灰色柜门上映着窗外枝丫以及突如其来的一只手。

骨节分明，修长白皙。

柜门被打开。

枝丫上响起鸟鸣，教室安静。

陆斯珩说："小白，我去接相思放学，今天就不和你一起回家了。"

扭开柜门的动作暂顿。

梁裕白面容冷淡："别叫我小白。"

陆斯珩不以为意地说："忘了。"

夕阳掠过梁裕白的眉眼，寡冷又漠然。

他合上柜门，出了教室。

陆斯珩匆忙跟上："要不你和我一起去接相思？"

梁裕白说："不要。"

还是一如既往的拒绝。

走出校门。

司机打开车门，梁裕白弯腰坐入车内。

黑色的车消失在视野里。

陆斯珩眉梢轻挑，并未有太多情绪，往相反方向走去。

学校在扩充校区，初中部临时搬到离高中部五分钟路程的地方。

却未想到，前方路口，看到穿着校服的少男少女踩着斑马线过马路，校服款式熟悉。

梁裕白头微仰，眼帘掀开细细的一道缝。

他陡然开口："梁初见呢？"

司机回道："小姐被留校了。"

"留校？"

"是的。"

梁裕白语气平淡："和人打架了？"

司机不自在地咳了声。

信号灯颜色变换。

梁裕白合上眼，问道："谁过去了？"

司机恭敬地说："大小姐给霍家少爷打电话了，但是霍家少爷下午有竞赛，所以可能有点儿晚，小姐得多等一会儿。"

往常这种事都是他们大姐钟笙晚出面。

只是现下她在外地上大学。

梁裕白微皱眉："去她学校。"

司机一愣："啊？"

梁裕白语气很冷："梁家的事，和姓霍的有什么关系？"

司机敏锐地察觉到他的心情不好，没再多言，只是在前方路口掉头。

车子通畅无阻地驶入附中。

来往的学生带着欣羡目光或不齿眼神。

"什么啊，不是说不让开私家车进来吗？"

学校车里都会放出入通行证，这辆车里却空无一物。

陆相思瞥了眼，说："你看看它那车牌，一看就不是普通家庭，说不准是学校股东的车，要不然门卫怎么这么容易就放它进来。"

"唉，有钱人真是太嚣张了，我什么时候也能这么有钱？"

"唔……做梦的时候？"

"陆相思！"

女孩尖叫声响起，梁裕白眼里浮现阴翳。

不远处。

两个女孩嬉笑打闹。

距离逐渐拉近。

跑在前面的女孩弯着眼，最后一抹夕阳照在她的眼里。

可窥霞光。

一瞬即逝。

短暂得令他连细节都无法记起。

司机开口："少爷，到了。"

"嗯。"

司机下车替梁裕白打开车门。

梁裕白把校服外套脱下，放在车内。

只穿一件单薄衬衣，晚风吹起他的衣角。

办公室外站着的人眉间一喜："小白！"

梁初见过来扯着他衣角，问道："你怎么来了？"

却被他拍开手。

梁裕白的声音冷到极致："你再叫我小白试试？"

梁初见并不害怕，眨眨眼："你是来接我回家的吗？"

梁裕白冷哼："为什么留校？"

她轻松道："也不是什么大事，就是和人打架。"

梁裕白面无表情地说："学校是读书的地方，不是用来打架的。"

梁初见开始讨好："我知道。"

"男的女的？"

"男的。"

梁裕白眉间褶皱明显："赢了输了？"

少女五官端正，瓷白肤色能看清毛细血管。

她扬了扬下巴："当然是赢了。"

梁裕白收回视线："嗯。"

梁初见说："那你快点进去吧，我们班主任在里面等你。"

梁裕白嘴角轻扯。

没过多久，梁裕白就出来。

梁初见问他："我们班主任说什么了？"

他瞥她："你听不到？"

她理直气壮地说："我在玩手机。"

梁裕白停下脚步，上下扫了她几眼。

梁初见莫名："你这是什么眼神？"

他直白："看傻子的眼神。"

梁初见瞪他："你什么意思？"

梁裕白收回视线，坐进车里。

她却没动，左顾右盼，似是在等人。

他恼意更盛："还不上车？"

梁初见扭扭捏捏的："那个……"

梁裕白冷声问道："你姓霍还是姓梁？"

梁初见被他的眼神吓得浑身哆嗦，连忙上车。

"你怎么对霍叶哥敌意这么大？"

"他到底看上你什么？"

梁初见提高声音："你什么意思？你说我配不上他吗？"

梁裕白轻嗤："和男生打架，他不怕你是暴力狂？"

"那是因为那个男生欺负我们班的女生，你搞清楚情况好吗？我又不是成天打打杀杀的社会姐，我是好学生！"

"好？"

"怎么，不服？"

梁裕白淡声道："考试都在倒数十名，可真是好。"

梁初见无力反驳。

车厢内顿时陷入安静。

兄妹俩，谁都懒得开口。

夜晚霓虹灯光闪烁，梁初见看向窗外，突然大叫一声："啊，那个！"

清静被扰，梁裕白不耐烦道："你能闭嘴吗？"

"不能，"她回答得干脆利落，顺便提议，"要不你把我毒哑吧？"

梁裕白语气冰冷："我不介意。"

梁初见说："不是，那个是不是阿珩？"

这话令梁裕白抬眸，往那边看。

太过熟悉的人，就连背影都能分辨得出。

梁裕白"嗯"了一声。

梁初见问道："他边上那个女孩……是他女朋友吗？怎么穿着我们学校的校服？"

没等梁裕白回答，她又说："小白，阿珩都不要你了，你真可怜。"

梁裕白声音低到零下："你信不信我现在就把你扔下车？"

梁初见下意识抓紧车门，又想起什么，说道："陈叔不会停车的！陈叔，对吧？"

司机低笑："小小姐，那位是陆少爷的妹妹。"

正好车子转弯，让她看清了陆斯珩身边女孩的脸。

梁初见说："那个……陆相思！"

梁裕白问道："你认识？"

她说："初中部长得最好看的小学妹，刚进校的时候就有很多男生追她，我们班也有人追过她，据说被她哥哥抓到狠狠地骂了一顿。"

说到这里，她乐了："原来她哥哥就是阿珩啊。"

梁裕白合上眼。

车厢里都是梁初见叽叽喳喳的声音。

太久远的记忆，却清晰可辨。

如电影在眼前放映。

陆相思弯着眼，眼里的光似乎从旧时光里，照进此刻。

她踩着台阶，终于和梁裕白平视。

"梁裕白。"

"嗯。"

"你是不是觉得很开心，我的回忆里，终于也有你的部分了。"

太近距离的对视，能够将他眼底病态的痴缠窥见得一清二楚。

"你往后几十年的回忆里，也只有我。"

我不要你的从前。

我要的，是你未来的从前。

是你的当下。

当下的每分每秒，你都是我的。

往后余生，也是。